瓶外卮言

——《金瓶梅》研究

姚靈犀 著
蔡登山 編

姚靈犀照片

創下許多「第一」的性學專家
——姚靈犀其人其書

蔡登山

記得姚靈犀的名字，最早來自周越然（一八八五至一九六二），周越然擁有編譯家、藏書家、作家等頭銜，他從編輯商務印書館的《英語模範讀本》教科書而致富，然後把版稅拿去買書，買些中西的「海外孤本」，成為當時著名的藏書家。又由於他不僅蒐藏還研究這些書籍，寫下不少的版本考證、書話之類的文字，又使他成為一位作家。周越然所藏固不乏宋刊元槧，更以詞曲小說等明清精刻精印本、手稿鈔本為其特色。書人收藏，與商人不同。成功之訣，在於特色。他深得此中三昧。他說「書之奇者，不因版古，必因稀見」，因而他的庋藏，不收古董商追逐的宋槧元刊，而是中、英文珍本秘笈雅俗兼收，在我國藏書史上，重視中西並蓄，周越然可謂得風氣之先者。另外他特別重視蒐羅東西方情色文化的香豔書為其特色。這在當時風氣未開的中國，是需要眼光和勇氣的。用他自己的話說，「北平某報譏余專藏淫書，南京某報罵余專譯淫書，其實，余所藏所譯皆名著也。」他單是《金瓶梅》的中外版本就有十多種。他豐富的性學藏書，多是人棄我取的孤本珍品，是研究古代相關性文化的珍貴史料。

周越然在寫於一九四四年的讀書札記〈《金瓶梅》與《續金瓶梅》〉一文，便提到姚靈犀的《瓶外卮言》一書，他說：「《瓶外卮言》為研究《金瓶梅》者最佳最便之參考書，此書於民國二十九年由天津法租界天津書局出版。書內含（一）著者時代及社會背景，（二）詞話，（三）版本之異同，（四）與《水滸傳》、《紅樓夢》之衍變，（五）小札，（六）集諺，（七）詞曲等篇，共二百六十頁。〈小札〉係專名或土語之字彙；如蓋老（某婦之夫也），色系女子（絕好也），刮刺（勾引也），油水（侵潤也），四海（交遊廣也），眼裡火（目中出火，見則心愛也），不聽手（不聽指使也）等等，無不一一詳解之。」《瓶外卮言》在一九四〇年出版，對《金瓶梅》有獨好的周越然，馬上購得該書，而且寫下提要，這或許是該書最早的書評。

之後這部研究《金瓶梅》的開山之作——《瓶外卮言》就一直無人提及，如李田意編的《中國小說研究論著目錄》、澤田瑞穗編的《金瓶梅研究資料要覽》、魏子雲著《金瓶梅探原》，甚至號稱相當完備的《金瓶梅研究書目》（宋隆發編）都不見著錄該書。一直到一九八〇年三月，旅居美國三十五年，先後任美國勞倫斯大學、耶魯大學和印第安那大學中文教授的柳亞子的長公子柳無忌（一九〇七至二〇〇二）教授，在臺灣的《書評書目》雜誌發表〈不見著錄的一部金瓶梅研究資料〉一文，才詳細介紹了姚靈犀的《瓶外卮言》。柳無忌教授說：「此書出版於抗戰期間早已淪陷的天津，所以一直不為國人所注意，在國內亦未流傳。我手頭有的那本，為昭和三十七年（一九六二）日本采華書林重印本，繼澤田瑞穗的《金瓶梅研究資料要覽》，列為「采華學術叢書」第二號。書前有昭和三十七年采華書林主人的〈發刊辭〉。」

「禮失而求諸野」，沒想到被時代湮沒的《瓶外卮言》，卻在域外的日本被重印出來。

柳無忌對此書的評價云：「這些文章，不論是轉載他人的作品，或作者自撰，其貢獻與重要性都次於本書下半部的幾篇。尤其是實為洋洋大著的所謂〈金瓶小札〉（一〇〇至二四〇頁，共一四〇頁），凡有關小說中不易解釋，隱晦難詳的俚言俗語，均『一一拈出，考其所本』；此類工作，對於金瓶梅的讀者極有幫忙。不僅此，文中有許多條，亦見於其他小說，及劇曲，因此極有參考的價值。此文簡直是一部俗語辭典，可以補張相《詩詞曲語辭》、陸澹安《小說詞語匯釋》、傅朝陽《方言詞例釋》、朱居易《元劇俗語方言例釋》書的不足。此外，如最後二篇〈金瓶集諺〉與〈金瓶詞曲〉的這種編集工作，亦沒有前人做過。」如同三、四十年前的周越然，柳教授也道出了〈金瓶小札〉的重要性，它是解開《金瓶梅》中俚言俗語的一把鑰匙，何況它還對這些隱晦難詳俚言俗語考其所本，這非對當時的名物、風俗等等有淵博的涉獵者不能為。而〈金瓶集諺〉與〈金瓶詞曲〉兩文，更有著開創的性質，姚靈犀也意識到，因此他在〈金瓶集諺〉後曾有一段話云：「此書方言俗諺，索解甚難。賞奇析疑，殊饒興趣。先此拋磚引玉，初非貴櫝輕珠也。俟有增補訂正時，再將《金瓶梅》之批評，前人記述，西門慶、潘金蓮之紀事年表，書中人名表，書中時代宋明事故對照表，暨《金瓶寫春記》，《詞話》本刪文補遺等，一併付刊，以成完璧。」只可惜我們不知道他是否完成這些工作，因為沒見到有增訂本流傳下來。

學者施蟄存（一九〇五至二〇〇三）晚年寫有〈勉鈴〉一文，發表在一九九一年《學術集林》（卷二）。該文釋《金瓶梅》的淫具，卻能文字風雅有趣。文章說：「西門慶隨身帶有一個淫器包兒。這個包兒的內容，屬於藥物類的有『閨艷聲嬌』、『顫聲嬌』，這二者是同物異名。有『封臍膏』。屬於淫器類的有『銀托子』、『硫黃圈』、『相思套』、『藥煮白綾帶子』、『懸玉環』、『景東人事』、『勉鈴』。一共只有十種，大概作者所知道的已全部開列出來了。」施蟄存關於「勉鈴」的考釋，是因《金瓶梅》第十六回中有一首〈西江月〉云：「號稱金面勇先鋒，戰降功第一，揚名勉子鈴」。西門慶釋之：「勉鈴，南方勉甸國出來的。先把它放入爐內，然後行事，妙不可言。」由此可見，這小玩藝原為泊來物。施蟄存考據後總結緬鈴乃是「一個小銅球，遇熱能自跳動」。但他卻又不解，「爐」為何物？他認為「用不到放入爐中」。他以為：「緬甸男子以此物嵌於勢上，與婦人合歡時使其顫動，以求刺激」。「決不是放入婦人牝內的」。其實施先生把「爐」字，理解成爐子的爐，是錯的。「爐」字明明是女陰，這在《中國古代房內考》中就有這個解釋。

我們看一下姚靈犀的解釋：

名詞	解釋
勉子鈴	即緬鈴也。《談薈》及《粵滇雜記》均詳言之。淫鳥之精，以金裹之，其形如鈴，可助房中術者。見《辭源》「緬鈴」條。又《漁磯漫鈔》及他書皆謂鵲不停、石鍤，均此物也，而各異其名。
爐	謂女子陰也。亦名曰鼎，皆道家採補之流，巧立之名目也。

而另外施蟄存談到的幾樣淫器及春藥，我們在姚靈犀的〈金瓶小札〉中，也找到解答：

名詞	解釋
托子	淫器也。今不傳其製。據原書「試帶」一回，略云，白綾帶較銀托子柔軟，不格的人疼，又得連根盡沒。又據「含酸」一回，竟用雙銀托，想鑄銀為圈，勒於身根。束則血僨陽強，藉以久戰。又壓陰髮磔怒。或於玉莖之下，更有銀片襯托，而以藥煮成者也。
景東人事	景東即孟艮，在緬甸。俗呼「觸器」為「人事」。三五十年前香粉店、荷包店有售廣東人事者，俗呼為「角先生」。按「人事」疑是「人勢」之訛傳。王世貞《史料後集》載，世蕃當籍，有金絲帳、金溺器、象牙、廂金觸器之類，執政恐駭上聞，令銷之。可知明中葉奢淫之風，此器已盛行矣。
相思套	《棲流略》曰，「龜帽，使毒不致上蒸，精不致下凝。俗所謂『風流套』者也」。現市上有售風流如意袋者，不僅為避毒之用。高棱肉刺，兼以媚內。一經御後，婦女莫不相思欲絕。此淫器也。
硫黃圈	《棲流略》曰，「所謂鵝棱圈者，蓋以補修其形也」。勢之頸，束以圈，古用硫黃製，磨研則生熱。後世以牛筋為圈，或削鵝翎，或剪絨鬚，圍於外。進則順，退則磔張，如瓶刷然，亦淫器也。
藥煮白綾帶	據原書，當其製帶時略云：以倒口針縫白綾為帶，內裝顫聲嬌，束之於根，繫之於腰，較銀托子為柔軟，不格人痛，又得連根盡沒也。其試帶時略云：替其絭於麈柄之根，繫腰間甚緊，一經聳弄，比平常舒半寸有餘，間不容髮。按此帶舊都香粉店、荷包店昔有售之者，近三十年已禁絕矣。
懸玉環	淫器也，不知何物。或係懸蓮者。
封臍膏	膏藥之貼於臍上者。守命門，固精液。今故都藥肆，有暖臍膏。
香閨聲嬌	《詞話》作「閨豔聲嬌」，房中藥也。《北戶錄》言紅蝙蝠收為媚藥，此藥敷於下體者，與內服藥不同。

除此而外，姚靈犀還提到不少的名詞，如非對性學方面的知識極為淵博者，恐不易解釋清楚的，如：

名詞	解釋
月水	一名桃花癸水，亦曰月客，或曰紅潮，即婦女之月經。
天癸	見《內經》。古統謂男精女血。今專言月經。

龜	龜者男子勢也。養龜即以藥洗陰，或運氣使之昂然偉岸也。以龜為喻，像其伸縮之形。
睡鞋	昔纏足婦女臨寢必易軟底睡鞋，以防纖趾鬆弛，更因 襪有欠美觀，著此取媚於枕席間。
梳櫳	一作梳櫳，或作梳粧，又曰梳弄。客為妓女開苞之謂。女子年及笄曰上頭，從前妓女、清倌皆結髮為辮，迨經客為之成人（又曰點蠟，即擇吉燃紅燭以賀）。例於筵席外，備釵環首飾、衣服被褥、彩禮賞金，妓於是梳髻。從此為渾生意之神女矣。
身上喜	言處女破瓜時之元紅也。因處女膜初破，必有猩紅一點，俗名曰喜。古時以此驗女子之貞操。
入馬	與人通姦之始，調戲入手曰入馬。
入港	男女通姦。勾引上手，名曰入港。猶船泊岸也。
怯床	此妓家術語，言其每於接客時，生恐懼心，畏交合也。男子不能御婦女亦謂怯床。
老和尚撞鐘	行淫姿勢之一種。雙腿高蹺，以帶懸足於上，將臀離空。
倒澆紅蠟	行淫之式。雌乘雄也。
丟身子	即出精之謂。
相思卦	一名鬼卦。婦人以弓鞋擲地，視反覆為陰陽。《聊齋志異》「鳳陽士人」，手拿著紅繡鞋兒占鬼卦。注謂「春閨秘戲」。夫外出，以所著履卜之，仰則歸，俯則否，名「占鬼卦」。

周越然有篇〈西洋的性書與淫書〉文中開宗明義即說：「性書與淫書不同。性書是科學，淫書是小說。性書是醫學，是心理學；淫書是謊言，是『鼠牛比』[1]。西洋有性書，又有淫書。我國有淫書，而無性書。我們讀了性書，多少總得些智識。我們看了淫書多少總受些惡習。」姚靈犀的一些著作可說是性書，包括他的《思無邪小記》等等，而且是相當有系統的探討到「性」文化。有人推崇張競生（一八八八至一九七〇），一九二六年他出版《性史》第一集，社會嘩然，使他自己身敗名裂，甚至被稱為「賣春博

1 鼠牛比：吹牛皮。

士」。但若就他的《性史》而觀之，是有些「鼠牛比」，因此後來譯著有《性的教育》和《性的道德》，並翻譯了英國藹理士的《性心理學》等書的潘光旦（一八九九至一九六七），在《性心理學》的譯者自序中說：「在有一個時候，有一位以『性學家』自居的人，一方面發揮他自己的性的學說，一方面卻利用藹氏做幌子，一面口口聲聲宣傳要翻譯藹氏的六、七大本研究錄，一面卻編印不知從何處張羅來的若干個人的性經驗，究屬是否真實，誰也不得而知。」潘光旦對張競生這種「野狐禪」的行為，是有所批評的。他對張競生出版《性史》更是深表不滿。周越然甚至說：「西洋性心理學中，常載許許多多『性史』。『性史』就是個人婚姻前後的實錄，心理學家據為研究資料的。首先印行這種資料者，是心理學專家艾理司氏。依科學言，性史全不誨淫。後來張競生採取了艾氏的意思編《性史》（第一集），為什麼大家譏笑他呢？因為張君的著作，確實誨淫。他的那篇董二嫂，是《癡婆子傳》的化身，當然不能登大雅之堂。張競生以後的小冊子，效慕張競生《性史》而作的小冊子，我見過的，總在一百五十種以上。這樣的多，都因為紙張低下的緣故。現在紙張缺乏，馬路上喊賣春宮，喊賣《性史》的癟三，幾幾乎完全沒有了。」時間有時是最好的證明，「搞噱頭，耍花招」的把戲，有時只能一時之間「嘩眾取寵」，終歸要被淘洗掉的。

雖然大學問家錢鍾書（一九一〇至一九九八）說：「假如你吃了個雞蛋覺得不錯，何必認識那下蛋的母雞呢」？那是錢先生為了拒絕太多媒體記者的採訪的推托之詞，但我們「讀其書，可不識其人」乎？但對姚靈犀而言，他的許多著作都已被湮沒了，還需靠從日本再影印回來，對於他的生平資料更是少得可憐，我曾找遍網路所能找到的，就那麼一些，而且可信度是存疑的。二〇一三年六月一日，因緣際會我見

九）十一月三十日。姚靈犀的最後一首詩作，寫就於一九五九年。」此皆明顯錯誤，姚靈犀生於一八九九年陰曆十一月二十九日，也就是陽曆十二月三十一日。至於他卒於何年，目前尚無資料，至少到一九六五年元旦他還活著，高彥頤（Dorothy Ko）說他最後一首詩作，寫就於一九五九年，顯係沒見到〈六六初度〉詩。

姚靈犀江蘇丹徒人，從他的〈六一生日自述〉詩得知他生於貧困之家，三、四歲時，家遷到揚州，並入私塾，受業於一位老秀才，也打下他紮實的國學底子及後來能詩能文的才賦。一九一七年他遷居天津，並娶妻查鳳琳。據天津著名崑曲家陳宗樞說：「（姚靈犀）風流倜儻，擅詩古文辭。才思便捷，流寓津門，在天津文藝界頗負盛名，為夢碧詞社成員。」夢碧詞社由天津著名詞人寇夢碧主持，據說「堪稱當代詞界最具水準、最有影響的詞社」。一九二二年姚靈犀去東北，他詩中所云：「隻身去邊塞，戎馬多苦辛。秋風落關榆，故鄉思鱸蓴。」而這年年頭他的女兒彤光出生，年尾兒子姚齊也出生了。一家四口，使得他為謀生計不斷地奔忙，詩云：「年立賦言歸，又逐南車塵。白門未朞月，道路生荊榛。倉皇過沽水，另作入幕賓。時作或時輟，遭遇多邅迍。」由詩觀之，他謀職一直不順利。一九二五年秋，他在南京督幕時，有好友「唐荃猗、胡叔磊、畢素波，皆過江來問訊，舊雨重逢，歡言道故。……遂創吟秋詞社。事未成，而浙師侵境，先後與荃猗、叔磊，航海來京師。」一九二六年春，他在沈宗畸處認識傅芸子，沈宗畸讀了唐荃猗、胡叔磊、畢素波、姚靈犀、傅芸子五人的詩文後，而奇之曰：此五儁也。後來姚靈犀就直隸省署秘書，偕胡叔磊赴天津，公餘之暇，仍以聯吟為樂。一九二七年初夏，姚靈犀集傅、唐、胡、畢等五人，共成「南金」社。所以取名「南金」，蓋取晉朝薛兼等入洛，見張司空的故事。《晉書・薛兼傳》：「兼清素有器宇，少與同郡紀瞻、廣陵閔鴻、吳郡顧榮、會稽賀循齊名，號為『五儁』。初入洛，司空張華見而奇之，曰：『皆南金也。』」唐朝元稹〈春晚寄楊十二兼呈趙八〉詩：「寄之二君子，希見雙南金。」「南金」是比喻南方的優秀人才。「南金」社成立後，「久之同社文稿，集有盈帙，亟謀刊布，乃有雜誌之輯。芸子介弟惜華，文學優長，戲劇深邃，此編頗多臂助，亦續入發起之列。並推予主其事……」於是姚靈犀為《南金》雜誌社社長兼主編。

一九二七年八月《南金》雜誌創刊。《南金》社址位於「意奧交界三十二號」，姚靈犀擔任社長兼主編，編輯部有胡叔磊、畢素波、傅惜華等。除總社外，在北京另設分社，分社長由傅芸子擔任。《南金》為三十二開，每期約八十頁左右。詩詞、書法、篆刻、書畫、隨筆、雜文、論文等應有盡有，另配有彩色插頁。作為綜合性文藝雜誌，其「內容文字之古雅，圖畫之清新，印刷之精美，久為世人所稱讚，稱其為北方唯一最美之文藝月刊」（《南金》第九期廣告）。《南金》前後一共辦了十期，根據柯醫生所收藏的合訂本觀之，姚靈犀每期均找當時名人或名書法家來題「南金」兩字的刊名，第一期（一九二七年八月十日）鄭孝胥題；第二期（一九二七年九月十日）羅振玉題；第三期（一九二七年十月十日）金梁題；第四期（一九二七年十一月十日）邵次公題；第五期（一九二七年十二月十日）樊增祥題；第六期（一九二八年一月二十日）葉恭綽題；第七期（一九二八年二月十日）袁中舟題；第八期（一九二八年三月三十日）寶熙題；第九期（一九二八年四月三十日）陳寶琛題；第十期（一九二八年八月三十日）紅豆館主（溥侗）題。另據《南金》第十期《戲曲專號》所刊載的〈本社特別啟事〉：「本社社長姚君素以事南歸，同人公推胡叔磊為津社社長，傅芸子為平社社長兼總編，一切事務統由胡傅二君負責……」也就是說，姚靈犀在第九期出刊後去了南方，姚靈犀南歸後，《南金》停刊了四個月，一直到同年八月才繼續出版。《南金》的組織機構因此進行了調整，原主編胡叔磊出任社長，主編一職則由傅芸子接任。社址也一度遷往法租界大陸大樓二〇一號。而這期也成為《南金》最後的絕響了。

姚靈犀在《南金》雜誌除了連載《瑤光秘記》小說（該小說後來在一九三八年十月由天津書局出版單行本）外，又發表了〈非花記〉（只登一期，沒寫完）、〈畫訶記〉（後收入《思無邪小記》一書中）、〈鑑戒實錄（上）〉、〈鑑戒實錄（下）〉等文章。而同時他在天津的《坦途》雜誌發表不少的詩詞作品，分別是：一九二七年第二期的〈金縷曲〉、一九二七年第三期的〈金菊對芙蓉〉、一九二七年第四期的〈金縷曲〉、一九二八年第五期的〈寶鼎現〉、一九二八年第六期的〈謝贈寶刀牋代作〉、一九二八年第七期的〈百字令〉、一九二八年第八期的〈湖月〉、一九二八年第九期的〈一萼紅〉、一九二八年第十一期的〈論交〉。其中〈金菊對芙蓉〉是藉描寫御溝來感懷往事並不如煙，詞云：「怨葉流紅，殘螺漲碧，盈盈自繞宮牆。念良緣無分，好景無常，玉泉一出難回首。想年時，洗象風光，欄干徒倚，有人擫笛，偷譜霓裳。偎熳卅六鴛鴦，記照過眉痕，湔過衣香，更橫波閱徧，幾度興亡。葒　已冷前朝夢，算朱明，往事淒涼。李花亂起，無情綠水，曾葬紅粧。」而〈論交〉詩云：「承恩不在貌，論交不以利。酒食相徵逐，交情安可致。小人率如此，君子重道義。道義日益重，百事無虛偽。小人果斂跡，君子見真諦。

試觀今之人，誰復知此意。酒食為紹介，勢利則諂媚。見而爭逢迎，背面即譏議。賢者寒其心，不敢云友誼。貌美有時衰，利盡各猜忌。叔夜久灰心，孝標增憤恚。處之以中庸，先求無怍愧。」談的是君子與小人及交友之道。由此一詩一詞，即可知姚靈犀的詩詞造詣了。

姚靈犀的重要著作則為《采菲錄》，《采菲錄》是三〇年代姚靈犀在編天津《天風報》副刊「黑旋風」時的專欄名字，取自《詩經・谷風》：「采葑采菲，無以下體。」專門刊載與纏足有關的文字。後更以專欄所載文章和陸續收集的資料編次成帙，彙成一部民俗學巨著，仍稱《采菲錄》。全書共六冊，分序文、題詞、采菲錄之我見、考證、叢鈔、韻語、品評、專著、撮錄、雜著、勸戒、瑣記、諧作、附載等類。其內容包含有纏足史料、品蓮文學、禁纏放足運動資料、政府法令、宣傳文字、時人心得種種，並附有大量照片和插圖。《采菲錄》，副題「中國婦女纏足史料」，初編、續編由天津時代公司於一九三六年一月、二月印行，三編、四集由天津書局於一九三六年十二月及一九三八年二月印行，一九四一年又有新編和精華錄問世。是至今為止整理彙編纏足史料最為齊全的著作，相信也是空前的一部著作。

來新夏在〈姚靈犀與《采菲錄》〉文中說：「上世紀四〇年代初，我在旅津廣東中學讀高中時，常在班上聽到談論我們高一級有個姓姚的才女。她的父親姚靈犀是個研究女人小腳的文人。當年我心中有個疑問，小腳有什麼可研究的，為什麼她的父親研究小腳？有一次和父親說起此疑問，父親笑著說，『姚先生是我熟人，很有學問，就是研究走了偏鋒，很遭人非議，等有閒我帶你去見見他。』不久，我便和父親同去拜訪姚先生。當時，他住在天津張莊大橋英法交界路近一條名叫義慶里的胡同裡。見面後，他很健談，和父親談了許多話，其中不少有關《采菲錄》被社會誤解的話。臨別時，他還送我們一套《采菲錄》。」

《采菲錄》初問世，即招來非議無數，很多人認為姚靈犀是抱著賞玩、褒揚甚至提倡的心態來編輯此書的，以致於他不得不在《續編自序》裡闡明本意，「夫纏足之惡俗，不獨為婦女一身之害也，其影響於民族健康也亦至巨。然其歷史悠遠，久經勸禁而未絕者，必有強固之理存乎其間。吾人欲摒斥一事一物，必須窮源竟委以識其真象，而後始能判其是非。如勸人戒毒，非徒托空言者，亦須先知鴉片之來源及其為害之烈，而後能毅然戒除。故欲革除纏足之風，先宜知其史實，予之搜集資料，勒為專書，即此意也。」

自五代起，中國婦女盛行纏足後，就可以在筆記中看見纏足的記載，如北宋徐積詠蔡家婦有「但知勒四支，不知裹兩足」之句。陸放翁《老學庵筆記》云：「宣和末女子鞋底尖，以二色合成，名錯到底。」《宋史・五行志》：「理宗朝，宮人束腳纖直，名快上馬。」蘇軾〈菩薩蠻〉云：「塗香莫惜蓮承步，長愁羅襪臨波去；只見舞迴風，都無行處蹤。偷穿宮樣穩，竝立雙趺困，纖妙說應難，須從掌上看。」由此看來，在宋代一般人已經把小腳看成是最美的裝飾了。

研究小腳最到家的是清朝的方絢，字陶采，又號荔裳，他曾仿張功父的《梅品》體裁，作《香蓮品藻》。他把小腳分為五式：蓮瓣、新月、和弓、竹萌、菱角。又說香蓮有三貴：一曰肥；二曰軟；三曰秀。他還加以闡釋：「瘦則寒，強則矯，俗遂無藥可醫矣。故肥乃腴潤，軟斯柔媚，秀方都雅。然肥不在肉，軟不在纏，秀不在履，且肥軟可以形求，秀但當以神遇。」他又把小腳分為十八種，分別是：

名稱	解釋
四照蓮	端端正正、窄窄弓弓，在三寸四寸之間者。
錦邊蓮	四寸以上至五寸，雖纏束端正，而非勁履，不見稜角者。
釵頭蓮	瘦而過長，所謂竹萌式也。
單葉蓮	窄胝平跗，所謂和弓式也。
佛頭蓮	豐跗隆然，如佛頭挽髻，所謂菱角式，江南之鵝頭腳也。
穿心蓮	著裡高底者。
碧臺蓮	著外高底者。
並頭蓮	將指鉤援，俗謂之裡八字。
並蒂蓮	銳指外揚，俗謂之外八字。
同心蓮	側胼讓指，俗謂之裡拐。
分香蓮	欹指讓胼，俗謂之外拐。
合影蓮	如有坐欹器，俗稱一順拐。
纏枝蓮	全體紆迴者。
倒垂蓮	決踵躡底，俗稱坐跟。
朝日蓮	翹指向上，全以踵行。
千葉蓮	五寸以上，雖略纏粗縛，而翹之可堪供把者。
玉井蓮	銳是鞋尖，非關纏束，昌黎詩所謂「花開十丈藕如船」者也。
西番蓮	半路出家，解纏謝纏者。較之玉井蓮，反似有娉婷之致焉。

這十八種香蓮，有好的，也有壞的。因此他又把小腳分為九等：

名稱	解釋
神品上上	穠纖得中，修短合度，如捧心西子，顰笑天然。不可無一，不能有二。
妙品上中	弱不勝羞，瘦堪入畫，如倚風垂柳，嬌欲人扶，雖尺璧粟瑕，寸珠塵纇，然希世寶也。
仙品上下	骨直以立，忿執以奔，如深山學道人，餐松茹柏，雖不免郊寒島瘦，而已無煙火氣。
珍品中上	紆體放尾，微本濃末，如屏開孔雀，非不絢爛炫目，然終覺尾後拖沓。
清品中中	專而長，皙而瘠，如飛鳧延頸，鶴唳引吭，非不厭其太長，差覺瘦能免俗。
艷品中下	豐肉而短，寬緩以荼，如玉環《霓裳》一曲，足掩前古，而臨風獨立，終不免「爾則任吹多少」之誚。
逸品下上	窄亦稜稜，纖非甚銳，如米家研山，雖一拳石，而有崩雲墜崖之勢。
凡品下中	纖似有尖，肥而近俗，如秋水紅菱，春山遙翠，頗覺戚施蒙璆，置之雞群，居然鶴立。
贗品下下	尖非瘦形，踵則猱升，如羊欣書所謂「大家婢學夫人」，雖處其位，而舉止羞澀，終不似真。

據說小腳的妙處分為三等：上等是在掌上、在肩上、在鞦韆上。中等是在被中、在燈中，在雪中。下等是在簾下、在屏下、在籬下。當一雙纖纖小腳，被當時的男人在上述的九種場合「憐惜」和「撫摩」，將會帶給男人無限的神往！

《采菲錄》一問世，有些新文人和所謂「正人君子」群起誅伐。有人未認真讀其書，即誣姚靈犀有傷風化者。但也有人認為這是一部研究風俗史的著述。而姚靈犀則有他自己的主張，他在詩中云：「婦女千餘年，備受窅娘毒。痛楚深閨中，午夜聞啼哭。當其行纏初，纖纖由蹜蹜。迨至及笄時，刻意等膏沐。生蓮步步香，擬月弓弓玉。荔裳作品藻，笠翁有偶錄。我亦步後塵，千古接芳躅。同好稿紛投，圖影寄相屬。嗜痂竟成癖，海內咸刮目。禍棗與災梨，斯文竟可鬻。勸戒雖諄諄，闡理關性欲。采菲成新編，卷懷恨不速。」

據陳宗樞說，一九四四年天津尚在淪陷時期，偽教育局局長何慶元出面在法院狀告姚靈犀編印誨淫書籍，法院立案審理，經姚多方奔走請託，此案遷延近年餘，至一九四五年日本投降，不了了之。而據來新夏說：「但當年對此案就有不同傳說：有說是傳訊，有說是收監。據我父親說，姚先生被監禁過短時間，但一直沒有直接證據。」而據柯醫生所藏姚靈犀〈出獄後感言〉詩云：「……詎知風流罪，忽興文字獄。蛾眉例見嫉，豻目橫加辱。罰鍰二百金，拘縶一來復。方知獄吏尊，始知環人酷。……」姚靈犀確曾因為編撰《采菲錄》、《思無邪小記》等性學書籍被視為大逆不道而鋃鐺下獄。

《思無邪小記》又名《豔海》，或易名為《髓芳髓》，是姚靈犀從一九二五年，在侯疑始主編《翰海》連載，「蒐集古今小品，涉及香豔者，上起經史，下逮說部，選取錄若干則，或加箋注」，集結成書。名為《思無邪小記》，意即鄭衛之音不刪，而以邪僻之思為戒也。後來他移居南京，稿遂中輟。再後來傅芸子主編《北京畫報》，曾刊登一部份。最後在天津的《天風》、《風月》兩報中續刊。前後耗費十五年時間收集種種「獺祭之書籍」，竟達千餘種之多，其記錄有關性文化的資料一時罕有其匹。他原本秘未示人，但聞嗜痂者眾，乃刊此以饜所望。於是一九四一年由天津書局出版。茲錄幾則如下，當可想見一斑。

《漢書藝文志》房中八家，內有容成陰道，務成子陰道，堯舜陰道，湯盤庚陰道，天老雜子陰道，天一陰道諸書，皆房中術也。惜乎此書失傳。但有《素女經》、《素女方》、《玉房秘訣附玉房指要》、《洞玄子》四種。近世長沙葉德輝刊入《雙梅影盦叢書》而已。

長沙葉德輝自印《悔花菴叢書》一本，譚延闓書耑，裝印綦精，為當時贈友之品。內中大致與石印流行之《素女經》相同。惟最後有唐白行簡〈天地陰陽交歡大樂賦〉篇，為坊本所無，謂於某山石室中獲得者。賦長約數千言，於交接之事，分時分類，鋪敘甚詳。文詞豐豔華治，得未曾有。惜殘闕不完，間多誤字。白行簡為樂天兄弟行也。

文言香豔小說，昉自唐人。如唐代叢書中，太真梅妃外傳等篇是也。宋代有碧雲[馬段]之作，述歐九事，文亦雅蓄。記幼時曾於某書中見之，惜已不詳。至元代，香豔作風乃極盛，如《繡谷春容》所載，多出於元人之手，惟此書近已不易覓。清季末葉，粵中某書局石印有《國色天香》者，計兩本。內刊小說數種，即全由《繡谷春容》中摘取者。計有《龍會蘭池錄》、《劉生覓蓮記》、《尋芳雅集》、《雙卿筆記》（此雙卿非情史悟岡所撰《西青散記》中之雙卿也）、《白錦瓊奇會遇》、《天緣[按：疑應作緣]奇遇》、《鍾情麗集》共七種。不特文筆嫵麗，在《板橋雜記》、《畫舫》諸錄之上，即其中詩詞，描述男女熱情，均能極容盡致，敢於赤裸裸寫出，非後來人所能及也。惜乎彼書取材，尚非《繡谷春容》全璧[按：原作壁]，滄海遺珠，終屬缺憾。《繡谷春容》一書，海內想有存者，暇當訪之。

生理學名詞，女子陰部，統名之曰生殖器。其墳起之處為陰阜，傅以細毛，極形茂密。其下則為陰唇，生於廷孔外口之兩側，儼如門扇，以蔽陰戶者。其內則有小陰唇，紅鮮薄嫩，如花瓣自抱其蕊，而陰核適當其中。一般婦女皆如是也。余曩遊大同，則聞渾源州婦女有重門疊戶之說，初不甚信，繼念水仙有複瓣，牡丹有重臺者，安知造物者不能賦此異爐妙鼎耶？嬌雲，處子也，月娘，婦人也。窺其浴，薄而覩之，所謂大小陰唇皆肥大高厚，逾於尋常，宛然重瓣。洎交接時，愉快不可名狀。韓冬郎詩，異花何必更重臺，恰可移贊渾源婦女玉戶耳。

《漁磯漫鈔[2]》云，滇南有樹，名「鵲不停」者，枳棘槎枒，群鳥皆避去不敢下，惟鴞之交也則棲止而萃其上，精溢於樹，乃生瘤。土人斷瘤成丸鳥卵，近人肌膚輒自跳躍，就私處益習習然。相傳閨闥密用，然極難得也。《簷雲樓雜說》亦同此說。或謂「鵲不停」即緬鈴，一名太極丸。鴞應作鵬。

藤津偽器，房中淫具也。古名觸器，厥狀殊醜，無異陰莖。用時先置盎中[按：原作盎盎中。顯然衍一盎字]以熱湯浸之使軟。稜高頭肥，長約六寸許。下端有孔，穿以線帶，帶繫於踝上，然後仰臥，雙手抱膝，繫帶之腿微翹，足根當陰，納器玉戶中，疾徐伸縮，盡興而為，不啻交媾時

2 按：原作砂。作為書名，想應作鈔。

也。故嫠婦女尼恒喜試之，既可保全名節，且能怡情遣興。人之大欲，情何能免。一經潛試，緣以成癖。旦旦而伐之，於是花容憔悴矣。大悲君曾戲作角招八律，因俗呼觸器為「角先生」也。

《西廂記》豔冶絕倫。以「繡鞋兒剛半折，柳腰兒恰一搦。羞答答不肯把頭抬，只將鴛枕捱。雲鬟彷彿墜金釵，偏宜鬏髻兒歪。我將你紐扣兒鬆，我將你羅帶兒解。蘭麝散幽齋，不良會把人禁害。咍，怎不回過臉兒來？軟玉溫香抱滿懷。呀，劉阮到天臺。春至人間花弄色，柳腰款擺，花心輕折，露滴牡丹開。蘸著些兒麻上來。魚水得和諧，嫩蕊嬌香蝶恣採。你半推半就，我又驚又愛，檀口揾香腮」以上為正寫。以紅娘口中「他並投效綢繆，倒鳳顛鸞百事有。我獨立在窗兒外，幾曾敢輕咳嗽。立蒼苔，只把繡鞋兒冰透」及「你個月明纔上柳梢頭，卻早人約黃昏後。羞得我腦背後，將牙兒襯著衫兒袖。怎凝眸，只見你鞋底尖兒瘦。一個恣情的不休，一個啞聲兒廝耨[按：原作耨]，那時不曾害半星兒羞。」詞之淫豔，以此為極。

又《思無邪小記》中曾品評二十四幅中國所繪之春宮圖，後來姚靈犀為曹涵美（一九〇二至一九七五）的《金瓶梅全圖》第三冊（全十冊，共五百幅）寫序時，特別比較中西春宮圖說道：「吾人觀攝影術所得西洋秘戲，鬚眉畢見，乳陰分明，然不及中國所傳手卷冊頁摹擬入神者，為耐人尋味，即中國畫有含蓄故也。才子佳人，面目身份俱覺可愛，不似西洋照相，男皆荒傖，女均妖蕩，窮形盡相，徒失美感。惟有餘不盡之情，更為聰慧者所顛倒，造意淫二字之人可謂聰明絕頂，故梵典四天天王之淫，自為高下。……想瑞香花下、湖上石畔，一幀春梅旁耽，何等高超！緣男女二根之狀不雅，而男子厥物更不雅觀，即婦人私處亦不求酷肖，兩股之間墳起便足（原圖所繪頭角崢嶸，厥狀甚醜）。秘辛所狀，數字而已，男勢萬不可見，不得已時玉莖半露，若逼真便蛇足矣。……婦人纖趾，古有藕覆罩足背，鞦韆上人藕覆垂足，鞋尖亦不可見，是亦可法。」這顯示出姚靈犀的審美觀。

《未刻珍品叢傳》收錄姚藏稿本《閨豔秦聲》、《塔西隨記》、《髣塵集》，三書均應是首次刊行。《閨豔秦聲》得於天津，著者署名古高陽西山樵子，歌房幃帷燕呢之曲。據考證《閨豔秦聲》最初發表於一九二三年的《大公報》，但其完本見於一九三六年排印的《未刻珍本叢傳》。原作者姓單名阿蒙，文當成於乾隆後期或嘉慶年間。它是一篇由男性作者擬女性口氣來描寫女性情思的作品。我國古代創作這類「易性文學」的傳統源遠流長。《閨豔秦聲》則是古代「易性文學」中一篇饒有情趣的佳作。《塔西隨記》著者署名萍跡子，述曲巷狎邪之事。《塔西隨記》記載了磚塔胡同之西的口袋底、城隍庵、錢串胡同、三道柵欄、小院胡同、玉帶胡同等處的二十多家妓院。在清末光緒庚子以前，「塔西」可謂「北國花叢，鶯嬌燕媚，鬢影釵光」，「隨記」就是對這一帶妓院情況的隨筆記錄。《髣塵集》得來最奇，姚靈犀偶過揚州惜字形檔，見《鹽法志》一冊，將要投入火中處理，急忙攔下帶回，不料竟在書中翻出九頁詩稿，記姬侍怨誹之語，應是怨妾遺詩，倖存於世，遂命名為《髣塵集》，刊印面世，「使閱者知馮小青而外，別有一段傷心史」。姚靈犀在書前作弁言一篇云：「嗚呼。宇宙之間，文人眾矣，抑鬱不自得，乃寄情於豔聞瑣事，以翼其言之無罪，而聞之者好之之可傳也。然而傳不傳無定也。宇宙之間，好女子之淪為姬侍者亦眾矣，抑鬱不自得，乃形諸吟詠，以翼甚或聞於世也。然而聞不聞無定也。世間類此之文字，散佚摧燒者，曷可勝數。而此三者獲存，不可謂非幸事也。」當年《未刻珍品叢傳》出版時有筆名「龍眠章六」在《風月報》為文推介，云：「姚君靈犀，天才卓越，冠絕朋儕，文章風雅，迥異恒流，以是三津各報，群爭聘為撰述，每一文出，茂雅縝密，細膩精緻，邀人驚羨，由來久矣。前者從事纂輯《采菲錄》，品蓮名作，美不勝收，而考風問俗，攸關文獻者實鉅，至麗句清詞，溢譽海內，讀者自有月旦，毋待僕多贅也。邇者於公餘之暇，有《珍品》之輯，洵為有文皆艷，無語不香，至其事之緣起，得之遇合，乃集《閨豔秦聲》、《塔西隨記》及《麝塵集》彙輯而成，卷首弁言，已詳敘之矣，有命名為三奇者，誰曰不可，若其校印之精雅，裝幀之奝璜，乃其餘事耳，爰贅數言，用為介紹。」

姚靈犀是一位博涉群籍，很有性格和獨有見地的人。來新夏說：「幾十年來，很少有人有文論及姚先生和他的著述。我則認為姚先生既非風流罪犯，亦非無行文人，而是一位社會史研究者，文獻、文物的收藏家，是一位獨具隻眼的學者。他是一個小人物，但他做了他認為應該做的事情。他承受了不該承受的苦難，即使他的著述中涉及『性』的問題，他也應被認為是性學研究者，至少應和張競生、劉達臨和李銀河等人相比論，給他的研究以應有的肯定。」而柯醫生也不無感慨地說：「近代名儒姚靈犀因著《采菲錄》，詳述纏足助性生活獲罪。西元一九四四年當金賽（美國性學研究開拓者）獲得企業捐助，專研性學時，姚靈犀因風流罪罰二百金破產，從此東西方性學研究進入消長分水嶺。」

今天我們重新點校他的著作，並重新出版它，我們覺得他在當時以無比的勇氣，開創很多的「第一」：他所編《采菲集》，對有關纏足的史料可謂網羅殆盡，而且是前無古人；他所寫的《思無邪小記》，記錄有關性文化的資料一時罕有其匹；他的《瓶外卮言》對《金瓶梅》的詞語的辨析也獨一無二，而且稱得上是「開山之作」。面對這樣的人物、這樣的著作，我們似乎不該再讓它湮沒不彰了。

序

小說雖為文章之遊戲，技近乎雕蟲，然遍讀古今佳構，莫不故作狡獪，繪聲繪色，使讀者如歷其境，而與之俱化。唯有獨具巨眼之士，則去其粕而得其精，舍其形而取其神，不為章句所炫，不為事態所惑，甚或於無字處求弦外音，而有所闡發無餘也。

《金瓶梅》一書，摘《水滸傳》之回目，而演為奇文，可謂小說之小說，不特於舊說部據有地位，即於文章作風屢變之今日，猶不失為名貴之作，使人百讀而不厭。直不能以摛藻鋪棻，盡態極妍者視之，明矣。

姚子靈犀，飽學而多才，嘗以《金瓶梅》出於明人之手，而寫宋人之事，每當丹鉛之暇，舉凡明代之禮俗，習尚，名物，方言，與夫涉及考證者，輒一一筆之於書，寖久而成巨帙，均足以資闡明。乃著《瓶外卮言》，以為《金瓶梅》之翼，且一揭著者之狡獪，譬猶燃溫犀，鑄禹鼎，巨細靡遺，根源悉探，信手拈來，發數百年之秘奧，而為一家之言。是不惟在藝林起異軍，為說部標新格，抑亦作《金瓶梅》之注疏，畀讀者以南針，行見與《金瓶梅》後先輝映，相得益彰，又豈道學先生所可夢想及哉。

姚子富於著述，且俱風行於世，則是著之評價若何，將俟諸海內賢明，有以論定。茲值付刊在即，爰綴數言以為之序。

中華民國二十九年四月既望　江東霽月　序於津沽

序

《金瓶梅》一書，在明清之際，與《水滸》，《紅樓》，《儒林外史》，同稱說部巨製。其結構之完密，描寫之生動，亦未遑多讓。只以書中間有褻語，列為禁書，士夫多諱言之，致其文學技巧之美點，竟為少數猥褻字句所掩，因而流布未廣，弗獲愛好文藝者普遍之欣賞，誠斯書之不幸也。

晚近文學，以描摹社會情態為工者，謂之社會小說，頗為一時之崇嗜。如英之卻而司迭更司，俄之契訶夫，其作品均名重一時。《金瓶梅》所記述，固以世態人情之刻畫為多，其對於西門家庭之俗惡，不著一字褒貶，而陽秋自在言外，尤合於社會小說之旨。

綜四書論之，《水滸》多談武俠，《紅樓》專言愛情，《儒林外史》描寫社會情態之處獨多，第限於腐儒酸丁之疇範，亦不如《金瓶梅》涵彙之廣。以近代評論小說之眼光衡之，似《金瓶梅》之社會描寫價值，更出諸書上。評而張之，亦今日文人應有之舉也。

姚君靈犀，夙好研究此書，輒有纂述。余昔年主《風月畫報》筆政時，君曾撰《金瓶寫春記》刊於「風畫」，甚為當時讀者所樂道。嗣余編輯《天風報》，適君之《金瓶札樸》以時寄刊。考證精詳，頗足資同好者之研討。今姚君彙集所作，萃為一編，將刊以問世，因余與此書一部稿件，雅有因緣，屬為弁語，爰略志數言歸之。

民國二十九年夏 暨陽 魏病俠

序文題詞

志怪搜奇取次新，閉門風月特關身。
寒鴉兒過青刀馬（書中俗語），難得金瓶索解人。

上谷王伯龍

目次

《金瓶梅》的著者時代及其社會背景[1]

吳晗

要知道《金瓶梅》這部書的社會背景，我們不能不先解決它的產生時代。同時，要考定它的產生時代，我們不能不把一切關於《金瓶梅》的附會肅清，還它一個本來面目。

《金瓶梅》是一部寫實小說，所描寫的是作者所處時代的市井社會侈靡鄙俚的生活。它的細緻生動的白描技術和汪洋恣肆的氣勢，在未有刻本以前，即已為當時文人學士所歎賞驚詫。因為時代的習尚使作者敢對於性生活作無忌憚的大膽的敘述，便使社會上一般假道學先生感到威脅而予以擯斥，甚至怕把它刻版行世會有墮落地獄的危險，但終不能不佩服它的技術的高妙。另一方面一般神經過敏的人又自作聰明地替它解脫，以為這書是「別有寄託」，替它揑造成一串可歌可泣悲壯淒烈的故事。

無論批評者的觀點怎樣，《金瓶梅》的作者，三百年來卻都一致公認為王世貞而無異詞。他們的根據是：

---

1 按：此文原載《文學季刊》第一卷，第一期，一九三四年一月，後收入吳晗《讀史札記》一書，姚靈犀此處收入，有少許刪節，另文末有姚靈犀的附識。

一、沈德符的話：說這書是嘉靖中某大名士作的，這一位某先生，經過幾度的做作，就被指為王世貞。

二、因為書中所寫的蔡京父子，相當於當時的嚴嵩父子，王家和嚴家有仇，所以王世貞寫這部書的目的是（一）報仇；（二）諷刺。

三、是據本書的技術和才氣立論的。他們先有了一個「苦孝說」的主觀之見，以為像這樣的作品非王世貞不能寫。

現在我們不管這些理由是否合理，且把他們所樂道的故事審查一下，看是王世貞作的不是。

一、《金瓶梅》的故事

《金瓶梅》的作者雖然已被一般道學家肯定為王世貞（他們以為這樣一來，會使讀者饒恕它的「猥褻」描寫），但是他為什麼要寫這書，他的對象是誰，卻眾說紛紜。家家都有一塊「本堂虔誠配製」的招兒。把它歸納起來不外是：

一、復仇說　對象（一）嚴世蕃；（二）唐順之

二、諷刺說　對象——嚴世父子

為什麼《金瓶梅》會和唐順之發生關係呢？這裡又包含著另外一個有趣的故事——「清明上河圖」的故事。

（一）「清明上河圖」和唐荊川

「『世傳《金瓶梅》一書為王弇州（世貞）先生手筆，用以譏嚴世蕃者。書中西門慶即世蕃之化身。世蕃小名慶，西門亦名慶；世蕃號『東樓』，此書即以『西門』對之。』「或謂此書為一孝子所作，所以復其父仇者。蓋孝子所識一巨公實殺孝子父，圖報累累皆不濟。後忽偵得巨公觀書時必以指染沫，翻其書葉。孝子乃以三年之力，經營此書。書成黏毒藥於紙角，覘巨公外出時，使人持書叫賣於市曰『天下第一奇書』。巨公於車中聞之，即索觀。車行及第，書已觀訖。嘖嘖歎賞，呼賣者問其值，賣者竟不見。巨公頓悟為所算，急自營救已不及，毒發遂死。」按二說皆是，孝子即鳳洲（世貞號）也。巨公為唐荊川（順之）。鳳洲之父忬死於嚴氏，實荊川贊之也。姚平仲《綱鑒絜要》載殺巡撫王忬事，注謂：「忬有古畫，嚴嵩索之，忬不予，易以摹本。有識畫者為辨其贋，嵩怒，誣以失誤軍機殺之。」但未記識畫人姓名。有知其事者謂識畫人即荊川，古畫者「清明上河圖」也。

鳳洲既抱終天之恨，誓有以報荊川，數遣人往刺之，荊川防護甚備。一夜，讀書靜室，有客自後握其髮將加刃，荊川曰：「余不逃死，然須留遺書囑家人。」其人立以俟，荊川書數行，筆頭脫落，以管就燭，佯為治筆，管即毒弩，火熱機發，鏃貫刺客喉而斃。鳳洲大失望。

後遇於朝房，荊川曰：「不見鳳洲久，必有所著。」答以《金瓶梅》，實鳳洲無所撰，姑以誑語應耳。荊川索之急，鳳洲歸，廣招梓工，旋撰旋刊，以毒水濡墨刷印，奉之荊川。荊川閱書甚急，墨濃紙黏，卒不可揭，乃屢以紙潤口津揭書，書盡毒發而死。

或傳此書為毒死東樓者，不知東樓自正法，毒死者實荊川也。彼謂以三年之力成書，及巨公索觀於車中云云，又傳聞異詞耳。

——《寒花盦隨筆》

這是說王忬進贗畫於嚴嵩，為唐順之識破，致陷忬於法。世貞圖報仇，進《金瓶梅》毒死順之的。劉廷璣的《在園雜誌》也提到此事，不過把「清明上河圖」換成「輞川真跡」，把識畫人換成湯裱褙，並且說明順之先和王忬有宿怨。他說：

明太倉王思質（忬）家藏右丞所寫「輞川真跡」，嚴世蕃聞而索之，思質愛惜世寶，予以摹本。世蕃之裱工湯姓者，向在思質門下曾識此圖，因於世蕃前陳其真贗，世蕃銜之而未發也。會思質總督薊遼軍務，武進唐應德順之以兵部郎官奉命巡邊，嚴嵩觴之內閣，微有不滿思質之言，應德頷之。至思質軍，欲行軍中馳道，思質以己兼兵部堂銜難之，應德怫然，遂參思質軍政廢弛，虛糜國帑，累累數千言。先以稿呈世蕃，世蕃從中主持之，逮思質至京棄市。

到了清人的缺名筆記又把這故事變動一下，撇開了王世貞，卻仍把其餘部分保留著，成為《金瓶梅》

故事的另一傳說：

《金瓶梅》為舊說部中四大奇書之一，相傳出王世貞手，為報復嚴氏之「督亢圖」。或謂係唐荊川事，荊川任江右巡撫時有所周納，獄成，罹大辟以死。其子百計求報而不得間。會荊川解職歸，偏[2]閱奇書，漸歎觀止，乃急草此書，漬砒於紙以進。蓋審知荊川讀書時必逐葉用紙黏舌，以次披覽也。荊川得書後，覽一夜而畢，驀覺舌本強澀，鏡之黑矣。心知被毒，呼其子曰：「人將謀我，我死，非至親不得入吾室。」逾時遂卒。

旋有白衣冠者呼天搶地以至，蒲伏於其子之前，謂曾受大恩於荊川，願及未蓋棺前一視其顏色。鑒其誠，許之入，伏屍而哭，哭已再拜而出。及殮，則一臂不知所往。始悟來者即著書之人，因其父受繯首之辱，進鴆不足，更殘其支體以為報也。

（二）湯裱褙

識畫人在另一傳說中，又變成非大儒名臣的當時著名裝潢家湯裱褙。這一說起來最早的要算沈德符的

2 按：偏當為遍。

《野獲編》。他的時代和世貞緊湊，他的祖、父又都和王家世交，所以後人都偏重這一說：

嚴分宜（嵩）勢熾時，以諸珍寶盈溢，遂及書畫古董雅事。時鄢懋卿以總鹺使江淮，胡宗憲、趙文華以督兵使吳越，各承奉意旨，蒐取古玩不遺餘力。時傳聞有『清明上河圖』手卷，宋張擇端畫，在故相王文恪（鏊）胄君家，其家鉅萬，難以阿堵動，乃托蘇人湯臣者往圖之。湯以善裝潢著名，客嚴門下，亦與婁江王思質中丞往還，乃說王購之。王時鎮薊門，即命湯善價求市。既不可得，遂囑蘇人黃彪摹真本應命，黃亦畫家高手也。嚴氏既得此卷，珍為異寶，用以為諸畫壓卷，置酒會諸貴人賞玩之。有妒王中丞者，知其事，直發為贗本，嚴世蕃大慚怒，頓恨中丞，謂有意紿之，禍本自此成。或云即湯姓怨弇州伯仲，自露始末，不知然否。

——卷二「偽畫致禍」。

這一說是「清明上河圖」本非王忬家物，由湯裱褙托王忬想法不成功，才用摹本代替，末了還是湯裱褙自發其覆，釀成大禍。顧公燮《消夏閑記摘抄》「作金瓶梅緣起王鳳洲報父仇」一則，即據此說加詳，不過又把王鏊家藏一節改成王忬家藏，把嚴氏致敗之由附會為世蕃病足，把《金瓶梅》的著作目的改為譏刺嚴氏了。

> 太倉王忬家藏「清明上河圖」，化工之筆也。嚴世蕃強索之，忬不忍捨，乃覓名手摹贋者以獻。先是忬巡撫兩浙，遇裱工湯姓流落不偶，攜之歸，裝潢書畫。旋薦之世蕃。當獻畫時，湯在側謂世蕃曰：「此圖某所目睹，是卷非真者。試觀麻雀小腳而踏二瓦角，即此便知其偽矣。」世蕃恚甚，而亦鄙湯之為人，不復重用。
>
> 會俺答入寇大同，忬方總督薊遼，鄢懋卿嗾御史方輅劾忬禦邊無術，遂見殺。後范長白公允臨作《一捧雪傳奇》，改名為莫懷古，蓋戒人勿懷古董也。
>
> 忬子鳳洲（世貞）痛父冤死，圖報無由。一日偶謁世蕃，世蕃問坊間有好看小說否，答曰有。又問何名，倉卒之間，鳳洲見金瓶中供梅，遂以《金瓶梅》答之，但字跡漫滅，容鈔正送覽。退而搆思數日，借《水滸傳》西門慶故事為藍本，緣世蕃居西門，乳名慶，暗譏其閨門淫放。而世蕃不知，觀之大悅，把玩不置。
>
> 相傳世蕃最喜修腳，鳳洲重賂修工，乘世蕃專心閱書，故意微傷腳跡，陰擦爛藥。後漸潰腐，不能入直，獨其父嵩在閣，年衰遲鈍，票本擬批，不稱上旨，寵日以衰。御史鄒應龍等乘機劾奏，以至於敗。

徐樹丕的《識小錄》又以為湯裱褙之證畫為訛，係受賄不及之故，把張擇端的時代由宋升至唐代，畫的內容也改變為作人擲骰。

湯褾褙善鑒古，人以古玩賂嚴世蕃必先賄之。世蕃令辨其真偽，其得賄者必曰真也。吳中一都御史偶得唐張擇端「清明上河圖」臨本，饋世蕃而賄不及湯，湯直言其偽，世蕃大怒，後御史竟陷大辟，而湯則先以誆騙遣戍矣。

余聞之先人曰，「清明上河圖」皆寸馬豆人，中有四人撐蒱，五子皆六而一猶旋轉，其人張口呼「六」，湯褾褙曰：「汴人呼六當撮口，而今張口，是操閩語也。」以是識其偽。此與東坡所說略同，疑好事者傅會之。近有《一捧雪傳奇》亦此類也，特甚世蕃之惡耳。

（三）況叔祺及其他

梁章鉅《浪跡叢談[3]》記此事，引王襄《廣彙》之說，即本《識小錄》所載。所異的是不把識畫人的名字標出，他又以為王忬致禍是由於一詩一畫。

王襄《廣彙》：「嚴世蕃常索古畫於王忬，云值千金。忬有臨幅絕類真者以獻，乃有精於識畫者往來忬家有所求，世貞斥之。其人知忬所獻畫非真跡也，密以語世蕃。會大同有虜警，巡按方輅

3 按：原脫「跡」字。

劾忬失機，世蕃遂告嵩，票本論死。」

孫之騄《二申野錄》注：「後世蕃受刑，弇州兄弟購得其一體，熟而薦之父靈，大慟，兩人對食，畢而後已。詩畫貽禍，一至於此，又有小人交構其間，釀成尤烈也。」

按所云「詩」者，謂楊椒山（繼盛）死，弇州以詩吊之，刑部員外郎況叔　錄以示嵩，所云「畫」即「清明上河圖」也。

綜合以上諸說，歸納起來是：

一、《金瓶梅》為王世貞作，用意（一）譏刺嚴氏；（二）作對嚴氏復仇的督亢圖；（三）對荊川復仇。

二、唐荊川譖殺王忬，子世貞作《金瓶梅》，荊川於車中閱之中毒卒。

三、世貞先行刺荊川不遂，後荊川向其索書，遂撰《金瓶梅》以毒之。

四、唐、王結怨之由，是荊川識「清明上河圖」為偽，以致王忬被刑。

五、《金瓶梅》為某孝子報父仇作，荊川因以被毒。

六、湯裱褙識王忬所獻「輞川真跡」為偽，唐順之行邊與王忬忤，兩事交攻，王忬以死。

七、「清明上河圖」為王鏊家物，世蕃門客湯臣求之不遂，托王忬想法也不成功，王忬只得拿摹本應命。湯裱褙又自發其覆，遂肇大禍。

八、嚴世蕃強索「清明上河圖」於王忬，忬以贗獻，為舊所提攜湯姓者識破。
九、世蕃向世貞索小說，世貞撰《金瓶梅》以譏其閨門淫放，而世蕃不知。
十、世貞賂修工爛世蕃腳，不能入直，嚴氏因敗。
十一、王忬獻畫於世蕃，而賄不及湯裱褙，因被指為偽，致陷大辟。
十二、王忬致禍之由為「清明上河圖」，及世貞吊楊仲芳詩，觸怒嚴氏。
以上一些故事看來似乎很多，其實只包含著兩個有聯繫性的故事——「清明上河圖」和《金瓶梅》。

二、王世貞父子的被殺與「清明上河圖」

按《明史》〈王忬傳〉：「嘉靖三十六年部臣言薊鎮兵額多缺宜補。乃遣郎中唐順之往覈，還奏額兵九萬有奇，今惟五萬七千，又皆羸老，忬等均宜按治。……三十八年二月把都兒辛愛數部掠朵顏為鄉導寇灤河，……京師大震。御史王漸方輅遂劾忬罪，帝大怒，切責忬，令停俸自劾。五月，輅復劾忬失策者三，可罪者四，遂逮忬下獄。……明年冬竟死西市。忬才本通敏，其驟拜都御史及屢更督撫也，皆帝特簡，所建請無不從。為總督數以敗聞，由是漸失寵，既有言不練主兵者，帝益大恚，謂忬怠事負我。嵩雅不悅忬，而忬子世貞復用口語積失歡於嵩子世蕃，嚴氏客又數以忬家瑣事搆於嵩父子，楊繼盛之死，世貞又經紀其喪，嵩父子大恨，灤河變聞，遂得行其計。」

當事急時，「世貞與世懋日蒲伏嵩門涕泣請貸，嵩陰持忬獄，而時為謾語以寬之。兩人又日囚服跽道旁遮諸貴人輿搏顙請救，諸貴人畏嵩，終不敢言。」——《明史》卷二八七世貞傳。

王忬死後，一般人有說他「死非其罪」的，也有人說他是「於法應誅」的。他的功罪我們姑且不管，要之，他之死於嚴氏父子之手，卻是一件不可否認的事實。

我們要解決以上所紀述的故事是否可靠，第一我們先要追求他和嚴嵩父子結仇的因素。關於這一點最好拿王世貞自己的話來說明。

《四部稿》卷一二三〈上太傅李公書〉：「……至於嚴氏父子所以切齒於先人者有三：其一，乙卯冬仲芳兄（楊繼盛）且論報，世貞自揣，託所知為嚴氏解救不遂，已見其嫂『代死疏』詞戇，少為筆削。就義之後，躬親含殮，經紀其喪，為奸人某某（按即指況叔祺）文飾以媚嚴氏。先人聞報，彈指唾罵，亦為所詗；其二，楊某為嚴氏報仇曲殺沈鍊，奸罪萬狀，先人以比壤之故，心不能平，間有指斥。渠誤謂青瑣之抨先人預力，必欲報之而後已；其三，嚴氏與今元老相公（徐階）方水火，時先人偶辱，見收葭莩之末，渠復大疑有所棄就，奸人從中搆，牢不可解。以故練兵一事，於擬票內，一則曰大不如前，一則曰一卒不練，所以陰奪先帝（嘉靖帝）之心而中傷先人者深矣。預報賊耗則曰王某恐嚇朝廷，多費軍餉；虜賊既退，則曰將士欲戰，王某不肯。茲謗既騰，雖使曾參為子，慈母有不投杼者哉？」

以上三個原因是：（一）關於楊繼盛；（二）關於沈青霞；（三）關於徐華亭。始終看不出有什麼書畫肇禍之說，試再到旁的地方找去。《明史》二八七世貞本傳說：「奸人閻姓者犯法，匿錦衣都督陸炳家。世貞時官刑部，搜得之。炳介嚴嵩以請，卒不許。吏部兩擬提學，皆不明。次年遂出為青州兵備副使。」

《野獲編》卷八「惡謔致禍」：「王弇州為曹郎，故與分宜父子善。然第因乃翁思質（忬）方總督薊遼，姑示密以防其忮，而心甚薄之。每與嚴世蕃宴飲，輒出惡謔侮之，已不能堪。會王弟敬美繼登第，分宜呼諸孫切責，以不克負荷訶誚之，世蕃益恨望，日譖於父前。分宜遂欲以長史處之，賴徐華亭（階）力救得免，弇州德之入骨。後分宜因唐荊川閱邊之疏譏切思質，再入鄢劍泉（懋卿）之贊決，遂置思質重辟。」

這是說王忬之得禍，是由於世貞之不肯趨奉嚴氏和謔毒世蕃，可用以和明史相印證。所謂「惡謔」，丁元薦《西山日記》曾載有一則：「王元美先生善謔，一日與分宜胄子飲，客不任酒，胄子即舉杯虐之至淋漓巾幘。先生以巨觥代客報世蕃，世蕃辭以傷風不勝杯杓，先生雜以詼諧曰：『爹居相位，怎說出傷風？』旁觀者快之。」也和「清明上河圖」之說渺不相涉。

今推究「清明上河圖」的本身及其沿革，考察與王氏所生關係，衍成如此故事的由來。

李東陽《懷麓堂集》卷九「題清明上河圖」云：「宋家汴都全盛時，四方玉帛梯航隨。清明上河俗所尚，傾城士女攜童兒。城中美屋翬甍起，百貨千商集成蟻。花棚柳市圍春風，霧閣雲窗粲朝綺。芳原細草飛輕塵，馳者若飆行若云。紅橋影落浪花裡，捩舵撇篷俱有神。笙歌在樓遊在野，亦有驅牛種田者。眼中苦樂各有情，縱使丹青未堪寫。翰林畫史張擇端，研朱吮墨鏤心肝。細窮毫髮夥千萬，直與造化爭雕鐫。

圖成進入緝熙殿，御筆題簽標卷面。天津一夜杜鵑啼，倏忽春光幾回變。朔風捲地天雨沙，此圖此景復誰家。家藏私印屢易主，贏得風流後代誇。姓名不入宣和譜，翰墨流傳藉吾祖。獨從憂樂感興衰，空弔環州一抔[4]土。豐亨豫大紛披徒，當初誰進流民圖。乾坤俯仰意不極，世事榮枯無代無。」

圖之沿革，錢牧齋云：「嘉禾譚梁生攜清明上河圖過長安邸中，云此張擇端真本也。……此卷向在李長沙家，流傳吳中，卒為袁州所鉤[5]。袁州籍沒後已歸御府，今何自復流傳人間？書之以求正於博雅君子。天啟二年壬戌[6]五月晦日。」——《初學集》卷八十五「記清明上河圖卷」。

按長沙即李東陽，袁州即嚴分宜。據此可知此圖經過：

（一）李東陽家藏；（二）流傳吳中；（三）歸嚴氏；（四）籍沒入御府。

一百年中四易其主。吳中收藏家為誰？想分宜籍沒時，必有簿錄，因此翻出勝朝遺事所收之文嘉「鈐山堂書畫記」，其「名畫部・宋」有張擇端清明上河圖，云圖藏宜興徐文靖（溥）家，後歸西涯李氏（東陽），李歸陳湖陸氏，陸氏子負官緡，質於崑山顧氏，有人以千二百金得之。然所畫皆舟車城郭橋樑市廛之景，亦宋之尋常畫耳，無高古之氣也。按田藝蘅《留青日札》，「嚴嵩」條紀「嘉靖四十四年八月抄沒清單」，有石刻法帖三百五十八冊軸，古今名畫刻絲納紗紙金繡手卷冊共三千二百零一軸，內有……宋張

4 按：抔原作坏。
5 按：鉤當作購。
6 按：戌原作戍。

擇端清明上河圖……乃蘇州陸氏物，以千二百金購之，才得其贗本，卒破數十家。其禍皆成於王彪湯九張四輩，可謂尤物害民。由此可知，（一）圖乃蘇州陸氏物；（二）重金向購，纔得贗本，卒破數十家；（三）湯裱褙或湯生行九，尚有王彪張四諸人。

考陳湖距吳縣三十里，屬蘇州。田氏所記蘇州陸氏即文氏所記之陳湖陸氏無疑，由陸氏到崑山顧氏，是陸氏子負官緡質於顧氏者，當屬可信。考「崑新兩縣合志」卷二十「顧夢圭傳」：

顧懋宏字靖甫，初名壽，一字茂儉。潛孫，夢圭子，十三補諸生。才高氣豪，以口過被禍下獄，事白而家壁立。依從父夢羽蘄州官舍，用蘄籍再為諸生。尋東還，遊太學，舉萬曆戊子鄉薦，授休寧教諭，遷南國子學錄，終莒州知州，自劾免。築室東郊外，補梅數十株，吟嘯以老。

按夢圭為嘉靖癸未（一五二三）進士，官至江西布政使。為崑山大族。其子懋宏十三補諸生，嘉靖四十一年（一五六二）五月嚴嵩事敗下獄，四十四年三月嚴世蕃伏誅，嚴氏當國時代恰和懋宏相當，可知「以口過被禍下獄，事白而家壁立」一段隱約的記載，即指「清明上河圖」事，與文田兩家所記相合。圖之沿革（一）宜興徐氏；（二）西涯李氏；（三）陳湖陸氏；（四）崑山顧氏；（五）袁州嚴氏；（六）內府。上引史料中，最可注意者即「鈐山堂書畫記」。因文嘉和王世貞兩家為世交，兩人亦是好友，於嘉靖四十四年（一五六五）應何賓涯之召，為檢閱籍沒入官的嚴氏書畫，到隆慶二年（一五六八）整理成書。時世貞適新起用，由河南按察副使擢浙江布政使司左參政分守湖州。假如王氏果和此圖有關係，並有如此悲慘的故事包含在內，他決不應故沒不言。

在以上所引證的「清明上河圖」的經歷系統中，很顯明地安插不下王氏父子的位置，惟《弇州山人四部稿・續稿》卷一六八有「清明上河圖・別本」跋云：

> 張擇端「清明上河圖」有真贋本，余均獲寓目。真本人物舟車橋道宮室皆細於髮，而絕老勁有力。初落墨相家，尋籍入天府，為穆廟所愛，飾以丹青。
>
> 贋本乃吳人黃彪造，或云得擇端稿本加潤刪，然與真本殊不相稱，而亦自工緻可念，所乏腕指間力耳。今在家弟（世懋）所，此卷以為擇端稿本，似未見擇端本者，其所云於禁煙光景亦不似，第筆力遒逸驚人，雖小粗率，要非近代人所能辨。蓋與擇端同時畫院祗侯，各圖汴河之勝，而有甲乙者也。吾鄉好事人遂定為真稿本，而謁彭孔嘉小楷，李文正公記，文徵仲蘇書，吳文定公跋，其張著楊准二跋，則壽承休承以小行代之，豈惟出藍，而最後王祿之陸子傳題字精楚。陸於逗漏處，毫髮貶駁殆盡，然不能斷其非擇端筆也。使畫家有黃長睿那得耳。

其第二跋云：

> 按擇端在宣政間不甚著，陶九疇纂《圖繪寶鑒》，搜羅殆盡，而亦不載其人。昔人謂遜功帝以丹青自負，諸祇侯有所畫，皆取上旨裁定。畫成進御，或少增損。上時時草創下諸祇侯補景設色，皆稱御筆，以故不得自顯見。然是時馬賁，周曾，郭思，郭信之流，亦不至泯然如擇端也。而清明上河圖，歷四百年而大顯，而勞權相出死力構，再損千金之值而後得，噫！亦已甚矣。擇端他畫余見之，殊不稱。附筆於此。

可知此圖確有真贗二本，至贗本確曾為世貞愛弟世懋所藏，這圖確曾有一段悲慘的故事；「至勞權相出死力構，再損千金之值而後得。」這兩跋都成於萬曆三年（一五七五）以後，所記的是上文所舉的崑山顧氏的事，和王家毫不相干。跋中所言造贗本的黃彪，即《留青日札》所說的王彪。這一悲劇的主人公是顧懋宏，丑角是湯九或湯裱褙，權相是嚴氏父子。

由以上的論列，我們知道一切關於王家和清明上河圖的記載，都是任意揑造，牽強附會。無論他所說的是「輞川真跡」，是「清明上河圖」或「上湖圖」，是黃彪的臨本，是王鏊家藏本，或是王忬所藏的，都是「無中生有」。應該完全推翻。事實的根據一去，當然唐順之或湯裱褙甚至第三人的行譖或指證的傳說，都一起跟著肅清了。

但是，像沈景倩，劉廷璣，顧廷燮，梁茝林等人，在當時都是很有名望的學者，時代相去又不甚遠，為什麼他們都會得「捕風捉影，因訛承訛」呢？

這原因據我的推測以為是：

一、是看不清《四部稿》兩跋的原意，誤會所謂「權相出死力構」的事蹟是指他的家事，因此而附會成一串故事。

二、是信仰《野獲編》作者的時代和他與王家的世交關係，以為他所說的話一定可靠，而靡然風從，群相應和。

三、是故事本身的悲壯動人，由好奇心的攪動，不予考慮，即據以紀述，甚或替它裝頭補尾，雖悖「求真之諦」亦所不惜。

次之因為照例每個不幸的故事中，都有一位丑角在場駝木梢，湯裱褙是當時的名裝潢家，和王、嚴兩家都有來往，所以順手把他拉入作一點綴。至於有的說他的指證是出於無意，或受賄不及，或素有仇隙的種種異說，那只能怪他們的時代和地域不給他們以一度商洽的機會，閉門造車的結果當然不能是家家一式的。

後來湯裱褙的名色大概有些不合脾胃，或者是嫌有點太冤他了，恰巧當時大名鼎鼎的唐順之曾有疏參王忬的事蹟，王忬之死多少他應負一點責任，所以就以唐易湯了。到了范允臨的時候似乎又因唐順之到底是一代大儒，不好任意唐突，在做劇本——《一捧雪傳奇》中仍替回了裱褙人湯卿（一作湯勤），在幾百年來這劇本到處上演，劇情的淒涼悲壯，深深地感動了若干人，於是湯裱褙便永遠留在這劇中做挨罵的該死丑角。

三、《金瓶梅》非王世貞所作

最早提到《金瓶梅》的是袁宏道的《觴政》：「凡六經語孟所言飲式，皆酒經也。其下則汝陽王《甘露經·酒譜》……為內典，……傳奇則《水滸傳》、《金瓶梅》為逸典。……」

時尚未有刻本，已極見重於文人，拿它和《水滸》並列了。可惜他只給我們以一個價值的暗示，而沒提出它的著者和其他事情。稍後沈德符的《野獲編》所說的就比他詳細多了，末云：「聞此為嘉靖間大名士手筆，指斥時事，如蔡京父子則指分宜，林靈素則指陶仲文，朱勔則指陸炳，其他各有所屬云。」

關於有刻本前後的情形，和書中所影射的人物，他都有提述到，單單我們所認為最重要的著者，他卻只含糊地說了「嘉靖間大名士」了事，這六字的含義是，（一）作者是嘉靖時人；（二）作者是大名士；（三）《金瓶梅》是嘉靖時作品。

嘉靖時代大名士已涉含糊，指斥時事一語[7]，所以顧公燮等便因這一線索斷定為王世貞的作品，牽連滋蔓，造成上述一些故事。

果然這一附會立刻便生了效力。康熙乙亥（一六九六）刻的《金瓶梅》，謝頤做的序，便說「《金瓶

[7] 按：此處疑有闕文。

梅》一書傳為鳳洲門人之作也。或云即出鳳洲手。然洋洋灑灑一百回內，其細針密線，每令觀者望洋而歎。」

到了《寒花盦筆記》、缺名筆記一些人的時代，便索性把「或」字去掉，一直到現在的小說考證還認定是弇州之作而不疑。「《金瓶梅》之出於王世貞手不疑也。景倩距弇州時代不遠，當知其詳。乃以『名士』二字了之，豈以其誨淫故為賢者諱歟？」

其實一切關於《金瓶梅》的故事，都是文人弄筆，不可置信。為辯明事實的真偽計，將一切荒謬無理的傳說，一起踢開，還出《金瓶梅》的本來面目。

關於清明上河圖，已經證明和王家無關，作《金瓶梅》的緣起和對象嚴世蕃或唐荊川之被毒或被刺此說亦不攻自破。

一、嚴世蕃是正法死的，並未被毒，這一點《寒花盦隨筆》中已能辨別清楚。顧公燮以為王忬死後，世貞還去謁見世蕃，世蕃索閱小說，因作《金瓶梅》以譏刺之。其實王忬被刑在嘉靖三十九年（一五六〇）十月初一日，歿後世貞兄弟即扶柩返里，十一月二十七日到家。自後世貞即屏居里門，到隆慶二年始起為河南按察副使；另一方面嚴嵩於四十一年五月罷相，世蕃也不久被刑，在忬死後世貞方痛恨之不暇，何能腆顏往謁賊父之仇？且事後返里屏居，中間無一日停滯，南北相隔，又何能與世蕃相見？如云此書專在諷刺，則嚴氏既倒，公論已明，亦何用其諷刺？且《四部稿》中不乏抨責嚴氏之作，亦何庸寫此無謂之諷刺作品？

再，顧氏說嚴氏之敗是由世貞賄修工爛世蕃腳，使不能入直致然，此說亦屬無稽。據《明史》三〇八「嵩傳」所言：

嚴嵩雖警敏，能先意揣帝指，然帝所下手詔，語多不可曉，惟世蕃一見了然，答語無不中。及嵩妻歐陽氏死，世蕃當護喪歸，嵩請留侍京邸，然自是不得入直所，代嵩票擬。而日縱淫樂於家，嵩受詔多不能答，使遣持問世蕃，值其方耽女樂不以時答，中使相繼促嵩，嵩不得已自為之，往往失指。所進青詞又多假他人，不能工，以是積失帝歡。

則世蕃不能入直是因母喪，嵩之敗是因世蕃之不代票擬，也和世貞根本無關。

二、關於唐順之的。按《明史》：「順之出為淮揚巡撫，兵敗力疾過焦山，三十九年春卒。」王忬死在是年十月，順之比王忬早死半年，世貞何能預寫《金瓶梅》報仇？世貞以先一年冬從山東棄官省父於京獄，時順之已出官淮揚，二人何能相見於朝房？順之死前王忬半年，世貞又安能遣人行刺於順之死後？

總之，這些傳說之荒謬、拙劣，就是稍有常識的人都能看出，我們真不懂他們為什麼這樣不高明的捏造。更奇怪的竟會有人一致附和。這真是一個奇事。

第二，我們退一步假定《金瓶梅》是王世貞作的，根據的是沈德符的暗示，但是難題接著就來了。這問題是：《金瓶梅》不是一部苟陋的作品，我們要考慮在王世貞的著作生活中，能否有構成此大作的一個空間。這一個問題的解答據我的〈王世貞年譜〉的編年序事的連接，是不能騰出一個位置給《金瓶梅》的。次之，「嘉靖中大名士」是一句空洞的話，假使我們可以把它牽就為王世貞，那末，我們又為什麼不能把它歸到曾著有雜劇四種和託名「天都外臣」編有《水滸傳》的汪道昆？為什麼不是以雜劇和文采著名的屠赤水和王百穀或張鳳翼？那時的名士多如牛毛，又為什麼不是「前七子」、「廣五子」、「後五子」、「續五子」以及其他的山人墨客？我們有什麼反證說他們不是「嘉靖間的大名士」？為什麼他們一定不能作，一定要把這榮譽歸給著述等身，為一代文宗的王世貞呢？

第三，我們再退一步，承認王世貞有作《金瓶梅》的可能，但他是江蘇太倉人，我們有什麼保證可以斷定他「不作吳語」？《金瓶梅》用的是山東的方言，他雖曾在山東做過三年官（一五五七-一五五九），但是我們能有證據說他在這三年中，並且是在「身總繁劇，盜警時聞」的狀況中，竟會學了甚至和土著一樣地使用他們的方言嗎？假使不能，我們便不能認他是《金瓶梅》的作者。

前人也有斷定王世貞絕不是《金瓶梅》的作者，清禮親王昭槤即是其中之一。《嘯亭續錄・二》有云，「《金瓶梅》其淫褻不待言，至敘宋代事，除《水滸》所有外，俱不能得其要領。以宋明二代官名羼雜其間，最屬可笑。是人尚未見商輅《宋元通鑒》者，無論宋金正史，弇州山人何至謭陋若是？必為贋作無疑也。」

作小說雖不一定要事事根據史實，不過假如是一個以史學名家的學者作的小說，縱使下筆十分不經意，也不至於荒謬到如昭槤所譏。王世貞在當時學者中最稱博雅，時人多以有「史識」、「史才」許之，他自身亦以此自負。且畢生從事著述，卷帙之富為前所未有，多為後來修史及研究明代掌故者所取材。假使是他做的，真的如昭槤所說「何至謭陋若是」。不過昭槤以為《金瓶梅》是贗作，這卻錯了。因為以《金瓶梅》為王世貞作的都是後來一般造謠生事的作家，《金瓶梅》的作者從未自身聲明過著作的所有權。在《金瓶梅》的本文中除掉應用歷史上的背景來描寫當時的市井社會——一般資產階級的放縱的生活以外，也絲毫找不出有作者的什麼本身的暗示存在著。作者既未冒王世貞的名字，來增高他的著述的聲價，硬說他是贗作，豈不太冤？

四、《金瓶梅》是萬曆中期的作品

小說在從前為士君子所不道者，尤其是猥褻的作品，為世人所鄙視，因此作者姓名往往不敢署名，而致湮沒不彰，使後人迷離恍惚，不能知道這一作品的著作時代。更有若干小說家不但絕對不肯負責將姓名告人，並且故意淆亂書中史實，極力避免含有時代性的敘述，使人不能捉摸。《金瓶梅》就是如此。

但是，作家要故意避免含有時代性的記述，雖不是不可能，卻也不是一件易事，因為他不能離開他的時代，無論他是如何的狡獪，在不經意的對象，在一件平凡事情的敘述中，多少總不免帶有當時的意味。

即使所述的假託古代的題材，無意中便會露出當時的零碎生活，我們從他不經意的疏略處尋找，便能把作品和時代關聯起來。

常常有原作者的疏忽，被一個同情於他的後代人所刪削遮飾。這位同情者的用意自然是匡正作者，這舉動卻不為我們歡迎。《金瓶梅》即其例證。

幸而我們得到一個較早的《金瓶梅詞話》刻本，在這個本子中我們知道許多從前人所不知道的事，皆是明顯刻有時代的痕跡，因此我們不但可以斷定這部書著作時代，並且可以明白這時所以有這部書產生的背景，和為什麼這樣一部名作卻包含有許多的描寫性生活部分的原因。

（一）太僕寺馬價銀

《金瓶梅詞話》本第七回，孟三兒與張四舅對話：有「婦人道……常言道世人錢財倘來物，那是長貧久富家，緊著起來朝廷爺一時沒錢使還問太僕寺支馬價銀子來使。休說買賣人家，誰肯把錢放在家裡？各人裙帶上衣食，老人家倒不消這樣費心。……」

在崇禎本和康熙本中孟三兒的答話便加刪節，「借太僕寺馬價銀子使」完全去掉。若不見詞話本，定被刪改者瞞過，看不出有刪節的痕跡。

政府向太僕寺借銀子用，是明代中葉以後的事。《明史》卷九十二「兵志・馬政」：

> 成化二年以南土不產馬，改徵銀。四年始建太僕寺常盈庫貯備用馬價。隆慶二年提督四夷館太常少卿武金奏請賣種馬，穆宗可卿奏，下部議，部請養賣各半，從之。太僕之有銀也自成化時始，然止三萬餘兩。及種馬賣，銀日增，是時通貢互市，所貯亦無幾。及張居正作輔，力主盡賣之議。……國家有興作賞齎，往往借支太僕銀，太僕帑益耗。十五年寺卿羅應鶴請禁支借，二十四年詔太僕給陝西賞功銀，寺臣言先年庫積四百餘萬，自東西二役興，僅餘四之一。朝鮮用兵，百萬之積俱空，今所存者止十餘萬。況本寺寄養馬歲額二萬匹，今歲取折色，則馬之派徵甚少，而東徵調兌尤多，卒然有警，馬與銀俱竭，何以應之？章下部，未能有所厘革也。崇禎初核戶、兵、工三部借支太僕馬價至一千三百餘萬云。

由此可知太僕寺之貯馬價是從成化四年（一四六八）起，但為數極微。到隆慶二年（一五六八）百年後定例賣種馬之半，藏銀始多。到萬曆元年（一五七三）張居正作首相盡賣種馬，藏銀始達極盛期。又據《明史・食貨志》「倉庫」：

> 太僕，則馬價銀歸之。隆慶中數取光祿太僕銀，工部尚書朱衡極諫不聽。……「至神宗八年」……久之，太倉光祿太僕銀括取幾盡，邊賞首功向發內庫者亦取之太僕矣。

則隆慶時雖曾支借太僕銀，尚以非例為朝臣所諍諫。到張居正死後（一五八二）朝廷始無忌憚地向太僕寺支借，內庫所蓄則靳不肯出。《明史》「張居正傳」：

居正當國時太倉粟充盈，可支十年，互市饒馬，乃減太僕種馬，而令民以價納。太僕寺金亦積四百餘萬。

在居正當國時，綜覈名實，令出法行，故國富民安，號稱小康。即內廷有需索，亦往往為言官諫止。如《明史》「王用汲傳」云：

萬曆六年上言，……陛下欲取光祿太倉，臺臣科臣言之，悉見嘉納，或遂停止，或不為例。

其用途耑充互市撫賞。「方逢時傳」云：

萬曆五年招理戎政。言……互市本有撫賞，計三鎮歲費二十七萬，較之向時戶部客餉七十餘萬，太僕馬價十數萬，纔二三耳。

到了居正死後，朝政大變，太僕馬價內廷日夜借支，宮監佞幸，為所欲為，耑以貨利導帝。「孟一脈傳」說：

> 居正死，起故官，疏陳五事，言……數年以來，御用不給，今日取之光祿，明日取之太僕，浮梁之磁，南海之珠，玩好之奇，器用之巧，日新月異。……錙銖取之，泥沙用之。

不到十年功夫，太僕積銀已空。「何選傳」云：「光祿太僕之帑，括取幾空。」但還搜括不已，恣意賞賜。如「張貞觀傳」所記：「三王並封制下，採辦珠玉珍寶費至三十六萬有奇，又取太僕銀十萬充賞。中年內外俱竭，力靳內庫銀不發，且視太僕為內廷正供。廷臣請發款充軍費，反被譙責。」「趙世卿傳」云：「萬曆三十年任戶部尚書，國用不支，邊儲告匱，乞發內庫銀百萬及太僕銀五十萬以濟邊儲，忤旨切責。」神宗貪財好貨，至為御史所譏笑。如「雒于仁傳」所載四箴，其一即為「戒貪財」云：「十七年獻四箴，……傳索帑金，搜括幣帛，甚則掠問宦官。有獻則已，無則譴怒。李沂之瘡痍未平，而張鯨之貨賄復入。此其病則貪財也。」再就內廷向外庫借支上推嘉隆作史的探討。《明史》「鄭一鵬傳」云：「嘉靖初言……今歲用反詘，往往借支太倉。」「劉體乾傳」云：「隆慶初官南戶部尚書，三年改北，詔取太倉銀三十萬兩，諫不聽。……是時內供已多，數下部取太倉銀。」

據此可知嘉隆時代的借支處只是太倉，因那時太僕寺尚未存大宗馬價銀，無可借支。隆慶中雖曾借支數次，卻不如萬曆十年以後頻數。穆宗享國不到六年（一五六七至一五七二），朱衡以隆慶二年九月任工部尚書，劉體乾以隆慶三年二月任戶部尚書，劉氏任北尚書後才疏諫取太倉銀而不及太僕，則朱衡之諫借支太僕銀自必更在三年二月以後。由此可知在此兩三年內，即使借支太僕，其次數決不甚多。且新例行未久，借支數目亦不能過大。及張居正當國，勵行節儉，足國富民，在這十年中帑藏充盈，無借支之必要。且神宗懾於張氏之威稜，亦無借支之可能。由此可知《詞話》中所指必為萬曆十年以後的事。《詞話》本文既包含萬曆十年以後的史實，則著作的最早時期必在萬曆十年以後。

（二）佛教的盛衰和小令

《金瓶梅》中關於佛教流行的敘述極多，全書充滿因果報應的氣味。如喪事則延僧作醮追薦（第八回及六十二回），平時則許願聽經宣卷（第三十九回、五十一回、七十四回及一百回），佈施修寺（第五十七回及八十八回），胡僧遊方（第四十九回），而歸結於地獄天堂。西門慶遺孤且入佛門清修。這不是一件偶然的事實。假如作者所處的時代佛教並不流行，或遭壓迫，在他的著作中決不能無中生有捏造出這一個佛教化的社會。

明代自開國以來，對佛、道二教，初無歧視。後來因為政治關係，對喇嘛教僧稍予優待。天順成化間胡僧頗佔優勢，佛教徒假借餘光，其地位在道教上。至嘉靖時，陶仲文、邵元節、王金等得勢，世宗天天在西苑玄修作醮，求延年永命。一般方士偶獻秘方，便承寵遇，諸宮僚翰林九卿長貳入直者，往往以青詞稱旨，不次大拜。天下靡然風從，獻靈芝白鹿白鵲丹砂無虛日，朝臣亦講符瑞報祥異，甚至征伐大政必以告玄。在皇帝修養或作法事時，非時上奏的且得殊罰。道士遍都下，其領袖貴者封侯伯，位上卿，次亦綰牙牌躋朝列，再次亦凌視士人，作威福。一面則焚佛牙毀佛骨，逐僧侶、沒廟產、熔佛像，佛教在世宗朝算是銷聲匿跡倒盡了霉。

可是物極必反，到隆、萬時，佛教又互為軒輊，道士或貶或逐，西苑成為廢址，佛教徒頓成渥寵，到處造廟塑佛。皇帝且有替身出家的和尚，其煊赫比擬王公（明列帝俱有替身僧，萬曆時代替身僧的聲勢，為以前所未有）。《野獲編》「釋教盛衰」條言之甚詳。

武宗時為佛教得勢時代，嘉靖時則完全為道教化的時代，萬曆時代佛教又開始抬頭，一直到最近，道教勢力仍在佛教之下。《金瓶梅》雖也有關於道教的記載，如第六十二回的潘道士解禳，六十五回的吳道士迎殯，六十七回的黃真人薦亡，但以全書論，仍以佛教的因果輪迴天堂地獄的思想作骨幹。假如這書是在嘉靖時代寫成的，決不會偏重佛教到這地步。

再從時代的時尚方面去觀察，《野獲編》時尚小令言之甚詳（引文從略）。《金瓶梅詞話》中所載小令極多，約計不下六十種。內中最流行的〈山坡羊〉，綜計書中所載在二十次以上；如〈寄生草〉、〈駐雲飛〉、〈鎖南枝〉、〈耍孩兒〉、〈醉太平〉、〈傍粧台〉、〈鬧五更〉、〈羅江怨〉，其他為〈綿搭絮〉、〈落梅風〉、〈朝天子〉、〈折桂令〉、〈梁州序〉、〈畫眉序〉、〈錦堂月〉、〈新水令〉、

〈桂枝香〉、〈柳搖金〉、〈一江風〉、〈三台令〉、〈貨郎兒〉、〈水仙子〉、〈荼[8]蘼香〉、〈集賢賓〉、〈端正好〉、〈宜春令〉、〈六娘子〉……散列書中，和沈氏所記恰合。在另一方面，沈氏所記萬曆末期最流行的〈打棗竿〉、〈掛枝兒〉二曲卻又不見於《詞話》。可見《詞話》是萬曆中期以前的作品，《詞話》作者比《野獲編》的作者時代較早，所以不能有沈氏時代流行的小曲。

（三）太監，皇莊，皇木及其他

太監的得勢用事，和明代相終始。其中只有一朝是例外，這一朝代便是嘉靖朝。從正德寵任劉瑾、谷大用……八虎壞亂朝政以後，世宗即位，力懲其弊，嚴抑宦侍，不使干政作惡。嘉靖九年（一五三〇）革鎮守內臣。十七年（一五三八）從武定侯郭勳請，復設在雲貴、兩廣、四川、福建、湖廣、江西、浙江、大同等處各派內臣一人鎮守，到十八年四月仍以彗星示變撤回。在內廷更防微極嚴，不使和朝士交通，內官因之奉法安分，不敢恣肆。根基不厚的大璫，有的為了輪值到請皇帝吃一頓飯而破家蕩產，無法訴苦。在有明一代中，嘉靖朝算是宦官最倒霉最失意時期。反之，在萬曆朝則從初年馮保、張宏、張鯨等柄用起，一貫地柄國作威。政府有所設施，須先請命於大璫。初元高拱任首相，且因不附馮保而被逐。張居正在萬曆初期的新設施、新改革，所以能貫徹實行，完全是因為在內廷有馮保和他合作。到張居正死後，宦

8 按：荼原作茶。

官無所忌憚，權勢更盛，派鎮守、採皇木、領皇莊、榷商稅、採礦稅，地方官吏降為宦寺的屬下，承其色笑。一拂其意，緹騎立至。內臣得參奏當地督撫，在事實上幾成地方官最高長官。在天啟以前，萬曆朝可說是明代宦官最得勢的時代。

《詞話》中有許多關於宦官的記載。如清河一地而有皇莊薛太監，管磚廠劉太監；花子虛的家庭出於內臣，王招宣家與太監締姻。其中最可看出當時情形的是第三十一回西門慶請客一段（引文從略）。一個管造磚和一個看莊的內使，聲勢便煊赫到如此，在宴會時座次在地方軍政長官之上，這正是宦官極得勢時的情景，也正是萬曆時代的情景。

皇莊之設立，前在天順景泰時已見其端，正德時達於極盛期。世宗即位，裁抑恩倖，以戚里佞倖得侯者著令不許繼世，中惟景王就國撥賜莊田極多。《明史・食貨志》內云：「世宗初命給事中夏言等清核皇莊田，言極言皇莊為厲於民。自是正德以來投獻侵牟之地，頗有給還民者，而宦戚輩復中撓之。戶部尚書孫交造皇莊新冊，額減於舊，帝命覈先年頃畝數以聞，改稱官地，不復名皇莊。詔所司徵銀解部。」由此可知嘉靖時代無皇莊之名，止稱官地。史又言：「神宗賚予過多，求無不獲。潞王壽陽公主恩最渥，而福王分封，括河南山東湖廣田為王莊，至四萬頃。群臣力爭，乃減其半。王府官及諸閹丈地徵稅，旁午於道，扈養廝役，廩養以萬計，漁斂慘毒不忍聞。駕貼捕民，格殺莊佃，所在騷然。」至萬曆時代，始復行正德時惡政，變本加厲，民不安生。

據此則《詞話》中所指管皇莊一事，必屬萬曆時。因為假如把《詞話》的時代放在嘉靖時，那就不應稱為「管皇莊」而為「管皇地」了。

所謂「皇木」，也是明代一件虐政。《詞話》第三十四回有劉百戶盜皇木的記載（引文略）。內廷興大工，派官往各處採大木，這木叫「皇木」。此事嘉、萬兩朝最多，為民害最酷。《明史》載：「嘉靖二十年宗廟災，遣工部侍郎潘鑒、副都御史戴金於湖廣、四川採辦大木。二十六年復遣工部侍郎劉伯躍採於川、湖、貴州，湖廣一省費至三百九十萬餘兩。又遣官覈諸處遺留大木。郡縣有司以遲誤大工，逮治褫黜非一，並河州縣尤苦之。萬曆中二殿工興，採楠杉諸木於湖廣、四川、貴州，費銀九百三十餘萬兩，徵諸民間，較諸嘉靖年費更倍，而採鷹平條橋諸木於南直浙江者，商人逋賦至二十五萬。科臣劾督運官遲延侵冒、不報、虛糜乾沒、公私困焉。」按萬曆十一年慈寧宮災，二十四年乾清坤寧二宮災，《詞話》中所紀皇木，當即指此而言。

《詞話》第二十八回有「女番子」這樣一個特別名詞。所謂「番子」，《明史・刑法志》有云：「東廠之屬無專官，掌刑千戶一，理刑百戶一，亦謂之貼刑，皆衛官。其隸役悉取給於衛。最輕黠儇巧者乃撥充之。役長曰檔頭，帽上銳，衣青素旋褶繫小條，白皮靴，專主伺察。其下番子數人為幹事，京師亡命誆財挾仇視幹事者為窟穴，得一陰事由之以密白於檔頭。檔頭視其事之大小，先予之金。事曰『起數』，金曰『買起數』。既得事，帥番子至所犯家左右坐，曰『打樁』，番子即突入執訊之。無有佐證符牒。賄如數，徑去。少不如意榜治之，名曰『乾榨酒』，亦曰『搬罾兒』，痛楚十倍官刑。且授意使牽有力者，有力者多金即無事，或靳不予，予不足，立聞上，下鎮府司獄，立死矣。」番子之刺探人陰事放刁作惡如此，所以當時口語中就稱平常人的放刁挾詐者也為「番子」，並以施之女性。據萬曆初年馮保以司禮監兼廠事建廠東上北門之北曰「內廠」，而以初建者為「外廠」，聲勢烜赫一時，至興王大臣獄欲族高拱。但嘉靖時以世宗馭中官嚴，不敢恣，廠權且不及錦衣衛，番子之不敢放肆自屬必然。由此特別名詞的被廣義地應用的沿革說，《詞話》的時代亦不能在萬曆以前。

（四）古刻本的發見

《金瓶梅》刻本，我們所能見到的是康熙乙亥皋鶴草堂刻《張竹坡批點第一奇書金瓶梅》，和崇禎本《新刻繡像金瓶梅》。在這兩本中沒有什麼材料可以使我們知道這書最早刊行的年代。最近北平圖書館得到了一部刊有萬曆丁巳序文的《金瓶梅詞話》。此本不但在內容方面和後來的本子有些不同，並且在東吳弄珠客的序上確為萬曆丁巳（一六一七）冬季作，在欣欣子序中並具有作者筆名蘭陵笑笑生（或即為作序的欣欣子）。這本可說現在《金瓶梅》最早的刊本，其內容最和原本相近。從他和後來的本子不相同處及被刪改處比較的結果，使我們能得到上列的結論，斷定它的最早開始寫作的時代不能在萬曆十年以前，退一步說，也不能過隆慶二年以前。

但是在萬曆丁巳本並不是《金瓶梅》第一次的刻本，在這刻本以前已經有過幾個蘇州或杭州的刻本行世，在刻本以前並且已有抄本行世。因為在袁宏道的「觴政」中，他已把《金瓶梅》列為逸典；在沈德符的《野獲編》中，他已告訴我們在萬曆三十四年（丙午一六〇六），袁宏道已見過幾卷，麻城劉氏且藏有全本。到萬曆三十七年，袁中道從北京得到一個抄本，沈德符又從他借抄一本。不久蘇州就有刻本，這刻本是《金瓶梅》的第一個本子。

袁宏道的「觴政」在萬曆三十四年以前已寫成，由此可決《金瓶梅》的最後時代當在萬曆三十年以前，退一步說也決不能後於萬曆三十四年。

綜合上文所論，《金瓶梅》的成書時代大約是在萬曆十年到三十年這二十年中（一五八二至一六〇二）[9]。即使退一步說，最早也不能過隆慶二年，最晚也不能過萬曆三十四年（一五六八至一六〇六）。

五、《金瓶梅》的社會背景

《金瓶梅》是一部寫實小說，是一部社會小說，所寫的是萬曆中年的社會情形。它抓住社會的一角，儘量暴露小資產階級的醜惡。書中所描寫的雖不過是西門慶的個人，由一破落戶而鄉紳而官吏，卻已告訴我們以整個社會的情形。這社會的中堅分子以西門慶為代表，像他那樣的性格機詐手段，才能在這社會中占住一個中堅地位。在書中沒有告訴我們當時的經濟狀況，但在市民生活的描寫中，卻已知道那時的農村經濟的衰頹。

[9] 按：一六〇二原作一九〇二。

明代經濟制度是一個畸形的組織，農民是傳統地占了全社會的百分之九十的人口，他們的負擔卻和職業的分配成正比例。明代官吏俸餉之薄，為歷史所僅見。《大明會典》「官員俸給」條：「每俸一石該鈔二十貫，每鈔二百貫，折布一匹，後又定布一疋，折銀三錢。」是十石之米折銀僅三錢。在外諸司文臣去家遠任，妻子隨行，祿厚者月給米不過三石，薄者一石二石。方面布按每月俸祿不到一錢銀子，胥吏則不過十四五文錢。連維持最低的生活都不夠，教他們除掉剝削農民以外更有何法！

京官同樣的祿薄無以為生，也只好憑藉權勢去剝削外官，宦官又來剝削京官，皇帝除了用刑法尋錯處，籍沒大臣宦官的財產以外，又可以想更多方法，去勒索商民和官吏，官吏又從而苛求僚屬，下僚則仍取之於農民。層層剝削，全出於農民之身。農民須納夏稅秋糧，須出徭役。在富庶之地，所納的稅糧，往往和實在收穫量相抵，有時還須倒賠。除此外還須受苛捐雜稅的剝削，如運糧改折加耗等等的額外需求。農民唯有投靠在政治勢力的大地主之下為家奴佃戶，甘受壓迫。否則因得不到庇蔭，只有逃亡變成流民。

農民所受政府最大的壓迫是幣值的壓迫。在開國時政府即發行巨量不兌現紙鈔，強迫使用。結果價格低落，馴[10]至一貫不值一文，政府卻仍以法令強民使用，並規定鈔為唯一的法定貨幣。中葉改折用銀，在不產銀的地方，農民無從得銀，即將農產品載往遠處售賣，其中又增一層剝削，即由幣制而新興的商人是也。

---

10 按：馴字此處似不通。疑應作「尋」。

商人因為貿易的關係，他們手中得存有巨額的銀貨，一面利用農民要求銀貨納稅的需要，一面又和政府勾結，售物政府，收回大宗的銀貨。如此循環剝削，商人即成為社會的中堅分子，和政府及地方官吏成為農民的三重壓迫者。

西門慶所處的就是這時代。與官吏結合而營商，在生活方面，表現出兩個絕對懸殊的階級。由個人主義出發而流於享樂主義的上層階級，上自皇帝，下至市儈，莫不縱奢極慾，荒淫無度。比時皇帝也殖私產，金銀全充內庫，更肆搜括，太倉太僕寺所藏本供國用，到這時也拼命借支。講秘法，肆昏淫，上行下效。明穆宗之享樂主義和神宗之雅片生活，正足以象徵這個時代。社會上的有閑階級，更承風導流，夜以繼日，妓女、小唱、優伶、賭博、酗酒等等，成為日常生活，笙歌軟舞，窮極奢華。在此集團的背面農民，因受了過分的剝削，使他們無以生存，一遭意外，除餓死外，只有賣兒鬻女，暫時偷活耳。

西門慶這一階級的生活，在當時情況，可從《博平縣誌》「人道民風」內看出，「……至正德嘉靖，古風漸渺，而猶存什一於千百焉。……鄉社村保中無酒肆，亦無遊民。……畏刑罰，怯官府，竊鐵攘雞之訟，不見於公庭。……由嘉靖中葉以抵於今，流風愈趨愈下，慣習驕吝，互尚荒佚，以歡宴放飲為豁達，以珍味豔色為盛禮，其流在於市井販鬻廝隸走卒，亦多纓帽緗鞋，紗裙細袴。酒爐茶肆，異調新聲，泊泊[11]浸淫，靡焉勿振。甚至嬌聲充溢於鄉曲，別號下延於乞丐。……逐末遊食，相率成風。」嘉靖中葉

11 按：泊泊疑當作汩汩。

前後截然分為兩個時代。崇禎七年刻《鄆城縣誌・風俗》內云：「鄆地……稱易治，邇來競尚奢靡，齊民而士人之服，士人而大夫之宮，飲食器用及婚喪遊宴，盡改舊意。貧者亦槌牛擊鮮，合饗群祀，與富者鬬奢華，至倒囊不計焉。若賦役施濟，則毫釐動心。里中無老少，輒習浮薄，見敦厚儉樸者窘且笑之。逐末營利，填衢溢巷。貨雜水陸，淫巧姿異，而輕俠少年復聚黨招呼，動以百數。椎擊健訟，武斷雄行，胥隸之徒亦以華侈相高，日用服食，擬於士宦。」所描寫的商業發展情形和社會重心之轉移及其生活，不啻是《金瓶梅》一書之縮影也。

我們於第五十八、九回可以見西門慶和稅關官吏勾結的情形。在第七十八回中可以見到他和地方官吏勾結，把持內廷進奉的情形。在第四十五回中可以見到當時商人進納內廷錢糧的內幕。西門慶不但勾結官吏，並且一般小商人還借他作護符，賺內廷的錢。在另一方面，另一階級的人，卻不能不賣兒鬻女去解決生活的困難。在第三十七回中，一個巡捕的軍因倒死了馬，少椿頭銀子，怕守備那裡打，將親生的十三歲孩子，只要四兩銀子，賣了人家做奴婢。

這樣的一個時代，這樣的一個社會，平民的忍耐終有不能抑止的一天，不到幾十年即爆發了張獻忠、李自成等大暴動，正是這個時代的反應。

這樣的一個時代，這樣的一個社會，才會產生《金瓶梅》這樣的一個作品。

吳君此文，徵引賅博，議論明達，誠巨製也。及見斯篇，遂為擱筆，爰取冠之卷首，而以鄙意附其後，引文盡刪，言亦簡略，相形之下，不免譾陋耳。

余著《瓶外卮言》時，曾撰有「《金瓶梅》著者及其年代之質疑」一稿，意此書斷非王鳳洲手筆也。因初讀張竹坡評本，見其序言，傳為鳳洲門人之作，或云即鳳洲手。又言，信乎為鳳洲作無疑也，心竊疑之。後閱《消夏閑記》、缺名筆記，皆以為鳳洲所著，而夙稱博雅之李越縵，於其《孟學齋日記》中，因閱秘辛，亦謂明人若湯玉茗譜《牡丹亭》，王弇州撰《金瓶梅》，相提並論，又若確乎出於鳳洲之手焉。前人謂著書之旨，為伸恨復仇，切齒介溪，牽及荊川，因「清明上河圖」致禍，其父慘死西市。《桃花聖解盦日記》引武進楊學士與明史館提調吳子瑞書（載《孟鄰堂文鈔》），辨王民望、唐荊川事，言之甚詳。荊川指畫中一人閉口喝六，證為贋物，實東坡指李公麟畫故事而附會之。民望之死，非由荊川，王下獄時，備兵在南。引萬季野說，民望與鄢懋卿同年相契，力懇其劾己[12]以求罷。鄢謂上於邊事嚴，喜怒不可測，止勿劾。民望乃自屬草，付門人方輅上疏劾之，帝果大怒，下獄論死。王氏父子結釁於嚴氏則固有之，楊氏言，則以荊川劾疏，實陰為王解，鄢力沮王之求劾，似其死全出世宗意也。《受禮廬日記》載王氏兄弟於荊川為不共之仇，其卒於泰州舟中，乃王氏兄弟所鴆，亦謂為野史無稽。在《孟學齋日記》中引趙味辛亦有《生齋文集》，唐順之手書詩卷跋，謂東坡論李伯時「賢己圖」事附會「清明上河圖」，且唐以嘉

12 按：己原作已。

靖三十九年春死，是冬王始死西市，可知清明上河圖固與王氏無涉也。若謂鳳洲為復仇之作，尤為不類。即以蔡京父子影射嚴嵩父子，書中對於蔡京，僅言其納賄枉法而已。況蔡攸之得親信，其婦為上行酒，出入禁省等事，並未引用，不獨未能盡分宜之奸，亦未能數世蕃之惡。鳳洲以治史著名，書中年代錯忤，與史實多不合。宋明兩代官制國故，多所混淆，為路為省，且不能別。清河又何能屬諸東平府，沿《水滸》，陽穀屬東平之誤而不知改，此皆其謬誤也。謂出鳳洲手可乎？從來作稗史小說者，斷不肯將著者姓名作書中姦淫昏亂之人，《水滸傳》出於施耐庵、羅貫中，全書止一施恩耳；《紅樓夢》出於曹雪芹高蘭墅，全書無姓曹、高者；《鏡花緣》為李松石作，書中無李姓之人；《金瓶梅》襲自《水滸》，有一王婆足矣，何以又衍出王潮，更有王屠之妹，及孌童王經。招宣府林太太為王景崇之塚孫婦，與西門慶私通，其子王寀，又為西門慶之義子。猥賤如此，徒辱沒王姓，使我為鳳洲，既屬虛構之作，何姓不可用，奚忍以醜惡之輩，自玷宗姓？此鳳洲斷不為也，鳳洲既以《鳴鳳記》傳奇行於世，直斥嚴氏之奸，又何必藏頭露尾而作此書耶？又有謂著者乃北人，全書中運用北方俗語方能入妙，必非南人所及。迨見詞話本，著者署名為「蘭陵笑笑生」，王太倉人，益與蘭陵無涉。蘭陵即今之嶧縣，江南僑置有南蘭陵，即今之武進，此亦確證。又書中所引之曲詞甚多，泰半見於《雍熙樂府》，惜《樂府》未注何人所作。第三十五回「殘紅水上飄」一曲，實為李日華之「四時閨怨」。李日華生於嘉靖四十四年乙丑（一五六五），王鳳洲死於萬曆十八年庚寅（一五九〇），時李年纔二十五歲，鳳洲名宿，何能引用其曲？恐李日華尚未必名於時也（除非詞話本經過後人增加）。至太僕寺借馬價銀，為萬曆中葉以後事，鳳洲何由預知？《金瓶梅》非鳳洲作，固無疑矣。其傳說之因，一由於沈德符之《野獲編》，謂聞此為嘉靖間大名士手筆，或因作此稗史著者不肯以姓名告人，沈竟不知，或著者尚存於世，沈不肯為之道破；一由於張竹坡評本，一因此書猥褻，特以「苦孝說」遮掩時人耳目，託之於名人，一因清初定鼎，懼罹文網，將痕跡泯除，託為指斥勝朝，試觀書中宇文虛中一疏，兩本不同，顯然可見也。然則此書究為何人所著，實一疑問。今之所謂古本，言是李卓吾著，余亟取李氏《焚書》閱之。卓吾自號「百泉居士」，喜與婦女說道，喜批評《水滸》，收集小說，略有似處。李生於嘉靖六年丁亥，死於萬曆三十年壬寅。生時嘗在麻城，與劉氏往還甚密，袁中郎亦其友也。更有「解粽詩」，《金瓶梅》亦有解粽之語，「解粽」之名，他書未嘗見也。但蘭陵又何說乎？豈李以逮問自裁，故為之諱，易「溫陵」為「蘭陵」耶？（「竹坡本」三十二回於「王八汗邪」四字，書眉注有「盞麥於竹巾」語。刻本模糊不清，解釋不易。疑即溫陵中□[13]市語。）除此別無確證。謂李作亦不足據。《野獲編》載：「中郎又云，尚有《玉嬌李》者，亦出此名士手，與前書各設報應因果。……中郎亦耳剽未之見也。去年抵輦下，從邱工部六區志充得寓目焉，僅[14]首卷耳。……其帝則完顏大定，而貴溪分宜相構亦暗寓焉。至嘉靖辛丑庶常諸公，則直書姓名，尤可駭怪。……」今日之醒世奇書（《續

13 按：方框為原文所有。
14 按：僅原作謹，當與「僅」字混淆而誤。

金瓶梅》一名《隔簾花影》），傳即《玉嬌李》，著者紫陽道人，公認為諸邑丁耀亢野鶴。丁生於萬曆四十八年，即泰昌元年，在《金瓶梅》刊成以後，當然非是。或《玉嬌李》另出一人手，丁為之加入感應篇等以冠其首，猶竹坡作「苦孝說」，均有所改作耳。沈云《玉嬌李》亦出此名士手，殊令人疑。此名士究竟為誰，沈固不知，抑為之隱？辛丑庶常諸公，鳳洲又與何仇耶？茲有質疑之處，全書用山東方言，認為北人所作，實不儘然。既敘述山東事，當然用當地土語，京師為四方雜處之地，仕官於京者多能作北方語，山東密邇京師，又水陸必經之路，南人擅北方語者所在多有，《金瓶》之俗語，亦南人所能通曉。（《紅樓》撰著時實在揚州，北人亦能作南方俗語。）為南人所作抑為北人，此可疑者一；今詞話本所謂蘭陵，恐未必即是嶧縣，安知不為南蘭陵，更安知不是郡望？笑笑生既不明言姓名，又何必冠其籍貫？余見有荀姓繆姓者，俱用蘭陵，而俱非蘭陵人也，詢其故，則云荀卿為楚之蘭陵令，蘭陵郡為繆之郡望也。此可疑者二；第十二回「厭勝」一事，云今歲流年甲辰，若以書中推算，西門慶生於丙寅，死於重和元年，得年三十三歲，皆與歷書合。武松發配，既明言政和三年，是年實為癸巳，何得同為一年事？此處又書作甲辰（書中初言月娘金蓮生於庚辰，則此年當為甲辰，但與西門慶生年干支不合。及至龜卜時，月娘玉樓瓶兒之干支均與歷合，因月娘又改作戊辰矣）。再考第二回王婆云，那娘子丁亥生屬豬，交新年九十三歲，則本年應為己未（《水滸》作戊寅生，今年八十三歲。本屬戲言，《金瓶梅》何必全改？竹坡本改作癸亥生，至癸巳[15]應為九十一歲，亦不應作九十三也）。若改作乙亥，今年九十歲，則正符甲辰。余疑作書之年，即為甲辰，實即萬曆三十二年也。此可疑者三。附誌於此，以俟博雅君子考證之。他年再版時，容加修改。靈犀識

15 按：巳原作己。

談《金瓶梅詞話》

郭源新[1]

一、《金瓶梅》所表現的社會

《金瓶梅》是一部不名譽的小說，歷來讀者們都公認它為「穢書」的代表。沒有人肯公然的說他在讀《金瓶梅》。有一位在北平的著名學者嘗對人說，他有一部《金瓶梅》，但始終不曾翻過。為的是客人們來往太多，不敢放在書房裡。相傳刻《金瓶梅》者，每罹家破人亡，天火燒店的慘禍。沈德符的《顧曲雜言》裡有：

余曰：此等書必遂有人板行，但一出則家傳戶到，壞人心術。他日閻羅究詰始禍，何辭以對？吾豈

1 鄭振鐸的筆名之一。

以刀錐博泥犁哉？

在此書剛流行時，已有人翼翼小心的不欲「以刀錐博泥犁」。而張竹坡評刻時，也必冠以「苦孝說」，以示這部書是孝子的有所為而作的東西，他道：

作者之心其有餘痛乎！則《金瓶梅》當名之「奇酸誌」、「苦孝說」。嗚呼！孝子，孝子，有苦如是！

他要持此以掩護刻此「穢書」的罪過。其實，《金瓶梅》豈僅僅為一部「穢書」！如果除淨了一切的穢褻的章節，它仍不失為一部第一流的小說，其偉大似更過於《水滸》、《西遊》。《三國》之流更不足和它相提並論。在《金瓶梅》裡所反映的是一個真實的中國的社會。這社會到了現在，似還不曾成為過去。要在文學裡看出中國社會的潛伏的黑暗面來，《金瓶梅》是一部最可靠的研究資料。

近來陶希聖、薩孟武兩位先生，都要在《三國》、《水滸》裡找出些中國社會的實況來。但《三國志演義》離開現在實在太遼遠了，那些英雄們實在是傳說中的英雄們，有如Homer的Achilles, Odysseus，《聖經》裡的St. George，英國傳說裡的Round Table上的英雄們似的帶著充分的神秘性，充分的超人的氣分。如果要尋找劉、關、張式的結義的事實，小說裡真是俯拾皆是，卻恰恰以《三國志演義》所寫的為最駑下。《說唐》傳裡的瓦崗寨故事，《說岳精忠傳》的牛臯、湯隆、岳飛的結義，三俠五義的五鼠聚義，徐三哭弟，夠多末活躍！他們也許可以反映出一些民間的「血兄弟」的精神出來吧。至於《水滸傳》，比《三國志演義》是高明得多了。但其所描寫的政治上的黑暗（千篇一律的「官逼民反」），卻也有許多是不大真實的。於今讀之，往往類乎「隔靴搔癢」。

赤日炎炎似火燒，田中禾黍半枯焦。
農夫心內如湯煮，公子王孫把扇搖。

《水滸傳》的基礎，似未必是建築在這四句詩之上的。水泊梁山上的英雄們，並不完全是「平民」，他們的首領們大都是「紳」，是「官」，是「吏」，是「土豪」，是「惡霸」。而《水滸傳》把那些英雄們也寫得並不怎樣的真實，仍然是半想像的超人間的人物。《水滸傳》的社會也不是什麼「著根於地」的最真實的人間的社會。

表現真的中國社會的形形色色者，捨《金瓶梅》恐怕找不到更重要的一部小說了。

不要怕它是一部「穢書」。《金瓶梅》的重要，並不建在那些穢褻的描寫上。

它是一部最偉大的寫實小說，赤裸裸的毫無忌憚的表現著中國社會的病態，表現著「世紀末」的最荒唐的一個墮落的社會的景象。而這個充滿了罪惡的畸形的社會，雖經過了好幾次的血潮的洗蕩，至今還是像陳年的肺病患者似的，在懨懨一息的掙扎著生存在那裡呢？

於不斷記載著拐、騙、奸、淫、擄、殺的日報上的社會新聞裡，誰能不嗅出些《金瓶梅》的氣息來？鄆哥般的小人物，王婆般的「牽頭」，在大都市裡是不是天天可以見到？西門慶般的惡霸土豪，武大郎、花子虛般的被侮辱者，應伯爵般的「慶喜追歡」的幫閒者，是不是已經絕跡於今日的社會上？

楊姑娘的氣罵張四舅，西門慶的謀財娶婦，吳月娘的聽宣卷，是不是至今還如聞其聲，如見其態？那西門慶式的黑暗的家庭，是不是至今到處都還像春草似的滋生蔓殖著？

《金瓶梅》的社會是不會僵死的，《金瓶梅》的人物們是至今還活躍於人間的，《金瓶梅》的時代，是至今還頑強的在生存著。

我們讀了這部被號為「穢書」的《金瓶梅》，將有怎樣的感想與刺激？

《金瓶梅詞話》第七回如楊姑娘罵張四舅一段，這罵街的潑婦口吻，還不是活潑潑的如今日所聽聞到的麼？應伯爵的隨聲附和，潘金蓮的指桑罵槐，……還不都是活潑潑的如今日所聽聞到的麼？

然而這書是三百五六十年前的著作！

到底是中國社會演化得太遲鈍呢，還是《金瓶梅》的作者的描寫，太把這個民族性刻畫得入骨三分，洗滌不去？

誰能明白的下個判斷？

像這樣的墮落的古老的社會，實在不值得再生存下去了。難道便不會有一個時候的到來，用青年們的紅血把那些最齷齪的陳年的積垢，洗滌得乾乾淨淨？

二、西門慶的一生

西門慶一生發跡的歷程，代表了中國社會——古與今的——裡一般流氓，或土豪階級的發跡的歷程。表面上看來，《金瓶梅》似在描寫潘金蓮、李瓶兒和春梅那些個婦人們的一生，其實卻是以西門慶一生的歷史為全書的骨幹與脈絡的。

我們且看西門慶是怎樣的「發跡變泰」的，詳見於《金瓶梅詞話》第二回。他是這樣的一位由破落戶而進展到「專在縣裡管些公事，與人把攬說事過錢交通官吏」的人物，他的名稱遂由「西門大郎」而也被提高到「西門大官人」，成了一位十足的土豪。

但他的名還未出鄉里，只能在縣衙門裡上下其手，嚇嚇小縣城裡的平民們。

西門慶謀殺了武大，即去請仵作團頭何九喝酒，送了他十兩銀子，說道：「只是如今殮武大的屍首，凡百事周旋，一床錦被遮蓋則個。」何九自來懼西門慶是個把持官府的人，只得收了銀子，代他遮蓋（《詞話》第六回）。他已能指揮得動地方上的吏役。

依靠了「交通官吏」的神通，西門慶在清河縣裡實行併吞寡婦孤兒的財產。他騙娶了孟玉樓，為了她的嫁粧（《詞話》第七回）。他把孟玉樓騙到手，便將她的東西都壓榨出來。

他娶了潘金蓮來家，還設法把武松充配到孟州道去。

他進一步在轉隔壁的鄰居花子虛的念頭。花子虛有一個千嬌百媚的娘子李瓶兒，他手裡還有不少的錢。西門慶想方法勾引上了李瓶兒，把花子虛氣得病死。為了謀財，西門慶又在謀娶李瓶兒。不料因了西門慶為官事所牽引，和她冷淡了下來，在其間，瓶兒卻招贅了一個醫生蔣竹山。終於被西門慶使了一個妙計，叫幾個無賴打了蔣竹山一頓，還把他告到官府。瓶兒因此和他離開，而再嫁給西門慶（《詞話》第十三回到十九回）。

在這個時候，西門慶已熬到了和本地官府們平起平坐的資格。在周守備生日的時候，他「騎匹大白馬，四個小厮跟隨，往他家拜壽。席間也有夏提刑、張團練、荊千戶。賀千戶。」

京都裡楊戩被宇文虛中所參倒，其黨羽皆發邊衛充軍。西門慶的女婿陳敬濟的父親陳洪，原是楊黨，便急急的打發兒子帶許多箱籠床帳躲避到西門慶家裡來。另外送他銀五百兩。他卻毫不客氣的「把箱籠細軟，都收拾月娘上房來。」（《詞話》第十七回）他是那樣的巧於乘機掠奪在苦難中的戚友的財產。但他心中也不能不慌，因了他親家陳洪的關係，他也已成了楊戩的黨中人物。他便使來保、來旺二人上東京打點。先送白米五百石給蔡京府中，然後再以五百兩金銀送給李邦彥，請他設法將案卷中西門慶的名字除去。邦彥果然把他的名字改作賈廉（《詞話》第十八回）。西門慶至此一塊石頭方才落地，安心享用著他親家陳洪的財物。（後來西門慶死後，陳敬濟常以此事為口實來罵吳月娘，見《詞話》八十六回。）

他是這樣的以他人的財物與名義，作為自己的使用的方便。而他之所以能夠以一品大百姓而和地方官吏們平起平坐，原來靠山還是和楊戩勾結的因緣。

楊戩倒了，他更用金錢勾結上蔡太師。先走蔡宅的管家翟謙的路。蔡太師便是利用著這些家奴和破落戶，來肥飽私囊的。彼有所奉，此有所求。破落戶西門慶的勢力因得了這位更大的靠山而日增，他居然可以為大商人們說份上。

蔡京生辰時，他送了「生辰擔」一份重重的禮去，翟謙還需索他，要他買送個漂亮的女郎給他。蔡太師為報答他的厚禮，竟把他由「一介鄉民」提拔起來，在那山東提刑所，做個理刑副千戶。西門慶如今是一個正式的官僚了。這當是古今來由「土豪」高陞到「劣紳」的一條大路。

有了功名官職，他的氣勢更自不同。多少人來逢迎，來趨奉，來投托。連太監們也都來賀喜。（《詞話》第三十回到三十一回）

他是那末慷慨好客，那末輕財仗義。吳典恩向他借了一百兩銀子，文契上寫著每月利行五分。「西門慶取筆把利錢抹了，說道，既道應二哥作保，你明日還我一百兩本錢就是了。」（《詞話》第三十一回）凡要做「土劣」，這種該散漫錢財處便散漫些，正是他們的處世秘訣之一。

他一方面兼併，詐取，搜括老百姓的錢財，譬如以賤財購得若干的絨線，他便設計開張了一家絨線鋪，一天也賣個五十兩銀子；同時他方面，他也成了京中宰官們的外府，不得不時時應酬些。連管家翟謙也介紹新狀元蔡一泉（乃老爺之假子），因奉敕回籍省親之便，道經清河縣，到他那裡去，「仍望留之一飯，彼亦不敢有忘也。」下書人卻毫不客氣的說道：「翟爹說，只怕蔡老爺回鄉，一時缺少盤纏，煩老爺這裡，多少只顧借與他。寫信去翟爹那裡，如數補還。」西門慶道：「你多上覆翟爹，隨他要多少，我這裡無不奉命。」

蔡狀元來了，西門慶是那末殷勤的招待著他，結局是，送他金段一端，領絹二端，合香五百，白金一百兩。（《詞話》第三十六回）

「土劣」之夠得上交通官吏，手段便在此。官吏之樂於結識「土劣」，為「土劣」作蔽護，其作用也便在此。其實仍是由老百姓們身上輾轉搜括而來的——羊毛出在羊身上。而這一轉手之間，「土劣」便名利雙收。

不久，西門慶又把他的初生的兒子和縣中喬大戶結了親。這也不是沒有什麼作用在其間的。他得意之下，便裝腔作態。（《詞話》第四十一回）

「士別三日，便當刮目相待。」紗帽一上了頭，他如今便是另一番氣象，而以和戴小帽的「白衣人」會親為恥的了。

西門慶做了提刑官，膽大妄為，到處顯露出無賴的本色。苗員外的家人苗青，串通強盜，殺了家主。他得到苗青的一千兩銀子，買放了他，只把強盜殺掉。這事鬧得太大了，被曾御史參了一本，他只得趕快打點禮物，「差人上東京，央及老爺那裡去。」養兵千日，用在一時。翟謙以至蔡京，果然設法為他開脫。「分付兵部余尚書，把他的本只不覆上來。交你老爹只顧放心，管情一些事兒沒有。」

結果是，「見今巡按也滿了，另點新巡按下來了。」新巡按宋盤，就是學士蔡攸之婦兄。那一批裙帶官兒，自然是一鼻孔出氣的。所以西門慶不僅從此安吉，反更多了一個靠山。那蔡狀元也點了御史。西門慶竟托他轉請宋巡按到他家宴飲。

這一頓飯，把西門慶的地位又抬高了許多。他還向蔡御史請托了一個人情：「商人來保、崔本，舊派淮鹽三萬引，乞到日早掣。」蔡御史道：「這個甚麼打緊！」又對來保道：「我到揚州，你等徑來察院見我。我比別的商人，早掣取你鹽一個月。」（《詞話》第四十九回）

「土劣」做買賣，也還有這通天的手段，自然可以打倒一般的競爭者，而獲得厚利了。

蔡太師的生辰到了，西門慶親自進京拜壽，又厚厚的送了二十扛金銀段疋，而且托了翟管家，說明拜太師為乾爺。這是平地一聲雷，又把西門慶的地位、身價增高了不少。（《詞話》第五十五回）

他如今不僅可以公然的欺壓平民們，而且也可以不怕巡按之類的上官了，而且還可以為小官僚們說份上，通關節了。

這正是「時來風送滕王閣」：他的家產便也因地位日高而日增了；商店也開張得更多了；買賣也做得更大了。他是可以和宋巡按平起平坐的人物了。

西門慶不久便升為正千戶提刑官，進京陛見，和朝中執政的官僚們，都勾結著，很說得來。（《詞話》第七十回到七十一回）

在這富貴逼人來的時候，西門慶因為放縱得太過，終於捨棄一切而死去。

這便是這個破落戶西門慶一生。

腐敗的政治，黑暗的社會，竟把這樣的一個無賴，一帆風順的「日日高陞」，居然在不久，便成為一縣的要人，社會的柱石（？）。這個國家如何會不整個的崩壞？不必等金兵的南下，他們這個放縱、陳腐的社會已是到處都現著裂罅的了。

在西門慶的宴飲作樂，「夜夜元宵」的當兒，有多少的被壓迫被侮辱者是在飲泣著在詛咒著的。他用「活人」作梯階，一步步踏上了「名」與「利」的園地裡去。他以欺凌、姦騙、硬敲、軟詐的手段，搾取了不知數的老百姓們的利益。然而老百姓們實在是被壓迫得太久了，竟眼睜睜的無法奈這破落戶何！等到武松回來為他哥哥報仇時，可惜西門慶是屍骨已寒了。（《水滸傳》上說，西門慶為武松所殺，但《金瓶梅》則說，死於武松手下者僅為潘金蓮，西門慶已先病卒。）

三、《金瓶梅》為什麼成為一部「穢書」

除了穢褻的描寫以外，《金瓶梅》實是一部了不起的好書，我們可以說它是那樣淋漓盡致的把那個「世紀末」的社會，整個的表現出來。它所表現的社會是那末根深蒂固的生活著。這幾乎是每一縣都可以見得到一個普遍的社會的縮影。但僅僅為了其中夾雜著好些穢褻的描寫之故，這部該受盛大的歡迎，與精密的研究的偉大的名著，三百五十年來卻反而受到種種的歧視和冷遇，甚至毀棄、責罵。我們該責備那位《金瓶梅》作者的不自重與放蕩罷？

誠然的，在這部偉大的名著裡，不乾淨的描寫是有那末多，簡直像夏天的蒼蠅似的驅拂不盡。這些描寫常是那末有力，足夠使青年們蕩魂動魄的受誘惑。一個健全、清新的社會，實在容不了這種「穢書」，正如眼瞳中之容不了一支針似的。

但我們要為那位偉大的天才，設身處地的想一想：他為什麼要那樣的夾雜著許多穢褻的描寫？人是逃不出環境的支配的。已腐敗了的放縱的社會裡，保持不了一個「獨善其身」的人物。《金瓶梅》的作者是生活在不斷的產生出《金主亮荒淫》、《如意君傳》、《繡榻野史》等等「穢書」的時代的。連《水滸傳》也被污染上些不乾淨的描寫，連戲曲上也往往都充滿了齷齪的對話。（陸采的《南西廂記》，屠隆的《修文記》，沈瑞的《博笑記》，徐渭的《四聲猿》等等，不潔的描寫與對話是常可見到的。）笑談一類的書，是以關於性的開玩笑為中心的。（像萬曆版《謔浪》和許多附刊於諸書法海，《繡谷春容》諸書的笑談集都是如此。）春畫的流行，成為空前的盛況。萬曆版的「風流絕暢圖」、「素娥[2]篇」是刊刻得那末精美。（「風流絕暢圖」是以彩色套印的，當是今知的世界最早的一部彩印的書。）據說那時刊板流傳的春畫集，市面上公開流行的至少有二十多種。

[2] 按：娥原作蛾。

在這淫蕩的「世紀末」的社會裡，《金瓶梅》的作者，如何會自拔呢？隨心而出，隨筆而寫，他怎會有什麼道德利害的觀念在著呢？大抵他自己也當是一位變態的性慾的患者吧，所以是那末著力的在寫著那些「穢事」。

當羅馬帝國的崩壞的時代，淫風熾極一時。連飯廳上的壁畫，據說也有繪著春畫的。今日那泊里（Nable）的博物院裡尚保存了不少從彭培古城發掘而得古春畫。明代中葉以後的社會的情形，正有類於羅馬的末年。一般飽食終日無所用心的士大夫，乃至破落戶，只知道追歡求樂，尋找出人意外的最刺激的東西，而平民們卻被壓迫得連呻吟的機會都沒有。這個「世紀末」的墮落的帝國怎麼能不崩壞呢？

說起「穢書」來，比《金瓶梅》更荒唐，更不近理性的，在這時代更還產生得不少。以《金瓶梅》去比什麼《繡榻野史》、《弁而釵》、《宜春香質》之流，《金瓶梅》誠然要算是「高雅」的。

對於這個作者，我們似乎不能不有恕辭，正如我們之不能不寬恕了曹雪芹《紅樓夢》裡的賈寶玉初試雲雨情，李百川《綠野仙蹤》裡的溫如玉嫖妓、周璉偷情的幾段文字一樣。這和專門描寫性的動作的色情狂者，像呂天成、李漁等，自是罪有等差的。

好在我們知道除去了那些穢褻的描寫，《金瓶梅》仍是不失為一部最偉大的名著的，也許「瑕」去而「瑜」更顯。我們很希望有那樣一部刪節本的《金瓶》出來。什麼《真本金瓶梅》、《古本金瓶梅》，其用意也有類於此，然而卻非我們所希望的。

四、《金瓶梅詞話》及其他

（關於「真本金瓶梅」係據「竹坡本」之「第一奇書」刪改諸說皆從略）

前十多年，得到一部明末刊本的《金瓶梅》，附圖的，每頁中縫不寫「第一奇書」而寫「金瓶梅」三字的，便要算是「珍秘」之至。那部附插圖的明末版《金瓶梅》，確是比第一奇書高明得多。第一奇書即由而出。明末版的插圖，凡一百頁，都是出於當時新安名手，圖中署名的有劉應祖、劉啟先（疑為一人）、洪國良、黃子立、黃汝耀諸人，他們都是為杭州各書店刻圖的，《吳騷合編》便出於他們之手。黃子立又曾為陳老蓮刻九歌圖和葉子格。可見這部《金瓶梅》也當是杭州版。其刊行的年代，則當為崇禎間。

半年以前，在北平忽又發見了一部《金瓶梅詞話》，那部書當是最近於原本的面目的。北平古佚小說刊行會的諸君，嘗集資印了百部，並不發售。我很有幸的也得到了一部。和崇禎版對讀了一過之後，覺得其間頗有些出入、異同。這是萬曆末的北方刻本，白綿紙印。（古佚小說刊行會的一本是影印的，保全著原本的面目，惟附上了崇禎本的插圖一冊，卻又不加聲明，未免張冠李戴。）當是今知的最早的一部《金瓶梅》。沈德符所見的「吳中懸之國門」的一本，惜今已絕不可得見。

《金瓶梅詞話》比崇禎本《金瓶梅》多了一篇欣欣子的序。那是很重要的一個文獻。又多了三頁的開場詞。它也載著一篇「萬曆丁巳（四十五年）季冬東吳弄珠客漫書於金閶道中」的序文，這是和崇禎本相同的。可見它的刊行，最早不得過於西元一六一七年（即萬曆丁巳），而其所依據的原本，便當是萬曆丁巳東吳弄珠生序的一本。（沈氏所謂「吳中」本，指的便當是弄珠生序的一本。）以下回目對照茲從略。

五、《金瓶梅詞話》作者及時代的推測

關於《金瓶梅詞話》的作者及其產生的時代問題，至今尚未有定論。許多的記載都說，這部詞話是嘉靖間大名士王世貞所作的。這當由於沈德符的「聞此為嘉靖間大名士手筆」一語而來。因此遂造作出那些「清明上河圖」的「苦孝說」的故事。或以為係王世貞作以毒害嚴世蕃的，或以為係他作以毒害唐順之的。這都是後來的附會，絕不可靠。王曇（？）的「金瓶梅考證」說：

> 《金瓶梅》一書，相傳明王元美所撰。元美父忬以灤河失事，為奸嵩搆死。其子東樓實贊成之。東樓喜觀小說，元美撰此，以毒藥傳紙，冀使染入口而斃。東樓燭其計，令家人洗去其藥而後翻閱，此書遂以外傳。

蔣瑞藻的《小說考證》及《小說考證拾遺》，引證《寒花盦隨筆》，缺名筆記，《秋水軒筆記》，《茶香室叢鈔》，《銷夏閑記》等書，也斷定《金瓶梅》為王世貞作。其實，「清明上河圖」的傳說顯然

是從李玉《一捧雪傳奇》的故事附會而來的。《清華週刊》曾載吳晗君的一篇〈《金瓶梅》與「清明上河圖」的傳說〉，辯證得極為明白，可證王世貞作之說的無根。

王曇的〈金瓶梅考證〉又道：「或云李卓吾所作。卓吾即無行，何至留此穢言！」這話和沈德符的「今惟麻城劉延白承禧家有全本」語對照起來，頗使人有「或是李卓吾之作罷」之感。但我們只要讀《金瓶梅》一過，便知其必出於山東人之手。那末許多的山東土白，決不是江南人所能措手於其間的。其作風的横恣、潑辣，正和山東人所作的《醒世姻緣傳》、《綠野仙蹤》同出一科。

一個更有力的證據出現了。《金瓶梅詞話》「欣欣子序」說道：「竊謂蘭陵笑笑生作《金瓶梅傳》，寄意於時俗，蓋有謂也。」蘭陵即今嶧縣，正是山東的地方。笑笑生之非王世貞，殆不必再加辯論。

欣欣子為笑笑生的朋友。其序說道：「吾友笑笑生為此，爰罄平日所蘊者著斯傳，凡一百回。」也許這位欣欣子便是所謂「笑笑生」他自己的化身罷。這就其命名的相類而可知的。

曾經仔細的翻閱過《嶧縣誌》，終於找不到一絲一毫的關於笑笑生或欣欣子或《金瓶梅》的消息來。

《金瓶梅》的作者蘭陵笑笑生到底是什麼時候的人呢？是嘉靖間，是萬曆間？

沈德符以為《金瓶梅》出於嘉靖間。但他在萬曆末方才見到。他見到不久，吳中便有了刻本。東吳弄珠客的序署萬曆丁巳（四十五年），則此書最早不能在萬曆三十年以前流行於世。此書如果作於嘉靖間，則當早已「懸之國門」，不待萬曆之末。蓋此等書非可終秘者，而那個淫縱的時代，又是那樣的需要這一類的小說。所以，此書的著作時代，與其說是在嘉靖間，不如說是在萬曆間為更合理些。

《金瓶梅詞話》裡引到《韓湘子昇仙記》（有富春堂刊本），引到許多南北散曲。在其間，更可窺出不是嘉靖間作的消息來。欣欣子的序說道：

> 吾嘗觀明代騷人，如盧景暉之《剪燈新話》，元微之之《鶯鶯傳》，趙君弼之《效顰集》，羅貫中之《水滸傳》，丘瓊山之《鍾情麗集》，盧梅湖之《懷春雅集》，周靜軒之《秉燭清談》，其後《如意傳》，《于湖記》，其間語句文確，讀者往往不能暢懷，不至終篇而掩棄之矣。

按：《效顰集》、《懷春雅集》、《秉燭清談》等書，皆著錄於《百川書志》，只都是成弘間之作。丘瓊山卒於弘治八年，插入周靜軒[3]詩的《三國志演義》，到萬曆間方才流行，嘉靖本裡尚未收入。稱成弘間的人物為「前代騷人」，而和元微之同類並舉，嘉靖間人，當不會是如此的。蓋嘉靖離弘治不過二十多年，離成化不過五十多年，欣欣子何得以「前代騷人」稱丘濬、周禮（靜軒）輩？如果把欣欣子、笑笑生的時代，放在萬曆間（假定《金瓶梅》是作於萬曆三十年右左的罷），則丘濬輩離開他們已有一百多年，確是很遼遠的夠得上稱為「前代騷人」的了。又序中所引《如意傳》，當即《如意君傳》；《于湖記》當即《張于湖誤宿女貞觀記》，蓋都是在萬曆間而始盛傳於世的。

---

3 按：靜軒原作軒靜。

我們如果把《金瓶梅詞話》產生的時代放在明萬曆間，當不會是很錯誤的。嘉靖間的小說作者們剛剛進展到修改《水滸傳》，寫作《西遊記》的程度。偉大的寫實小說——《金瓶梅》恰便是由《西遊記》、《水滸傳》更向前進展幾步的結果。

《金瓶梅》版本之異同

《金瓶梅》一書，小說中之傑作也。發見最早者，為袁中郎宏道，所撰「觴政」已引用之。見於記載者，在沈景倩德符《野獲編》，首記其事曰：「丙午（萬曆三十四年）遇中郎京邸，問曾有全帙否。曰第睹數卷，甚奇快。今惟麻城劉涎（疑是延字）白承禧家有全本，蓋從其妻家徐文貞（徐階之謚，松江華亭人）錄得者。又三年，小修（中郎之弟）上公車，已攜有其書，因與借鈔挈歸。吳友馮猶龍（名夢龍，編刊《警世通言》、《醒世恒言》等書）見之驚喜，慫恿書坊，以重價購刻。馬仲良時榷吳關，亦勸予應梓人之求，可以療饑。予曰，此等書必遂有人板行，但一刻則家傳戶到，壞人心術。他日閻羅究詰始禍，何置辭對？吾豈以刀錐博泥犁哉？仲良大以為然，遂固篋之。未幾時而吳中懸之國門矣。然原本實少五十三回[1]至五十七回，遍覓不得。有陋儒補以入刻。無論膚淺鄙俚，時作吳語，即前後血脈，亦絕不貫串，一見知其贗作矣。……」等云。據鄭振鐸之《中國文學年表》，謂此書是萬曆三十八年庚戌[2]刊成，必有所

1 按：回原作面。

2 按：戌原作戍。

考。鐫刻之源流，姑不具論。日本京都帝國大學部有殘本四冊，此本原裝裱於某志書中，亦自中土流入彼邦者。後為某教授發見，另裝成帙，認為海內孤本也。茲所述者為諸本內容文字，較其截然不同之點，分別說明，以供閱者參考，非版本之考證也。寒士買書甚難，況此等簀下書（見《內省齋文集》），借固不易，買亦甚昂，雖有不經見之本，亦復大同而小異。為便於披覽計，惟有就習見諸本，略加參閱，證其異同耳。

一為北京圖書館影印本，是於民國二十二年，從山西重價購得，名曰《金瓶梅詞話》，堪稱善本，因書價過昂，設法補苴。特影印百部，每部預約價三十金，又益以通州王氏所藏崇禎刻之圖像，合為全部，成為完本（姑名之曰「詞話本」）。原本依舊庋藏，影印未能普遍，鄭振鐸即分刊「世界文庫」中。嗣上海雜誌公司又據以編入「中國文學珍本叢書」，流傳漸廣。但校點猶嫌欠精，小疵不免。中央書店又重印一過，為「國學珍本文庫」之附庸（當時作為贈品），遂成單行本，於是人得一編。但「世界文庫」已經刪節，後之複印者，非有影印本不能得窺全豹也。（「珍本叢書」曾有補遺小冊，未能普遍，且所刪文字更未補全。）據欣欣子序文，知此書名《金瓶梅傳》，東吳弄珠客（疑即龍子猶亦即馮夢龍）一序，作於金閶道中，時為萬曆丁巳（萬曆四十五年）季冬。則「詞話本」實最早刻本也；一為張竹坡之評本（姑名之曰「竹坡本」）。首有謝頤序文，時為清康熙乙亥（三十四年）清明。易其名曰「第一奇書」，且確認為王鳳洲門人所作，或云即出鳳洲手。一為王仲瞿藏本，由上海卿雲書局鉛字排印，題曰「古本金瓶梅」（姑名之曰「古本」）。前有清同治三年二月蔣劍人敦艮序文，雲翠微山房所珍藏（並言另有「隨園本」已毀於洪楊之亂），後為大興舒鐵雲位所得，因以贈其妻甥王仲瞿曇者。王有考證四則，其妻金雲門禮嬴有旁注（已刪），時在清乾隆五十九年甲寅十月也。今日所流傳最普遍者，即此三種。予曾另見有四川木刻小本，蘇州木刻大本，暨日本鉛字排印本，題名為「多妻鑒」者。細覈皆「竹坡本」所從出也。川本有批註，模糊若麻沙版。蘇本僅載正文，字體殊清晰。「多妻鑒」有批有注，惟多訛字，或因原本不精耳。考「詞話本」與「竹坡本」、「古本」有相異之處，即一百回之回目，亦不甚雷同。「詞話本」回目，對仗不講平仄，字數極為參差。如第一回「景陽崗武松打虎　潘金蓮嫌夫賣風月」，第二回「西門慶簾下遇金蓮　王婆子貪賄說風情」。又如四十九回「西門慶迎請宋巡按　永福寺餞行遇胡僧」。「竹坡本」即較為整飭，且分為兩種。其列於卷首者，皆用兩字總括全回。如第一回之「熱結」、「冷遇」，第二回之「勾情」、「說技」，四十九回之「屈體」、「現身」，此斷為竹坡手筆也。書中每回之前，另有目次。第一回為「西門慶熱結十弟兄　武二郎冷遇親哥嫂」，第二回為「俏潘娘簾下勾情　老王婆茶坊說技」，四十九回則為「請巡按屈體求榮　遇梵僧現身施藥」。「古本」第一回與「竹坡本」同，第二回乃「永福寺高僧詳夢　大和樓義弟贈言」，四十九回亦係請巡按遇梵僧兩事，則列入第五十回，因其三四兩回不同，故只可移下一回。如三四回即「花子虛大鬧李院子　應伯爵暗訪王茶坊」，及「遊地府卓二姐歸陰　聽道情應伯爵受罵」。（按此處應伯爵兩次上場列入回目，即知著者非小說高手，全不知撰小說之技巧也。）直至八十三回，將「竹坡本」之「得雙」、「冷面」，「含恨」、「寄柬」兩回，並為「秋菊含恨泄幽情　春梅問訊諧佳耦」一回，以下始合為一轍，不致成為一百有零焉。所謂「古本」，決為改作。

卓丟兒魂游，全非《金瓶梅》本來面目。「詞話本」或即原本，（予猶疑為付刊時有人就原本增加，另有說詳後。）「竹坡本」實經修改，內容較「詞話本」為少，而整齊簡練差勝。惟《野獲編》云，原缺五十三至五十七回。細按三本各不相同，「詞話本」文字最為冗長，尤以「應伯爵郊園會諸友」一節，與全書前後筆墨，不類出於一手，陋儒補作，或即指此。（如應伯爵拒玳安等分中人錢，說這些狗子弟的孩兒。又玳安問二爹今日在那答兒吃酒，韓金釧兒吃素，及董嬌兒不來，應伯爵均罵其喬作衙，均元曲中語，僅亦回一見，為全書所無。）且應伯爵、白來創不能對玳安等輕薄，鑽開聰明孔之語，玳安此不能口舌饒人也。「竹坡本」將「會諸友」回目，改作「隔花戲金釧」與「垂帳診瓶兒」相對，只略說郊遊，無賭棋諸事。戲釧之前，有酒令，有笑話，雖俚俗，恰似應伯爵等口吻。「古本」無甚差異，所說之笑話，全不足笑。如「竹坡本」言，一少婦因陰寬，塞生礬一塊，澀痛難禁。人笑其像粧霸王，怒罵曰，「俺樊噲粧（三字均諧音）[3]不過，誰這裡粧霸王哩。」極為有趣。乃經其一改云，有少女腹大，緊束裙腰，栓得疼了矻瞅著。聽見旁人說他粧霸王，即罵道，「俺蕭何粧不過，誰粧霸王呢。」趣味全失，何能發噱？（按「蕭何」二字或即「小夥」之諧音，終非忍俊不禁之笑話。）如「吳月娘大鬧碧霞宮」，「竹坡本」及「古本」相同，惟「詞話本」於月娘逃避殷天錫時，又在清風山為草寇所劫，經宋江乞免，得返清河。此相異也。「詞話本」有橫插一段，為各本所無者。如三十四回云，陳參政有一女元夕觀燈，鄰人阮三慕其

---

3 按：此句原作俺樊噲粧三字均（諧音）。據文意改括弧位置。

色，眉語目挑，女亦情動，由婢梅香喚阮至，暗地相呂，不及於亂。阮思之成病，奄奄待盡。友周二知其故，賂地藏寺尼，於中元作伽蘭會，以燒香為名，預藏阮密室，誘女至寺相會。女欣然來，託困乏午寢，遂與阮三苟合。詎阮以病久體弱，據女腹而死，致涉訟到官云云。（此節又與《西湖二集》（周清原著）卷二十八謂阮三官因慕陳太尉女而病，求王尼誘之，入庵私會。好事既成，阮以脫陽死。官名微異，事蹟相同。）茲經斷定，所謂「古本」，實即贋作。是取「竹坡本」而刪改者，無寧名「潔本」之為愈。楔子亦取純陽子酒色財氣為引子。自第五回以後，「裁壽衣金蓮入套」起，與「竹坡本」絕無相異之點，僅於每回前刪去詩詞。文中不獨淫詞褻語刪除盡淨，如二十一回瓶兒嫁後，玉簫小玉兩婢向之戲謔，言「昨朝廷差四個夜不收請你往口外和番，……說你老人家會叫的好達達」。即叫好達達亦認為狎昵之詞，而改為「會使打仗的丟去馬鞭子」。又如「竹坡本」「覷藏春潘氏潛蹤」，「古本」改作「行酒令潘氏含羞」。直以應伯爵等說笑話，改卻西門慶與僕婦宋蕙蓮坐懷調笑，約地幽會一事，則精彩全無矣。「私語翡翠軒」，「醉鬧葡萄架」，為全書最膾炙人口者。「古本」對西門慶愛瓶兒好白屁股兒，亦認為不妥，改作「你這身上好白哩」。迨西門慶索肥皂洗臉，金蓮道，怪不的你的臉洗的比人家身上的肉還白。經此一改，索然無味，自不如臉比人家屁股還白，語涉譏誚，使瓶兒含羞也。至投肉壺，則改為西門慶將茉莉花兒輕輕的向婦人耳朵內攬了一攬，婦人依舊睡去。又採了一朵金櫻子，正向耳內放時，婦人驚醒，把頭一側，花蒂折斷耳內，慌的叫起。西門慶道，我替你殺殺癢，誰知被你吸住了，拔不出來。春梅將杭州箝子箝取出來，於醉鬧葡萄架本題，全未點出。因此回重在解開腳帶，將雙足分吊架上，如金龍探爪。此獨刪去，便無著落矣。「古本」之最異，厥為第二三四回，皆憑空添入。言西門慶得一奇夢，醒後訪間[4]高僧。僧示偈曰，一番風信二番花，指著三番信（姓字諧音）不差。折取金蓮歸去後，鴛鴦樓（著者誤以「血濺鴛鴦樓」為獅子樓事）[5]上認君家。應伯爵識得三番為「潘」字，疑有三寸金蓮之婦女，應鴛鴦之約。時有妓小紅，適姓潘，約同往視之，殊不中意。又往道靈子處拆字，指城隍廟之「隍」字（上海城隍廟有拆字攤，此著者狐尾自現也）解夢，因之由應伯爵尋王婆，結識其鄰潘金蓮。一為花子虛在妓院中酗酒，及閘人鬥毆成訟，西門慶從中漁利。一為卓丟兒瀕死，魂遊地府，並至溫柔鄉中，聞歌成讖。醒後備告月娘，未幾即逝。一為有唱道情者，命唱以侑酒。初為西門慶花子虛說法，冀其省悟，繼則喑詈應伯爵為反覆小人，伯爵怒摑其頰，倏然不見。故其回目與「竹坡本」相差。裁衣賣梨，「竹坡本」為第四回，此則列為第五回，直至八十三回始加歸併，即因其增出「詳夢」、「訪紅」、「拆字」、「鬧院」、「魂遊」、「道情」許多事故也。「詞話本」較「竹坡本」曲詞增多，引詩證詩亦不相同，內容文字視相倍蓰。兩種本所在皆有，家能購置一部，人可手執一編，其異同處，姑不必逐一舉出，以免辭費，但言其大概。「竹坡本」引呂純陽詩財色二箴，闡發微旨，覺世之迷，即舉西門慶一生事蹟為戒。自熱結冷遇起，於結盟時因說虎取笑，聞道士云景陽崗上有虎，先作一伏筆。西門慶為卓丟兒延醫時，應伯爵來約往看打

---

4 按：間疑當作問。

5 此處疑有誤。按原書，傅夥計對武松說，西門慶「往獅子街大酒樓上吃酒去了」，故「血濺」地應為獅子（街酒）樓。故此語當作「著者誤以『血濺獅子樓』」。

《金瓶梅》與《水滸傳》、《紅樓夢》之衍變

癡雲

宋元以來，小說勃興，稗官之流，往往據一事一語，演繹成文，傳為巨著。如玄奘取經，即有《西遊記》，武王伐紂，即有《封神傳》之類是也。據《莊嶽委談》，言武林施某嘗入市肆，紬閱故書，於敝楮中，得宋「張叔夜禽賊招語」一通，備悉一百八人所由起，因潤飾成《水滸傳》。蓋宋史所載，宋江起為盜，以三十六人橫行河朔，轉掠十郡，官軍莫敢攖其鋒。知亳州侯蒙上書，言江才必有大過人者，不若赦之，使討方臘以自贖。帝命蒙知東平府，未赴而卒。又命張叔夜知海州，江將至海州，叔夜使間者覘所向，江徑趨海濱，劫巨舟十餘載鹵獲。叔夜募死士，得千人，設伏近城，而出輕兵距海誘之戰。先匿壯卒海旁，伺兵合，舉火焚其舟。賊聞之，皆無鬪志，伏兵乘之，擒其副賊，江乃降云。

《宣和遺事》具載宋江等三十六人姓名及綽號，於是施耐庵即據為藍本，成《水滸傳》七十回。其精彩之筆，當以描寫魯達、林冲、楊志、武松、宋江、李逵諸人，最為生色。武松之為人，在金聖歎之「第五才子書（《水滸傳》）讀法」，以為一百八人中，定考武松為上上，真是天人。故撰《金瓶梅》者，平日有此一段故事縈迴腦際，以為寫西門慶之奸邪，潘金蓮之淫蕩，猶未能淋漓盡致，思欲借題發揮，即以

《水滸傳》第二十二回，「景陽崗武松打虎」起，至二十五回，「供人頭武松設祭」止，僅此三四回之事蹟，中加穿插，衍成洋洋灑灑一百回之《金瓶梅》一部。袁中郎「觴政」，以《金瓶梅》配《水滸傳》為外典，良有以也。《金瓶梅》刊成於明萬曆末年，風行一時，爭付剞劂。其版本之異同，另有說見前。

按「詞話本」自武松打虎起，除將《水滸》所有酒店中「三碗不過崗」（此與後文醉打蔣門神時「三碗不過望」遙相對照）一節刪卻，餘皆照襲《水滸傳》原文。「晤兄」、「戲叔」、「挑簾」、「裁衣」、「捉姦」、「陰謀」、「鴆夫」、「賄殮」各節，連篇累紙，改易無多，高手為文，閱者不以為疵，裁縫滅盡針線跡，因全書前後如出一手也。至於王婆貪賄說風情，所言之「挨光」層次，自潘驢五件事，迄休成十分光，直一字不易。惟《金瓶》為寫潘金蓮之淫蕩，特於「繡花鞋頭只一捏，那婦人便笑將起來，說道，官人休要囉唣」句下，加「你有心奴亦有意」一句，即將金蓮性情，不啻回爐另鑄。此實不如《水滸傳》，「官人休要囉唣，你真個要勾搭我？」尚為金蓮稍留身份也。

《水滸》、《金瓶》亦有事同而相異之處，可略舉犖犖大者如下：

《水滸傳》謂武植等為清河縣人，武松由滄州行至陽穀縣，路過景陽崗，因打虎而作都頭；《金瓶梅》適與相反，謂武氏兄弟為陽穀縣人，打虎是清河縣事，是作清河之都頭，兩縣互為顛倒，不知何故。或云因《金瓶梅》一書，暗指嚴嵩父子，「嚴」字字體像「慶」字[1]，西門與嚴世蕃字東樓相對，清河

1 按：此處當比較正體字「嚴」與「慶」。

則影射介溪。一說《水滸》既言武松由滄州回清河，本應先到清河，後到陽穀，決無欲返清河而遠繞陽穀之理，鄰縣之語亦不相符，故撰《金瓶》者特加以矯正。《水滸傳》謂，「金蓮係清河縣裡一個大戶人家使女，因為那個大戶要纏他，這使女只是去告主人婆，意下不肯依從，那大戶以此記恨於心，卻倒賠些粧奩，白白地嫁與武大。」《金瓶梅》則言，「潘金蓮初賣在王招宣府，習學彈唱。後轉賣與張大戶家，張大戶無子，暗地收用了，為主家婆所知，甚是苦打。大戶知不能容，遂嫁與武大。每候武大挑擔出去，即踅來廝會。嗣後大戶患陰寒病死，主家婆察知其事，怒將武大等趕走，復由紫石街，再移縣西街居住。」一則金蓮拒絕大戶，一則金蓮失身於大戶也。武大既為姦夫西門慶淫婦潘金蓮從王婆之謀，用藥毒死，《水滸》則以仵作何九受賄，當殮屍時，佯為中惡，焚化時，暗藏骨殖，為《金瓶》所無。武松疑乃兄死狀不明，首尋何九，再遇鄆哥，得知事之本末；《金瓶》為力寫西門慶之奸惡，於武松還家之先，經王婆攛掇，已將金蓮娶歸為妾。武松見兄亡嫂嫁，疑不能明，經人指出鄆哥，究出實情，而何九已於事前聞風逃匿。洎投縣告狀，官吏貪圖西門之賄賂，未准所請，《水滸傳》即接寫武松祭靈殺嫂，並於獅子橋下酒樓前殺死西門慶。縣官為略改招狀，解送東平府，再轉申省院詳審議罪，武松從輕刺配二千里外，王婆凌遲處死。《金瓶梅》為敷衍成文，因告狀不准，即尋西門慶復仇。西門慶於酒樓上方酬報李皂隸，見武松尋至，託言更衣，跳窗而逃。武松怒打李皂隸，竟誤傷致死，拿去見官。被西門慶買[2]囑官吏用刑拷問，

2 按：買原作賣。

擬成絞罪。及東平府鞫出真情，飭縣添提豪惡西門慶並潘氏、王氏等到案，西門慶乃浼人轉求蔡太師下書府尹，推情免提，遂將武松刺配孟州。至武松逢赦再歸，時西門慶已死，潘金蓮逐出，寄居王婆家中，始有祭靈殺嫂之事。此撰者筆底騰挪，不欲西門慶死於武松之刀，必使其死於金蓮之色。當殺嫂以前，撰《金瓶梅》者，極力描寫金蓮私意，喜武松重來就範；及武松誑語，有娶嫂為婦之言，於武松天人氣概，義俠性情，當然不逮《水滸傳》之直截了當，驚天動地。奈為全書結構所限，不得不如此耳。

《水滸》敘宋江等為盜，是宋宣和間事，《金瓶梅》則故將時代移前，小有謬誤。如第十回西門慶與花子虛家往來，即云，李瓶兒初為大名府留守梁中書（《水滸》作梁世傑，《宣和遺事》作梁師寶。劫生辰綱為宣和二年五月事）之妾，因政和三年李逵縱火翠雲樓，殺死梁之全家老小，梁與夫人倖免。瓶兒與養娘投奔東京，花太監遂娶為侄媳，此其一也；（按，《水滸》第六十五回，縱火者時遷，殺梁中書一門良賤者杜遷宋萬也。為梁山泊結局事。李逵不過在南門外城濠邊接應而已。）第八十四回吳月娘大鬧碧霞宮，謂太守高廉之妻弟殷天錫逼姦月娘。歸途過清風山，月娘又為清風寨頭領錦毛虎燕順、矮腳虎王英、白面郎君鄭天壽所擄，王英逼為壓寨夫人。適宋江因殺死閻婆惜逃躲在此，見而憫之，乞其釋放，倖免於辱。但《水滸傳》三十一回，宋江殺死閻婆惜逃出鄆城，初投柴進，再依孔太公。因清風寨武知寨花榮相招，路過清風山，為燕順等遮留。時有文知寨劉高之妻被擄上山，王英欲占以為婦，宋江救之得免。《金瓶梅》完全抄襲本回，僅易為吳月娘，以相牽就。在《金瓶梅》雖將此事寫在重和年間，但猶是宋江未上梁山以前事，此其二也；李逵打死殷天錫，是《水滸傳》五十一回事，云新任高唐州知府高廉，有妻弟殷天錫，人稱為殷直閣，與《金瓶梅》中之店小二所云，有名的殷太歲，亦不相同，且其事亦有前後矛盾處。吳月娘遇殷天錫，是在泰安州，豈高廉舊任泰安，調任高唐耶？此其三也；據《金瓶梅》九十八回，梁山泊宋江等受張叔夜招安，約在宣和三四年間，而蔡京被陳東劾罪，發煙瘴地充軍，其子蔡攸處斬，在宣和七年靖康元年間事。《水滸傳》雖未明言年月，與《宣和遺事》宋江受降為宣和四年，追咎蔡京等為遜位前後事皆合。小說固不比正史，更不必加以鉤稽，但《金瓶梅》於楊戩兵與遼人戰敗退保雄州事，列於第十七回，宇文給事（虛中）劾倒楊提督（戩），又嫌其將事實過於移前，與童貫互易，此其四也；至《金瓶梅》六十五回內，有六黃太尉（名見《宣和遺事》）來泰安州進金鈴吊掛御香，與《水滸》五十八回，吳用賺金鈴吊掛，云是宿太尉奉旨往西嶽華山降香者，皆時代移前之證，此其五也；《水滸傳》謂蔡京生日為六月十五日，《金瓶梅》於二十七回來保所說亦同，《宣和遺事》則云六月初一日。再如武松潘金蓮年歲，俱有不同，此猶小焉者也。《金瓶梅》用筆恣奇，騰挪變化，衍成洋洋一百回之奇文，與《水滸傳》異同之點，閱者不可不知焉。

前人謂《紅樓夢》實脫胎於《金瓶梅》，言者孔多，闕無冰即據此語。曾著《紅樓夢抉微》一書，其序略云：著《紅樓夢》者，在當日不過病《金瓶梅》之穢褻，力矯其弊，而撰此書。不佞自悟徹《紅樓夢》全從《金瓶》化出一義以來，每讀《紅樓》，觸處皆有左驗等語。雖條分縷析，猶未能盡發前人之覆，其變化之跡，罣漏仍多。蓋《金瓶梅》純寫市井小人，尤其通俗；《紅樓夢》則為閨閣兒女，求其雅馴。《金瓶梅》全寫酒色財氣；《紅樓夢》變為離合興衰。《金瓶》說淫慾而寫得真實；《紅樓》談情愛而變為空靈。一以明代社會為骨，託為宋朝時事；一則不據朝代為影，且難指實地名。此其用筆變化之妙，處處皆翻新《金瓶梅》也。若論《紅樓夢》一書，實屬青出於藍，華麗豐贍，允推傑作。倘無《金瓶梅》為之影本，余恐憑空結撰，無從翻新，必不能成此言情高尚之說部。但《金瓶梅》注重實際，個中人物貪財好色，趨勢嗜利之狀，不論何時何地，皆能遇到。故社會狀態，如明鏡照影，無所遁逃，寫得實實在在，顛撲不破。《紅樓夢》則不然，其寫富貴驕侈，雖悉在人耳目，其主要腳色如寶玉、釵、黛諸人，完全出於理想，恐欲界之中，千古不易一見。或有其才無其色，或有其人無其遇，不獨不能見此面目，直難聞其語言。所述兒女柔情，亦非笄冠以下之年，所能如此纏綿悱惻者。此著者矯枉過正之弊，但知另出機杼，力求雅豔，空中樓閣，不顧實境也。世人徒賞其文字之富麗，視同遊仙一夢，反以《金瓶梅》之事實，平鋪直敘，已落恒蹊。須知《金瓶梅》為世情之書，《紅樓夢》為言情之作，根本不同，不過借徑攝神而已。

今試述《紅樓夢》實由《金瓶梅》變化而出之跡，以證予言。

《紅樓》開篇已明言托於夢幻，首將真事隱去，假語村言，敷衍出來。故有空空道人茫茫大士渺渺真人太虛幻境諸號。所謂昌明隆盛之邦，非清河、陽穀之僻縣也；詩禮簪纓之族，非破落戶新發跡之家也；花柳繁華之地，非淫穢污臭之區也；溫柔富貴之鄉，非魑魅魍魎之境也。不假借漢唐的名色，與《金瓶》托宋依明者不同；不訕謗朝廷的衰亂，與《金瓶》涉及四奸四寇又迥異。況其言曰，「洗了舊套，反到別致」，皆謂不落《金瓶梅》舊套也。更點明並無傷時淫穢之病，大旨不過談情，亦謂變換《金瓶》之事蹟也。且「風月寶鑑」，閱之有反正，燒鏡時，「空中叫道，誰叫你們瞧正面了的。你們自己以假為真……」云云，即意淫與肉欲也。木石因緣，間之以金玉，即蓮梅與瓶玉也。《金瓶》之主角為西門慶，有妻妾（吳月娘、李嬌兒、孟玉樓、孫雪娥、潘金蓮、李瓶兒）六人，外寵內嬖弗與焉。《紅樓》則化為金釵十二，更變為副冊中人，又副冊中人，或一身化為數身，或數人合為一體，變幻莫測，惝恍難明，所以後來居上，然終不離蹊徑也。

《金瓶梅》之得名，原以潘金蓮、李瓶兒、龐春梅三人本事，貫串穿插，「金陵十二釵」亦然。試觀西門慶原為絕無根底之人，更無父女兄弟，妻室業已早卒，朋友盡屬幫閒，擯絕於五倫之外。父名達，母夏氏，即小人下達也。賈氏則原原本本，但一代不如一代。始祖榮國公賈源，誌所從出也。祖代善，謂代遭也。父政，言其假正也。其行輩取名之字，偏旁亦俱有用意。如立人如反文如斜玉，皆寓貶辭，再次則悉為草頭。獨代善與寶玉異，是堪注目。故二十九回張道士謂「寶玉形容身段言談舉動，怎麼就同當日國公爺一個稿子？」此即以《金瓶》為稿本之說。代善之昆仲，如賈代化、賈代儒等，寶玉之兄弟，如珍、璉、珠、瑞等，直言代善寶玉為正色，餘屬陪襯。此言《紅樓》之寶玉，是從《金瓶》遭遞而出。姓賈之故，亦有所本。《金瓶》十八回西門慶嘗賂相府脫禍，李邦彥將西門改成一字為賈，慶字易形似之字為廉。至寶玉有胎裡帶來之通靈寶玉，其名為「赤霞宮神瑛侍者」。據第八回寶釵所見，「大如雀卵，燦若明霞，瑩潤如玉，五色酥花絞纏護著，就是大荒山中青埂峰下的頑石幻相，」即西門慶用藥養成之大龜，所謂「腰州臍下作家鄉」，及「密松林、齊腰峰、寒庭寺」下之胡僧是也。按男子之勢，亦名

「紅霞仙杵」，「神瑛」即大陰，亦即靈龜。青埂之名，尤其顯著。寶玉有玉，問黛玉則無，寶釵則以金鎖相對，且寶玉之玉，先有「罕物」、「勞什子」、「命根子」之言，與西門慶之龜，同一為孽根禍胎。玉上鐫字，「莫失莫忘仙壽恒昌」，亦即葆精節欲，可以延年之意。寶釵黛玉，亦從金蓮瓶兒變化而出：金蓮應化為寶釵，「釵」字從金也；瓶兒應變為黛玉，表字顰顰也（瓶、顰諧音，有時喚為「顰兒」），《紅樓》則故意顛倒用之。風花雪月，雪居花次，故易雪為薛，有「氣暖了恐怕吹化了薛姑娘」[3]之語。金木水火，木居金下（潘字從水，又木在水上），故雙木成林，金蓮幼受林太太之教。秦可卿乳名兼美，即兼釵黛之美，故寶玉所見，鮮豔嫵媚有似寶釵，風流嫋娜則又如黛玉。寶玉之名，亦上佔寶釵之寶，下占黛玉之玉。「初試雲雨情」者為花襲人，瓶兒嫁花子虛，先與西門慶私通，言襲人直襲其人。瓶兒曾嫁蔣竹山，襲人後嫁蔣玉函，襲人即為寶釵之影子，實即瓶兒之化身。與寶玉約法三章，又似金蓮要西門慶以三件事相同，是《紅樓》變化之妙，無跡象可尋。偶舉一隅，不必確鑿比擬。《金瓶》所有挾勢利繪淫蕩，《紅樓》幾悉萃於賈璉一人。戲熙鳳，即西門慶狎書童也；「暫將小廝內清俊的選來出火」，即西門慶在東京何千戶家以王經解饞；與多姑娘、鮑二家的私通，即西門慶調姦僕婦宋蕙蓮葉五兒是也；偷娶尤二姐，即西門慶包占王六兒也；至「候芳魂五兒承錯愛」，即《金瓶》之「守靈幃夜半口脂香」，變化而成。寶玉入幻境以前，形容秦可卿房中陳設，如武則天之寶鏡，趙飛燕之舞盤，傷楊太真乳之木瓜，壽陽

---

[3] 按：原後引號在「語」字後，據文意改。

公主之寶榻，同昌公主之連珠帳。展開西施浣過的紗衾，移了紅娘抱過的鴛枕，而唐伯虎之「海棠春睡圖」，外懸秦太虛之對聯，下句「芳氣襲人是酒香」，不知者以為引起下文襲人初試，實即明言襲自《金瓶》西門餉贈藥胡僧之食品諸名，特化俗為雅耳。秦可卿之喪，一切排場，亦與李瓶兒之喪極力鋪張者相似。尤以賈珍看棺材，幾副杉木板皆不中意，薛蟠來吊，便說本店有一副檣木板，幫底皆厚八寸，出在潢海鐵網山上，還是當年先父帶來。原係忠義親王要的，拿著一千兩銀子也怕沒買處。賈珍聽說甚喜，笑問價值。看板時大家稱奇……與《金瓶梅》中陳經濟到陳千戶家，看了幾副板都中等，聽說尚舉人家有好板，原是尚舉人父親在四川成都府做推官時帶來，名為桃花洞，每塊五寸厚，定要三百七十兩銀子，及抬來西門慶滿心歡喜，應伯爵只顧喝彩……寫法完全相同。在此哀痛之際，賈珍甚喜，與西門慶滿心歡喜，大家稱奇，只顧喝采，「西門慶哭道，先是一個孩子也沒了，今日他又長伸腳去了」，與「賈珍哭道，我這媳婦比兒子還強十倍，如今他伸腿去了」，皆如出一轍，伸腳伸腿之語，尤為暗合。餘如劉理星厭勝，馬道婆作法，張太醫、胡庸醫之論脈開方，與何老人、趙搗鬼之用藥打諢等事，皆有線索可尋，見其變換之法。

西門慶之嗜淫慾，貪貨財，寶玉則談情愛，薄利祿，撰著之人，命意不同，各呈其才藝。

《金瓶》以曲勝，《紅樓》以詩長，雅俗之分，又其餘事。而兩書俱有僧尼穿插其中，與僧人相終始。孝哥被度出家，寶玉懺情出家，此結構之概略也。蓋《紅樓[4]》入手，即述賈雨村言，向來解此四

4 按：樓原作摟。

字，皆謂為假語村言，殊於「村」之一字，不求甚解。不知「村」者即「撒村」之「村」也。如《金瓶》之淫穢鄙瑣，誠非「村」字不足以盡之。今欲除其村氣，故另撰《紅樓夢》一書，改為一種富貴秀雅之氣，所謂比村言更假，即假於村言也。《金瓶梅》一百回純由《水滸傳》數十頁內化出，《紅樓夢》一百二十回又由《金瓶梅》一百回化出，而改俗為雅，改明為暗，於是賈雨村言四字，乃得正解。

此闞無冰之意如此，亦可謂先獲我心。然予仍以為未愜。賈府與甄府相對，此假真之分，為《紅樓夢》要旨。甄士隱為真事隱，與賈雨村只為《紅樓夢》作導線，假作人名耳。且此四字，不獨為假語村言，或作假於村言。要知此「假」字，實即「假借」之假。《金瓶》為村言（淫書也），言《紅樓夢》即假借於村言也。

《紅樓夢》抉微

闞鐸

合肥闞鐸霍初著，曾刊於北京《社會日報》副刊「瀚海」中。民國十四年由天津大公報館刊行。茲摘錄其舉例如下。至所引《金瓶梅》、《紅樓夢》對照之原文，俱從略。

《紅樓夢》何以專說賈府之事？因《金瓶梅》十八回西門慶改作賈廉。黛玉從賈雨村讀書；金蓮七歲上過女學，任秀才是其師也。

陽穀縣西北有西門塚，更言吳、潘二族。見王阮亭《香祖筆記》。宋江等三十六人，既非虛構，《金瓶》亦必有其人。故《紅樓》謂真事隱去，所撰為假語村言。

《水滸傳》、《金瓶梅》、《紅樓夢》三書，故有正冊、副冊、又副冊以分點之。

黛玉係絳珠草轉世，是為先天，金蓮係《水滸》中人也；寶釵是後天，瓶兒不見《水滸》也。《水滸》有武松靈床伴宿，故《金》書有守孤靈，《紅》書有候芳魂。西門慶收了花家許多東西，卻打瓶兒；賈府收了林家之物，卻要省黛玉嫁粧。賈府收江南甄家許多東西；西門收陳洪家贓物。孫家賴賈府欠債，打罵迎春，似陳敬濟淩虐西門大姐。

甄字自係由賈字演出。《水滸》、《金瓶》西門之死法不同，是武松打死李外傳，即李代桃僵也，至化金蓮為瓶兒而姓李。

榮府在西，即西門，亦《紅》書之主人；寧府在東，故以之為花家，後改花園。家事消亡總罪寧，因西門本宅始終未動。後人謂為東樓，亦自有故。金、瓶二人之別院，皆在宅東，且有樓也。

《紅》書再三就獅子說兩府，即「獅子街」、「獅子橋」之謂。《水滸》之犯事地點為紫石街，《金》書在獅子街也。

「好了歌」內分財、祿、妻、子四門，與《金》書悉合。求之《紅》書轉嫌無根。「陋室空堂」云云，若以《金》書按之，真尺幅具千里。

寶釵遺腹，即月娘遺腹而生孝哥。《紅》書以孝字作骨，《金》書以不孝作骨。

兩書俱有僧尼道士及皇親等，又俱與王姓有關。蓋園造屋與賣藥均聯想而得，官吏賣法無不吻合。

瓶兒是從王婆打酒之酒瓶化出，姓李是從李嬌嬌化出，故《金》書李嬌兒外，又有李瓶兒。直接取材於《水滸》，故黛玉之外，有一寶釵。

兩書之雪天戲叔，及孝服中作種種之不肖，無不相合。

《紅樓》不重寧而重榮，政賢於赦，寶玉自勝珠兒，皆從《金》書十弟兄，西門慶不應居長，被推為大哥也。（犀按：因官哥死，孝哥實為弟，且寶玉從孝哥化出。）《紅》之大房，除珠早死外，若赦、珍、蓉及薛蟠之行大者，皆無賢妻貞婦，殆皆武大一流。其行二者，政、璉、寶玉、薛蝌、湘蓮，皆有異才或麗偶。

《紅》之敘事者皆以吃飯為章法，《金》則每出門必有一人或一官來拜留坐。（在生子加官後一定章法。）兩書女主皆佞佛，不管家事。

賈蓉借炕屏，因瓶與屏通，故屏隙窺春。後來玩賞芙蓉亭，亦為瓶兒插筍。瓶兒即芙蓉，即屏風，俱有關聯。

《紅》之打跧兒，請安，摘帽子，碰頭，梳辮子，做時文破題，南巡等，皆清朝禮俗。《金》之手帕本，海鹽優人，慶成宴，為明朝禮俗，是作者有意點明。

死人頭上戴過珍珠，即指婦人再醮。頭胎紫河車，即指私生子而言。

《紅》書長於詩文，《金》書長於詞曲。警幻仙姑所演之曲，其牌名與《金》書迥不相同。《金》書曲牌之多，又非他書所常見。

通靈玉在赤霞宮（何色）居住，靈河岸上行走（何地），見絳珠草可愛，日以甘露灌溉。饑餐秘情果，渴飲灌愁水，玉是何物，可想而知。故為寶玉之命根。西門亦以玉莖為禍根也。捧玉絡玉，思之失笑。煉石亦即養龜。寶玉之失而復得，西門之弱而復強，皆由和尚也。

石頭是玉之前身，西門慶是孝哥前身，寶玉是孝哥化身。故張道士說寶玉像他爺爺一個稿子。《金》書一官哥一孝哥為全書關鍵。孝哥十五歲出家，寶玉皆十五歲以內事，故政老云，寶玉哄了老太太十五年。寶玉一切根性，總似西門慶，但以年小，遂移步換形。

寶玉挨打，黛玉心疼；似琴童挨打，而金蓮暗泣。西門慶是打老婆的班頭，降婦女的領袖。打金蓮，打瓶兒。《紅樓》用倒影法，將寶玉寫成受打受降的溫柔手段，又作反寫，受政老之毒打，踢襲人之心窩。

寶玉罵賈環，這個不好，再頑別的。是自白厭故喜新。因西門見一個愛一個，吃了碗裡，望了鍋裡。

寶玉與晴雯麝月同吃酸筍湯，西門與金蓮、春梅亦同吃此湯。兩書之打醮，有寄名符。

寶玉問療妒方，王道士疑其乞滋補藥。《金》四十九回番僧施藥。

玉函者，裝玉之函也。玉如上述，函是何物？

《紅》之女兒棠女兒國，全書皆言女兒，因《金》書半為再醮婦。

寶玉怕二老爺，西門怕武二。赦老武職，但政老多以刑威加人。

「天王補心丹」方內之藥，皆寓言也。即梵僧形貌及其食物，皆形容映帶之筆。

「蓮葉羹」云云，即《金》十一回索雪娥所做之荷葉餅銀絲鮮湯。

《紅》之鬧書房，即《金》之鬧花院。

警幻曲二三兩支，林、薛合寫比較。蓋金、瓶二人，是全書之主，交涉極多。餘曲與《金》書合，不盡與《紅》書合也。

黛玉、寶釵、襲人皆屢易其地，屢易其主，即金蓮、瓶兒均有夫喪。瓶且因訟而來，與釵相同。三春皆根生土長，即李嬌兒、卓丟兒、孫雪娥先已在家也。

賈氏四春，黛、釵雖未明排，自在五六之列。蓮是五娘，瓶是六娘，又有時混叫。故黛、釵是二是一。《紅》五回一女似釵又似黛，乳名兼美，即指金、瓶共私一西門慶。緊接襲人，點名初試雲雨。

黛即金蓮，顰兒言其嘴貧。皆上過學，較優於人。皆擅女紅，黛能裁衣。

葬花，即金蓮死武大。又化出瓶兒死花二，死法異曲同工。葬花子虛也，化灰之說，即武大火化。變個大王八，即明點武大。葬花詩，亦金、瓶二人死夫事。「葬儂」之句，即瓶兒之風光，金蓮之淒涼。

黛玉不勸寶玉立身揚名，即西門慶種種惡事，皆蓮參預或反激之，同惡相濟。黛入榮府，寶玉赴廟，西門慶亦先上廟。寶、黛初見面，皆似曾相識，即挑簾曾見。黛為絳珠草，故全書花竹藥草諸植物烘托點綴，猶「金蓮」又為小腳別名，處處寫其鞋腳也。

鳳者縫也。又揀旺門而飛，即金蓮入西門之家，日見旺盛。偷香玉，即[1]指明黛為香玉，偷字用於黛不合，卻與蓮正合。

寶玉等人之酒令，與《金》書中人無不暗合。

捉蔣玉函，即邏打蔣竹山。

焚稿而死，即瓶兒喪子而死。

1 按：即原作既。

黛玉姓林，即金蓮曾賣入王招宣府，有林太太之故，又與王姓有關，因林而淋。黛玉音似帶雨，故有還眼淚債之說。手帕從淚來，小腳從金蓮而來。

假鳳泣虛凰，即寡婦再嫁而假哭，故意顛倒出之。又與瓶兒夢子虛索命，西門燒化紙錢相同。

寶釵與瓶兒同一白淨；同一富厚；同一好以財物結人；同一生子；同一苟合於前，嫁之於後；同住貼鄰。名「釵」者，因瓶兒初贈月娘等金壽字簪也。

繡鴛鴦，即《金》書之描摹橫陳。

送宮花，即瓶兒送壽字金簪。

冷香丸，荷即蓮也，芙蓉即瓶也，梅即春梅，而牡丹者，即《紅》之元春，《金》之月娘。寶釵之竹夫人謎，於瓶兒一生描寫不遺。

寶釵生日，鳳姐說大又不是，小又不是。瓶兒在西門家似小又似大。

羞籠紅麝串，見寶釵白膀子；大鬧葡萄架，見瓶兒白屁股。

梨香院之方位，與瓶兒大宅小宅無不相合。

蘅蕪者，蘼蕪也，言瓶兒有故夫也。瓶兒與藥材香料具[2]有因緣。常服冷香丸，即瓶兒熱心多情多病，又嫁過醫生。

2 按：具當作俱。

寶釵、寶玉初見，交換鎖、玉二物。寶玉歷次將玉炫弄，全書無非偷香竊玉。《金》書十六回花家之沉香暗與西門慶竊玉作陪襯耳。

芸兒拾小紅手帕，極似陳敬濟拾金蓮繡鞋。一由墜兒，一由鐵棍。

賈珍與可卿，即花太監與瓶兒（見《金》十回、十四回）。瓶兒之春意圖卷，係老公公由內府畫出，猥褻之事，不問可知。花子虛是老公公第二侄兒，寶玉為可卿之二叔公。排行雖倒，曖昧事則一。

可卿壽木與瓶兒壽木，及兩書之喪事，同一選辦鋪張。

會芳園賞梅，及《金》十三回牆頭密約。

候芳魂與守孤靈，二而一也。

照「風月鑒」，與《金》五十八回冰鑒磨鏡，俱點醒關目。

鐵檻寺弄權，老尼所說者，幾包括《金》書全部事。且王六兒受賄說事，亦在上墳之前。

攢金湊份子，燒糊了捲子，兩書俱有此語。鳳姐說張道士叫我修壽，金蓮亦云道士說我短命呢。可卿、鳳姐之病為血崩，與瓶兒一樣。

鳳姐協理寧國府，刻薄寡恩，及《紅》六十五回興兒說鳳姐之狠毒，即《金》六十四回玳安說金蓮、嬌兒當家之刻，而多贊瓶兒。

鮑二家的似宋蕙蓮，王熙鳳又似王六兒（生女亦同。一為七月七日生，一為五月五日生）。

李紈即孟玉樓，而俱從李師師化出。師師，染工女也。玉樓「人醉杏花天」一聯，即道君賜師師之畫。

元春之為吳月娘；迎春為李嬌兒；司棋之與夏花；探春與孟玉樓（探為庶出，即玉樓嫁楊、李皆係正室，只在西門家為第三房）；惜春與雪娥（因與尼在家看守）；妙玉遭劫即雪娥拐逃；鐵檻寺即鐵門檻；妙玉烹茶即雪娥造湯水；柳五嫂亦似雪娥；史湘雲即李桂姐，雲兒亦即桂姐；薛姨媽之與王婆；劉姥姥之與應花子，又似王婆；李嬤嬤之與潘姥姥；尤三姐之與金蓮，湘蓮之與武松；尤二姐之與瓶兒；晴雯之與瓶兒，襲人之與金蓮，又似春梅，又類瓶兒；花自芳之與花子虛；香菱之與金蓮；平兒之與春梅；鴛鴦之與玉簫；雪雁之與迎春；柳五兒為瓶兒化身；林四娘與林太太；賈環之為雪賊（貓），趙姨娘之與金蓮；賈瑞之與陳敬濟；薛蟠即武大；夏金桂合金蓮桂姐為一人；秦鍾與王經及書童；茗煙與玳安；焦大與胡秀；賴世榮與玳安；賴大、賴昇與來保、來旺；琴棋書畫四丫頭，即西門家之四僮也。皆有所影射。或合或分，各有印證，見於原著。

情解石榴裙與醉鬧葡萄架，情態宛然。

多姑娘剪送賈璉之髮，即王六兒送髮絨同心結。《金》十二回金蓮亦曾剪髮。

兩書之參案相同，魘魔法相同，清客與幫閒相同，冷子興與溫秀才、韓（寒）夥計，又兩書之冷熱相同也。

金紅脞語

靈犀

《紅樓夢》第一回一僧一道云，「同這些情鬼下凡，度脫幾個，」是度之於生前。又云，「待這一干風流孽鬼下世，」點明其為情鬼，與《金瓶梅》之淫鬼不同。普靜度西門慶等冤魂是在死後。

賈化字雨村，謂是「假話」及假語村言也。居於葫蘆廟，即依樣畫葫蘆之意。此言《紅樓》以《金瓶》為原樣，故言雨村為湖州人氏，是胡謅也。於王道士胡謅療妒方，又特點此二字。

甄費諧音為真廢，字士隱謂真事隱也。其注解「好了歌」，如「誰承望流落在煙花巷」等句，與《紅樓》事蹟不合，而於西門慶身後之淒涼無不符合。

賈府有世襲的前程，即言全書襲自《金瓶》，且以《金瓶》為真事，自託為假話。

嬌杏見雨村「不免又回頭一兩次」，即西門慶見金蓮時，「臨去也回頭七八回」。《紅樓》、《金瓶》兩書，往往男女易位，此例甚多。

寶玉說，「女兒是水做的骨肉，男人是泥做的骨肉」。故賈雨村云，「賈政也錯以淫魔色鬼看待了。」此即情與淫之分。

《紅樓》原注關於冷子興演說榮國府云，「借金瓶冷遇而反用之」，不知「古董行中貿易」一語，已明言《金瓶》是一部大古董，並非言賈府是古董也。著者不過變易其結構耳。

賈母告黛玉，「我有一個孽根禍胎，是家裡的混世魔王。今日因廟裡還願去尚未回來。」即西門慶熱結十弟兄，俱從上廟起。

《金瓶》先敘金蓮、瓶兒事，末及春梅。《紅樓》雖與梅無涉，然亦不時點綴。如寶玉入夢之先，因會芳園賞梅，後有詠梅詩及白雪紅梅等等。

寶玉入夢，秦可卿吩咐小丫鬟們，好生在簷下看著貓兒打架。及夢中驚喚時，又云，正在房外囑咐小丫頭們，好生看著貓兒狗兒打架。重複言之，固嫌閃爍。即《金瓶》八十三回，金蓮囑春梅藏狗待陳經濟潛來，及薛嫂兒因見二犬戀在一處，笑向金蓮等道，你家好祥瑞。

榮寧二公囑託警幻仙姑言，「或得使彼（謂寶玉）跳出迷人圈子。」此圈即《金瓶》楔子所云，「生我之門死我戶，看得破時忍不遇」之物。

《金瓶》全從濫淫著筆，《紅樓》則易而為意淫。

焦大醉罵，「爬灰的爬灰，養小叔的養小叔。」此即陶爬灰、王六兒也。寶玉不問養小叔，意在言外。《金瓶》也不寫陶爬灰也。至焦大云，「白刀子進去，紅刀子出來。」與來旺醉後發恨之語相同。

薛姨媽送宮花十二支，分三春、黛玉各二，餘四支給鳳姐。此即李瓶兒分送宮樣壽字金簪與月娘等四對，而金蓮已預先得之，春梅亦得一對。湘雲送絳紋石的戒指四個，襲人、鴛鴦、金釧、平兒各一，且言前日已經送過釵、黛，而釵已先轉送襲人。此故意襲用其筆。

戲鳳（《紅》七回）是賈璉夫婦白晝宣淫。所寫情狀，與西門慶狎孌童（《金》三十四回）同一筆墨。

寫鳳姐之辣，賈瑞之醜，《金瓶》獨無。略似玉樓之誆陳經濟，陷嚴州獄耳。

智善智能即妙鳳妙趣也。張財主李衙內與節度雲光，又何其似。張大戶與娶玉樓之李衙內，雲禮守之兄雲參將耶？且衙內二字，見於《金瓶》則可，見於《紅樓》殊不類也。

單聘仁（善騙人）卜固修（不顧羞）等人，即應伯爵（應白嚼）卜志道（不知道）之輩。一為清客，一為幫閒。兩書有同名者，如來旺金釧是。

秦鍾得趣時，為寶玉所執，云「等一回睡下，再細細的算帳。」因西門慶與王六兒多作後庭之戲，皆託言在獅子街房子裡算帳也。

試才一回，說寶玉偏有些歪才。又眾人道，「李太白『鳳凰台』之作，全套『黃鶴樓』，只要套得妙。」即《紅樓》作者自負之語，謂套得《金瓶》而人不覺，更能超過原本。

元妃省親，與賈府宗祠，即西門慶之祭墓春宴，皆盛衰所繫。元妃為賈府之女，即《金瓶》結親回中，喬五太太說，「如今當今東宮貴妃娘娘，是老身親侄女兒」一語化出。喬者假也。

「花解語、玉生香」，妙對也，為月娘贊金蓮標緻之語。《紅樓》則取為回目。襲人之要脅，晴雯之利口，俱似金蓮。

賈璉與多姑娘說，你就是娘娘（《紅》二十一回），淫情急色如繪。猶《金瓶》五十七回西門慶說，拐了許飛瓊，盜了西王母的女兒，強姦了嫦娥，和姦了織女，同一污蔑神靈。

《紅》二十三回鳳姐為賈芹說事，賈璉道，「昨晚我不過是要改個樣兒，你就捏手捏腳的。」此語與西門慶囑咐韓金釧，「好生侍候蔡御史，他南人的營生，好的是南風。你們休要捏手捏腳的。」如出一轍。

魘魔法一回，馬道婆比《金瓶》中劉理星可惡，亦從此化出。變本加厲耳。

春困發幽情，寶玉向黛玉說，你給我榧子吃呢[1]。即占鬼卦回中，金蓮向西門慶臉邊彈個響榧子。

薛蟠云看見庚黃的春宮，極言其鄙陋。李瓶兒家有內府畫出二十四解春意圖，金蓮亦不甚愛惜，欲撕得稀爛。

司棋從山洞裡出來，站著繫裙子，為小紅所見；金釧兒打沙窩兒，為應伯爵戲弄。兩書雅俗分明。

王夫人聽寶玉說為黛玉配藥，未有「不當家花拉」一語，《金瓶》則為「不當家化化」（八十八回）。

錦香院妓女雲兒所唱兩曲極妙，薛蟠之酒令又極村俗。《金瓶》中麗春院諸妓之曲皆可聽，伯爵等人酒令笑話，皆村俗也。

清虛觀打三天平安醮。西門慶生子還願，亦許一百多分大醮，皆極熱鬧。

鳳姐說，寶玉與黛玉鬥氣，昨日為什麼又成了烏眼雞。金蓮對西門慶亦嘗說像烏眼雞一般。

---

1 按：原文作「給你個榧子吃」。

寶玉調戲金釧兒，金釧兒說，告訴了你一個巧方兒，你往東小院子裡拿環哥兒和彩雲去。愛月兒告西門慶一個巧宗兒，教其勾搭林太太。

寶玉因貪看畫薔，遇雨歸家，開門踢襲人，即西門慶聞瓶兒嫁蔣竹山，因見金蓮跳白索，趕著踢幾腳。

晴雯撕扇，金蓮亦曾撕毀西門慶之紅骨細撒金金釘鉸川扇兒。

碧痕打發寶玉洗澡一節，從晴雯嘴說出，即金蓮蘭湯邀午戰。

翠縷問金麒麟，泛論陰陽牝牡，與小玉說，「和尚為佛子，尼姑為佛女，誰是佛之女婿？」云云，相同（八十八回）。

鶯兒打絡，似金蓮做白綾帶。故其下文即繡鴛鴦。在《金瓶》為明寫，在《紅樓》則暗寫。

結詩社，擬別號，做詩聯句，行令作畫，賞雪，打燈謎，彈琴，下棋，皆極言其風雅。與《金瓶》之俗惡不同。更見蔡御史贈妓詩之劣，為金釧、董嬌起號之俗。

二十九回，李紈對平兒說，當初珠大爺在日，也有兩個人（丫頭），一沒了趁年輕我都打發了。若有一個好的守得住，我到底有了膀臂。可見主人於侍婢皆能收用。無怪西門慶家如此，及死後一個也守不住。

劉老老大類應伯爵（白嚼），故有「吃個老母豬不抬頭」之語。

攢金慶壽，與《金瓶》中湊份子為月娘夫婦解和相同。問二位姨奶奶也出二兩，尤氏說，又拉上兩個苦瓠子做什麼，即雪娥暗罵。故《紅樓》自釋其語，由尤氏口中說出，「故意的要學那小家子湊份子」。

即言西門家實由破落戶而暴發跡者，多小家氣也。

尤氏斟酒與鳳姐說，「我的乖乖，你在我手裡喝一口吧。」李紈為平兒抱不平，亦云「狗長尾巴尖兒的好日子。」皆玉樓於金蓮生日戲謔之語。

鳳姐潑醋，聽到閻王老婆夜叉星而怒，猶金蓮聽到宋蕙蓮問西門慶，你家秋胡戲回頭人再醮貨而吃醋。故鮑二家的與蕙蓮皆吊死，此故意重複也。

賈母罵賈璉，「灌了黃湯，不安分守己的去挺屍。」蕙蓮罵來旺，亦作此語。惟有酒後斷不能安分守己。酒色財氣，故列酒於首。

《紅》四十六回鴛鴦罵嫂，「你快夾著你那屄嘴。」全書僅此一句褻語。薛蟠之「女兒樂」酒令，及七十五回傻大舅輸錢時，兩用村言而已。而《金瓶》則屢用之，出於金蓮之口居多。

鳳姐說，「只配我和平兒這一對燒糊了的饞子和他（賈璉）混罷」。又於襲人省母病時，亦有此語。春梅亦以此索衣，見《金》四十一回。

柳湘蓮頗似武松，更饒嫵媚。府前一對石獅，即獅子街獅子橋。打薛蟠似打西門慶，走他鄉似配孟州道。《紅樓》卻換一副筆墨寫來，雖能吐氣，然又不如《水滸》之狀武松處處抑鬱，直至血濺鴛鴦樓後，跳過城濠，氣方伸出。

寶琴之紅梅像豔雪圖中人，即暗用春梅登場。

《紅樓》時代較後，謂婢女為大姐，姑娘為小姐，見五十一回。與《金瓶》適相反。

寶琴云，真真國的女孩，十五歲會做詩填詞，即言全書中如釵黛諸人做詩皆假。金蓮時寫詞曲於花箋錦帕，皆鈔成句。

晴雯向枕邊拿起一丈青戳墜兒的手，像金蓮打迎兒，又像打秋菊。

晴雯補裘，似瓶兒揀鮑螺。

女先兒說書，賈母破陳腐舊套，即從春梅罵盲女申二姐化出。

寶玉小解，麝月秋紋皆站住，背過臉去，口內笑說，蹲下來再解小衣，仔細風吹了肚子。此非言其嬌慣，即金蓮不怕西門慶試著風，得陰寒之意。且如意兒金莖獨嘗，與此反映，因人而異耳。

賈璉偷娶尤二姐，似西門慶包占王六兒。

喜兒壽兒隆兒等僮在尤二姐家睡，喜兒道，咱們今兒可要公公道道貼一爐子好燒餅。《金瓶》玳安與書童亦作此勾當。

尤三姐之爽利，如食哀家梨，用並州剪，《金瓶》中尚無其人。

「妻賢夫禍少」，「表壯不如裡壯」兩諺，六十八回鳳姐罵尤氏語，金蓮亦曾說過。

「拼著一身剮，敢把皇帝拉下馬」，「耗子尾巴上長的瘡，多少膿血兒」，「這會子這個腔兒，我又看不上」，「眼睛裡揉不下砂子去」等諺，均《金瓶》中所恒見者。

茗煙與萬兒私通，為寶玉所見，明寫。鴛鴦所遇之鴛侶，即王善保家外孫女司棋，與其姑媽之子潘又安私通，是屬暗寫。即金蓮見玉簫事，化一為二也。

繡春囊為傻大姐拾得，掀起大波，猶金蓮之鞋，為鐵棍拾得。

七十五回尤氏聽見傻大舅等聚賭時，撒村搗怪，悄悄啐罵云云，宛似瓶兒在花家罵應花子等人，金蓮在屏後聽了暗罵一般。

賈政中秋笑話，言一人因醉歸遲，其妻正洗腳，說舔舔就饒你，只得給他舔，未免噁心要吐，以懼內故，跪求說，不是奶奶的腳骯髒，是喝多了黃酒，吃多了月餅餡子，所以作酸。因《紅樓》全書從未言婦女之腳，此處略一點綴，不似《金瓶》多言小腳且飲鞋杯也。

賈環為賈府儇薄小人，而赦老拍著環兒腦袋道，這世襲的前程，就跑不了你襲了。環為庶出，萬無襲職理，赦偏與之，即隱寓襲《金瓶》之儇薄小人行徑，亦即玳安為西門小員外也。

寶玉探晴雯病，像西門慶見瓶兒死時光景，但又是一番寫法。晴雯姨表兄吳貴（烏龜）之妻與賈寶玉相嬲一段，又為《金瓶》所無。寶玉嘗說，天下男子混帳，婦女又何嘗不混帳耶？《金瓶》從男子性質方面寫，《紅樓》則反是。

《紅樓》中僅晴雯死後，抬往城外化人廠火化，宋蕙蓮亦火化。

姽嫿（鬼話也）將軍林四娘，為恒王妾，即王招宣家林太太也，亦有長詞一篇，以鏖戰喻雲雨之事。

迎春嫁孫紹祖，猶西門大姐嫁陳經濟；薛蟠娶夏金桂，像周守備娶春梅。夏金桂描眉畫眼種種作態，極似潘金蓮。磨折香菱，似春梅之對雪娥。寶蟾收房，似金蓮使收用春梅。送酒，又似金蓮雪天戲叔。

王一貼疑寶玉有了房事，要滋補藥，即西門慶向胡僧求藥之反筆。

四美占旺相，係從冰鑒定終身，及龜卜兩回化出。
黛玉之病為吐血，與瓶兒之病血崩，其醫藥調治情狀相似。
八十四回寶玉提親時，賈母說黛玉寶釵性情品格，兩相比較。即金蓮瓶兒之性格也。
巧姐驚風，即官哥驚風。賈環因撒藥結怨，目之為毛腳雞，即金蓮之雪獅子被摔。巧姐雖未死，但環有「等著，我明日還要那小丫頭子的命呢」之語。
妙玉聽房上兩個貓兒一遞一聲嘶叫，即走火入魔。金蓮與琴童私通，亦玳瑁貓所引。
九十二回麝月說襲人假撇清，雪娥亦曾說金蓮假撇清來。
甄家僕投靠賈家門，即以真作假也。甄應嘉蒙恩還玉闕，即真者至而假者已消亡矣。頗似陳洪寄物時，與經濟取物時，西門家盛衰所繫。包勇似李安。
賈芹在水月庵被傳喚，似花子虛、王三官在妓院先後被捉。
賈政做官之糊塗，反映西門慶理刑之苛刻。
大觀園符水驅妖，似為瓶兒禳斗。
金桂施毒焚身，猶春梅縱慾竭髓。
小鰍生浪，寧府查抄，略似張勝胡為，怒殺陳經濟。
候芳魂五兒承錯愛，似守靈幃夜半口脂香。且《金瓶》有葉五兒水戰一事。
史太君壽終，喪禮草草，與西門慶死後，同一潦落。以視可卿瓶兒喪事，見出興衰。兩書俱於此後收結，小有餘波。迨寶玉逃禪，孝哥化度，全書告終。

鴛鴦殉主，魂遇可卿，闡發情淫之旨。

何三說，「我瞧著乾媽的情兒上頭，纔認他個乾老子罷咧」，猶西門慶因林太太而收王三官為義子。

妙玉被劫，似雪娥私逃。玉，原屬妙物，宜寶之守之，勿失勿忘，始能仙壽恒昌也。寶玉之玉，與和尚始終有關：和尚撒野，直入閨闥，寶釵也顧不得和尚；和尚粗魯，寶玉說，不是要銀子的罷；寶玉遇之而生，西門慶因之而死；及魂遇尤三姐、鴛鴦、晴雯、鳳姐、可卿，即西門慶死於王六潘五手也。三姐且提劍相追，即《金瓶》楔子，「腰間仗劍斬凡夫」之意。

太虛幻境，此時易為真如福地，已易假為真矣。

惜春說，妙玉請仙去，青埂峰下倚古松，入我門來一笑逢。此「入我門」三字，大有講究。是言玉為西門慶之靈龜，入我門，即忍不過之陰門。出於惜春云云，謂慾不可縱，身須自惜也。妙玉被劫，而寶玉去矣，是為西門慶慨乎言之。

襲人、紫鵑雙護玉，即反映王六兒、潘金蓮對西門慶不甚愛惜。故寶玉笑說，「你們這些人，原來重玉不重人。」即言金蓮等重男子之淫具而已。和尚終不要銀（淫）子也。

舅兄欺弱女，即吳典恩欺凌寡婦。

鶯兒送克什時，寶玉又想到打梅花絡子的時候。食色性也，梅花五出，又占春先，皆暗寓金蓮（行五）春梅。

賈政歸途見寶玉，發一家書。賈蘭念與家人聽，又將書內叫家內不必悲傷，原是借胎的話，解說一番，即言此書是借胎《金瓶》，加以解說耳。

「襲人到底和寶哥兒沒有過明路兒的」，故嫁與蔣玉函。即李瓶兒與西門慶私通，而嫁蔣竹山也。襲人為通房大丫頭，而身份不明，故能嫁人，亦即春梅得嫁周守備。

賈雨村犯罪，遇赦遞籍為民時，途遇甄士隱，假去真來也。即普靜禪師之度脫。

寶玉有遺腹子，西門慶有墓生兒。

賈政陛見，奏明寶玉情事，賞給文妙真人道號，此著者自負文章妙於他人也。真假亦相對字，《紅樓》全部皆假也，假人妙於真人，因《金瓶》中人，全從《水滸傳》數回衍來，著者將西門慶等人，依據時代，做得若真有其人。故《紅樓》悉以假入手。

那僧道攜了玉說，玉為蠢物；曹雪芹笑道，果然是假語村言；空空道人又說，果然是敷衍荒唐。其尾句有冷熱循環（即《金瓶》之熱結冷遇），真假對勘。……生將內典金丹，潛身借徑（謂借徑於《金瓶梅》也），寫得花紅柳綠，著意瞞人（人不知《紅樓》原本於《金瓶》也）。《紅樓夢》由看梅花（寶玉入夢自看梅起，《金瓶》以春梅結局）。大觀園明言雪景（金蓮雪天戲叔為《金瓶》開始）。其末云：「萬惡淫為首」，因有意淫書；「百行孝為先」，重申苦孝說。真方勞送，疑團可消云云。此將《紅樓》全書，由《金瓶》變化而出，完全點明。

又有前人因讀《紅樓夢》，獨具隻眼，以為《紅樓》與《金瓶》實一脈相傳，有關聯之處。茲摘錄於後。

太平閒人所作「《石頭記》（即《紅樓夢》）讀法」，有云，《石頭記》一書，鐫刻人心，移易性情，較《金瓶梅》尤造孽。

《石頭記》脫胎在《西遊記》，借徑在《金瓶梅》，攝神在《水滸傳》。

《石頭記》是暗《金瓶梅》，故曰「意淫」。《金瓶梅》有苦孝說，因明以「孝」字結；《石頭記》則暗以「孝」字結。至其隱痛，較作《金瓶梅》者尤深。

《金瓶梅》演冷熱，此書（謂《石頭記》）亦演冷熱；《金瓶梅》演財色，此書亦演財色。

護花主人之「《紅樓夢》摘誤」有云，《石頭記》結構細密，變換錯綜，固是盡美。除《水滸》、《三國》、《西遊》、《金瓶梅》之外，小說中無有出其右者。然細細翻閱，亦有脫漏紕繆，及未愜人意處。

明齋主人「石頭記總評」云，書本脫胎於《金瓶梅》，而褻嫚之詞，淘汰至盡。

《金瓶》小札

靈犀

「金瓶小札」引言

余幼時喜閱說部，稍長則嗜傳奇。嘗於卷中發見俚言，其義雖可領會，然難得其確解。如《水滸傳》之「鳥康西」，《西廂記》之「顛不刺」之類，不勝枚舉。後始知方言而外，復有胡語。閑讀《京本通俗小說》「海陵王」一種，見卷尾將全書諺語引出，且言「使當時此等小說流傳尚多，正不知有多少雋語」。余甚韙之。蓋社會風俗，頗有關於史實，其資料散佚淨盡，惟有向稗史中求之。如宋代之平話，金元之曲本，明代之雜劇，皆襲用當時市俗謔語，後世閱者亦覺尖新可喜。元人「曲論」有云，「今玩元曲，每苦當時方言，不能盡解，為之掃興。」此言余亦有同感。其語或出於构肆（即勾欄之意，不必定指倡家），隱晦難詳；或出於韃靼，音義莫辯。益以鄉談傳訛，物名假借；譏誚襯墊，寖假不可究詰。嘗欲約同好作俗語辭典，艱巨未果。力絀心長，惟有期諸異日。因先取《金瓶梅傳》試為之。《金瓶梅》頗膾炙於人口，皆以其淫穢不敢公開展閱。此書由《水滸》數回衍成，然描寫明代社會情狀，極為深刻。近年來明版詞話本影印問世，遂為士人所注視，見卷中俚言俗語，一一拈出。考其所本，得若干條。有不能解者，則注曰「待考」。賞奇析疑，亦消夏之一貼清涼散也。

東平　兗州府屬，元為路，明改府，降為州。陽穀縣屬之。

清河縣　元屬大名路，明改屬廣平，治六里。見《罪惟錄》。按清河，即古貝州，今山東省於唐為河南道地，宋改為京東路。又分東西兩路，東路治青州，西路治兗州。而東昌、武定兩府臨清及德州，唐宋皆別屬河北。蓋唐宋以前，大河故道，皆由千乘入海（唐宋為棣州，今武定府）。鄆（今東平）、曹、濮、齊、青在河南岸，澶（今開州）、博（今東昌）、貝（今清河縣）、德、棣在河北岸。觀河南、河北分界，而河之經流了然在目矣。見錢大昕《十駕齋養新錄》。

罡星　三十六天罡及誤走妖魔，俱見《通俗編》故事類。

滄州　據《罪惟錄》，謂滄州，元舊。明以清河縣省入。按今之清河縣，屬河北省，明清已然。《金瓶梅》成於明代，而所說皆宋事，當按宋朝制度。其官制既已混淆，而清河獨不改。武松由滄州回陽穀，何得道經清河？且書中屢言清河近臨清，朝發夕至，至多不過九十里。疑宋之清河，非今之清河也。志書素未流覽，地名辭典亦不明晰。頃閱《湘綺樓日記》，自德州行十八里泊蘆菔渡，二十七里過四女寺，又三十里泊故城。故城蓋德州故城也，今屬河間，古名清河，城甚荒寂云。距臨清二閘，水程約百六十里。亦不知是否。

橫海郡 應作橫海軍。

景陽崗 但言在山東界上。《雙桂軒憶語》云，山東有二寶，一曰東阿驢膠，一曰陽穀虎皮。虎皮藏於陽穀縣庫中。相傳此虎乃武松打死於景陽崗者。景陽崗在東阿城東南北五里許。

梢棒 應作哨棒。

大蟲 名虎曰大蟲。《肘後經》、《傳燈錄》：百丈問希運見大蟲麼，運便作虎聲；《僧寶傳》：諸方稱景岑曰岑大蟲；《十國春秋》：桂州兒童聚戲，輒呼大蟲來。及李瓊拔桂，人謂瓊曰李老虎，識者以為應；《苕溪漁隱叢話》載杜默歌云，學海波中老龍，聖人門前大蟲；又《夢溪筆談》：延州人至今謂虎豹為程，蓋言蟲也。按《七修類稿》言，山東無虎。

鳥 《水滸傳》為相詈之詞，即俗之從尸從吊者。明成化間，倪進賢出入閣老萬安之門，安病痿，倪具藥為洗之，因改御史。時人呼為「洗鳥御史」。按《中興間氣集》，女子李秀蘭知劉長卿有陰疾，謂之曰，山（疝）氣日夕佳，長卿曰，眾鳥（屌）欣有託。李無行，故以此戲之。可知宋代已有此語。

歡趐 即呵欠也。猶人之欠伸。

焦霹靂 謂旱雷。即放翁詩所謂「青天飛霹靂」，忽作大聲也。

虎磕腦 獵戶之帽，覆額處作虎形，能遮護頭臉，只留雙眼於隙。「磕」字《通俗編》書作「搕」。

狍狎　《水滸傳》朱貴，號「旱地忽律」，即忽雷也。為鱷之別名。

端的　即果然也。宋元詩，端的屬誰家；高觀詞，夢魂端的此心苦。余疑端的即真個也，宋人恒作此語。豈亦因避仁宗之諱改真為端耶？容考。《水滸傳》屢用之，《金瓶》用此二字甚少。

叵耐　《正字通》謂叵耐，言不可耐也。《金》書「春梅道，情知是誰，叵耐李銘那忘八。」其意為「詎意」，想是方言如此。

業畜　釋氏以惡因曰「業」。此言畜生道中，作惡之獸也。

窩弓藥箭　獵戶設於陷阱，以捕猛獸者。一觸即發，中毒立斃。

大剌剌　剌音辣，平聲。叶入麻韻。此言旁若無人也。

兜轎軟轎　宋史長編，興國七年李昉言，工商庶人聽乘兜子，擁者不得過二人。

里正　古之鄉職。唐制百戶為一里，里置正一人。宋金元皆襲其名。明始專用里長之名。里老，即鄉里之長老，此為保甲賦役所得之稱。城廂中有地方保甲。

知縣　官名。宋遣京朝幕官知某縣事，省稱知縣。明清之世，始定知縣為官稱。

不恁地　恁地，猶俗言如此樣也。《朱子語錄》有此語，「此言不恁地」，即不如此的。

抬舉　古詩「寄語東風好抬舉，夜來曾有鳳凰棲」。謂提挈或奬拔其人也。元白詩中恒用之。張元晏謝宰相啟，有「驟忝轉遷，盡由抬舉」之句。

河東水西　清河縣當即古之信成縣，又名水東城。此河東水西，實泛指縣界。

押司　宋代之吏目也。《水滸》宋江曾為之。

巡捕都頭　宋時禁軍有都頭，古以分村捕役為曰坐都。此供役縣中，故曰都頭。

三寸丁穀樹皮　穀亦書作谷。《荀學齋日記》，「今市肆書穀作谷，書薑作姜，起於趙宋之世。」武松之兄武大，其諢名曰「三寸丁穀樹皮」，此沿襲《水滸》而來，然頗費解。曾於上年刊稿《天風》，廣詢其義，奈答者無幾人，而言多穿鑿。嗣夢秋生告我曰，三寸極言其短。丁者，即今之北方土語，謂小為一丁點也。況人亦可言丁，如人丁、男丁之類。《小五義》小說中有皮虎其人者，身材矮小，慣使躺地刀，因得「三尺短命丁」之號。惟諢名之累贅，無如武大矣。至穀樹皮之說，終不可解。或疑為槲樹，又意為山谷中之老樹。昨偶閱字典，木部內有穀字，古斛切，音谷。木名，皮白者曰穀，皮斑者曰楮。《詩》有「爰有樹檀，其下維穀。」幼讀心粗，實與「五穀」之「穀」異也。此字有三體，一從木，一從禾，一從米，大有分別。史記桑穀共生，穀音搆，樹名，皮可為紙。穀音谷，穀音叩，今多混。詳《焦氏筆乘》中。穀樹皮可以為紙，又言皮有斑白之別。武大諢號之「穀樹皮」可讀為谷，又可讀為搆，當以讀谷之音為正。此樹之皮，想不獨粗糙，或正如人面之白癬，俗名「白癜風」者，故以形容武大之醜耳。

炊餅　即蒸餅也。宋仁宗廟諱貞，語訛近「蒸」，內庭上下皆呼蒸餅為炊餅。見於《青箱雜記》。

渾家　謂妻也。戎昱〈苦哉行〉云，身為最小女，偏得渾家憐。《元典章》「萬戶千戶裡有底渾家孩兒，也教依例當差之」條。《通俗編》載「續燈錄」：「可真舉渾家送上渡頭船」句，蓋宋有斯稱。

大戶 謂大家也。

纏髻兒 女童初及笄者，所作之新興髻。嫁人則加冠子。

扣身衫子 合體之衣也。所謂稱體裁衣。

喬模喬樣 《南詞敘錄》云，曲中方言用「喬才」字，即狙詐也，狡獪也。此作怪模怪樣解，並非醜惡之態，乃俏模樣也。故都謂漂亮為帥（譯音。此語有音無字），庶幾近之。

描眉畫眼 言婦女愛好天然，力事妝飾也。《金》書於金蓮用此四字，即愁眉啼妝之意，言其治容招惹。若以塗脂傅[1]狀之，則俗惡作態矣。描眉即畫眉也，古有十眉圖，平康瑩姐善畫眉，日作一樣。惟畫眼古來未聞有此。今見影星舞女，效仿歐美，多眉眼者。或中國失傳已久，反流於異域歟？

樂戶 優妓之在籍者。略見於《辭源》。俞正燮《癸巳類稿》中考證甚詳。

合氣 與人因事故而生氣口角也。

啉酒 應作噇（食無廉也。又音葬）酒。李昌符「婢僕」詩，「個個能噇空肚茶」；寒山詩，「背後噇魚肉，人前念佛陀。」今俗有「噇嘴頭」之語。宋齊邱說酒令用俚語，噇膿灌血。

悔氣 一作晦氣。《笑笑錄》，徐靈胎嘲時文道情，有「就教他騙得高官，也是百姓朝廷的晦氣。」《堅瓠集》載崇禎時，公卿有二十四氣諢號，王士鎔為悔氣。

油樣 即時新式樣。謂女子粧飾之入時也。

---

[1] 按：「傅」字後疑脫一「粉」字。

撒謎語　以隱語刺人隱私。例如美女嫁與村夫，則曰「好一塊羊肉落在狗嘴裡」之類。

彈胡博詞　《北征事蹟》云，也先奉上酒，自彈虎潑思兒。《庶物異名錄》云，即湖撥四。長三尺許，有三位。《癸巳類稿》作火不思，即渾不似。詳《野獲編》。是胡樂也。

扠兒難　《輟耕錄》院本目，有難字兒。此疑為曲牌名。

萬福　古人相揖時，口有頌詞，謂之唱喏。婦人多稱萬福。故俗亦謂斂衽曰福。劉熙《釋名》：於婦人為扶，自抽扶而上下也。《通俗編》謂婦人作禮之態，側手曰扶。與拂鬢事亦合。

遭瘟　言人逢不幸之事如遭遇瘟神也。

答應　應對也。

上司　官長也。屬僚稱長官，俗謂上司。

土兵　土人之為兵者。元史，乞調軍萬人，土兵三千人。兵志，寧國徽州初用土兵。

廝會　廝，語助詞，相也。即相會也。如廝炒（《說文》作訬）、廝攬之類。

忒善　太善也。忒煞為太甚之辭。詳見《通俗編》。

本分　二字見《荀子・非相篇》。注云，分貴賤上下之分。俗有「守本分」之語，即本色安分之人也。

撒潑　《說文》⿰米悉糤，散之也。《集韻》謂糤撒同此字。

釣　漁色者入手之始曰釣。

撇清　李文蔚同樂院博魚曲，有「假撇清」之語。即飾詞自表清白也。

生受　《元典章》，如官人每做賊說謊，交百姓生受；使臣到外頭騷擾，交百姓站赤生受。即難為之意。如黃山谷詞，生受生受，更被養娘催繡。猶言難禁也。元曲每有「生受你」之賓白，猶今俗之「難為你」，「謝之」之意。

上心 記上心頭也。即留心、留意之俗語。

兩口兒 謂夫婦也。北方人謂公母倆。如新婚者則云小倆口兒。

爭口氣 《中論・貴言》有「爭氣勿辨」之句，《志林》有「桃符與艾人爭詈，門神解之，何暇爭閒氣」之語，皆與此不合。此言勉人自立也。

行李 二字見《左傳・襄八年》，言行人也。今作資裝之稱。《通俗編》辨之甚明。

裹幘 幘為頭巾之類。此言以幘裹首。

畫卯 李存義《役謠》，有「五更飯罷走畫卯」。今衙署中有卯期、點卯、打卯、應卯、卯數等語，即吏胥差役以法定之日，赴署報到候差。

鬥分子 醵資相賀也。《都城紀勝》云，或講集人情分子，俗以物賀人者曰隨人情。數人公賀者曰出分子。《紅樓夢》之攢金慶壽是也。

人情 以禮物相遺曰送人情。《通俗編》引杜詩及《都城紀勝》之典章，亦曰人事。

回席 備酒筵酬謝賓客也。

撩鬭 撩逗也。以言語調戲，手足勾引之謂。

氈笠 氈製之帽，雪中用之。古有煙氈帽。

纏帶 繫腰之帶。

注子 溫酒之器。無柄無提梁，下豐上殺，如瓶狀。今名酒注子。

唱的 妓女也。今北方謂之唱手，即言唱曲之人也。

胡說 謂其言無理也。《齊東野語》載周筠告變，時韓侂冑已被酒，視之曰，這漢又來胡說，於燭上焚之。

風吹草動　《晉書‧劉曜載記》，崔岳謂曜曰，四海脫有微風搖之者，英雄之魁，卿其人矣。《通俗編》引之。俗謂細事騷擾曰風吹草動，本此。《永團圓傳奇》，有「倘有些風吹草動教你身家不保。」

作耍　嘲調戲弄也，即作劇之俗語。

家火　什物也。家中用具，俗曰家火。掌炊爨者曰火頭。此言飲饌之器皿。

搶白　遭人奚落也。元曲有惡搶白之語。

不爭氣　爭氣之反語。此言庸懦。

休書　出妻時所書憑證，即離異之書字。俗謂出妻曰「休」。舊劇有「王有道休妻」。

絮聒　言語瑣碎曰絮。此言叨叨絮絮以噪人也。絮之詳解，見《通俗編》。

裝幌子　俗語也。幌子本酒簾也，應作望子，後訛其音。北人以事物專飾外觀，謂之「裝幌子」。《能改齋漫錄》云，俗以羅列於前者謂之「裝潢子」。《通俗編》云，幌子者，市肆之標，取喻張揚之意。與本書之說適合。

嚼咬人　即口腹累人之意。

花木瓜　言虛有其表也。周必大《遊山錄》言其人貌美中空，即俗所謂「中看不中吃」。諺有「有吃相沒看相」之語，適與此語相反。康進之《李逵負薪》曲，有云「花木瓜外好看」，即此意也。

東京　宋朝都城所在，即今開封。

朝覲　外官任滿，例晉京朝覲，以候升轉。

壞鈔　鈔之名始見《金史》，時有交鈔之制。以一貫至五十貫名大鈔，一百文至七百文名小鈔。元以來沿襲其制，俚語謂富人曰鈔老，佩囊曰鈔袋，費錢財曰破鈔，皆仍宋元明用鈔時語。此言即費錢破鈔也。《儼山外集》：鈔字韻書平去二聲，為掠取錄寫之義，無以為楮幣名者。今之鈔，即古之布，但古以皮，今以楮耳。宋史有鹽鈔，蓋即鹽引也。

下飯 「詞話本」原作嗄飯，即下飯之菜肴也。《過庭錄》載，王子野羅列珍品，謂水生曰，何物可下飯乎？生曰，惟饑可下飯耳。《朱子語錄》云，文從道中流出，文只如吃飯時下飯耳。《貴耳錄》載，劉岑未達時貧甚，用「選官圖」下飯。此言飯可吃下。《夢粱錄》有和寧門紅杈子前，買賣細色異品菜蔬諸般下飯，此言佐飯之菜也。

勸杯 酒杯之大者，有長頸可執。《西湖老人繁盛錄》載，每庫有行首（妓之有色者）二人，戴特髻，著乾紅大袖，選像生有顏色者三四十人，戴冠子花朵，著豔色衫子，每庫各用丫鬟五十餘人，執勸杯之類。或用臺閣。

胡梯 登樓所用之小梯也。

喬張致 元曲中多有此語。喬者假也；張勢張致，猶言裝模作樣也。元人俗語，張致即驕縱輕狂態。

盤纏 猶言旅費也。《元典章》戶部例有「長行馬斟酌盤纏」條；刑事例有「侵使軍人盤纏」條。今人或寫作盤川。此二字元以前未見用者。方回「聽航船歌」：三日盤纏無一錢，亦是降元後作。

駝垛 佗，《說文》負荷也。凡以畜產負物者皆為「佗」。此言捆載之物，多則成垛耳。

腳程 長途遠行預定路程，至某處打尖，抵某處住宿。列單趲走也。

動彈 動作也。元曲或作動旦。動撣（音談，越諺有「動撣不得」語），《醒世因緣》書作動軃，實誤。疑是「撥」字。

禁鬼　言門戶清冷，鬼亦不來，致外人疑家中禁鬼。

爪哇國　爪窪（《金瓶梅詞話》作窩）國，元明史皆作瓜哇，後訛瓜為爪。即今屬荷蘭南洋之一島也。闍婆，即爪哇之古名。

唱喏　俗謂揖為唱喏。宋時已有此語，政和間朝參亦用之。因古人行禮必發聲，如言「伏惟萬福」之類。《金》書王婆云，伏惟安置，此唱喏也。按《世說》：支道林入東，見王子猷兄弟，還。人問見諸王何如，答曰，見一群白頸烏，但聞啞啞聲。疑亦唱喏，見諸王皆喏喏也。唱一肥喏，即深深一長揖。書中云，一面把腰曲著地，還喏道，不妨，娘子請方便。於此可知其情狀矣。宋人所作小說中時見唱喏二字。明何孟春燕泉《餘冬敘錄》云，「揖，相傳曰唱喏」。繆千《俚語雜誌》，「今俗稱揖曰唱喏。喏音坐」。陸放翁《老學庵筆記》，「先君言舊制朝參拜舞而已。政和以後，增以喏。所謂揖，但舉手而已。」[2]《宋書・恩倖傳》：「前廢帝言奚顯度刻虐，比當除之。左右因唱喏。即日宣旨殺焉」。《玉篇》：「言部喏，人者切，又如酌切。訓敬言。」翟灝曰，「按，喏本古諾字。唱喏，似即唱諾也」。《春渚[3]紀聞》，「才仲攜一麗人登舟，即前聲諾」。聲亦唱之義。或古人作揖，必言諾以為敬。觀《水滸》等說部，可見一斑[4]。以潎意揣之，殆如今之舊劇中，「這廂有禮」也。

2 按：後引號原缺，據文意補。
3 按：渚原作堵。
4 按：斑原作班。

兀的 兀為語助詞。元曲中時有「兀的不」句。《懶真子錄》云，古所云「阿堵」，乃今所云兀底。按兀底即兀的也。

破落戶 謂舊家土[5]族之式微者，其子孫墮落，輒目為破落戶。咸淳《臨安志》載，上謂大臣曰，近今臨安府收捕破落戶，編置外州，本為民間除害云。是謂遊蕩無賴子弟也。

雙陸 古博具。詳見《松漠紀聞》。

勾欄 《隨園詩話》謂宮殿華飾。王健、李賀詩多用之。李商隱「倡家」詩，有「簾輕幕重金勾欄」一句，後人遂謂妓家曰勾欄。古之勾欄本不專指妓院。詳《續辭源》。按南宋肆記[6]有瓦子勾欄，又謂之邀棚，則勾欄專指妓院，由來亦古矣。元人杜善夫有般涉耍孩兒曲，詠莊家不識拘欄，所述情狀正似今之雜耍場落（應作樂）子館。

打熱 男女相悅，戀姦情熱也。《宣和遺事》載，閻婆惜與吳偉（《水滸》作張押司文遠）打暖，不睬宋江。忿殺兩人。

窠子 俗謂私娼曰私窠（又書作窩）子。本作私科子。容齋《俗考》引《晏子春秋》，殺科雉者不出三月。私科，蓋言官妓出科，私娼不出科，如乳雉也。窠古文作科，雞雉所乳曰窠云。私窠子一作私貨，俗稱半瓶醋。今豫人呼為土匪，晉人呼作破鞋，蘇人呼作半掩門（或半開門）或暗門子，滬人呼為野雞，揚人呼為私門頭（官妓居城南，私娼居城北，今但言南頭北頭，即有官妓私娼之分。故私娼曰北頭的）。沈人呼曰大匠，皆是也。

雌兒 雌為羽禽之母者，雌兒謂女子也。蓋當時

---

5 按：土當作士。

6 按：南宋肆記當《南宋市肆記》，疑脫一「市」字。

之隱語，猶謂不知世故之少年為雛兒也。市俗不直言其事，而以另一名詞相代，反覺婉約有致。

五道將軍　《留青日札》謂為盜紳。據《三國典略》，崔季舒妻書魘云，見人長一丈，遍體黑毛。巫曰，此五道將軍也，入宅者不祥。按即凶煞神也。《金》書與閻王並列，猶西人所謂一死神一魔鬼，皆增恐怖者也。

蓋老　言某婦之夫，而義含輕蔑。疑即「縮頭龜」之隱語。因徐渭《南詞敘錄》：妓之諢名為頂老，又謂妓為寡老，狎客為孤老，此或孛老之訛歟？《通俗編》引《游覽志餘》，所按市語，謂夫為蓋老，謂妻為底老，似俗而謔，其來已久。蓋在上，底在下，此即夫婦之分耳。

月下老　月下老人故事，即赤繩繫足。今以為婚姻之神，或借作媒妁。

梅湯　即今北方之酸梅湯也。以酸梅合冰糖煮之，調以玫瑰木樨冰水，其涼振齒。今為夏日之飲料。據《金》書，西門慶與金蓮初見，時惟初春，可知宋明茶局隨時可供客索嘗也。近人闞卓然所撰《故都小食品雜詠》「酸梅湯」云，梅湯冰鎮味甜酸，涼沁心脾六月寒。揮汗炎天難得比，一聞銅盞熱中寬。注曰：暑天售梅湯者最有名，以冰鎮之，涼沁心脾。售者每敲銅碟二枚，名為冰盞。售者幌插銅月牙，手敲冰盞。

撮合山　俗稱媒人。元曲中馬致遠〈陳摶高臥〉，喬孟符〈揚州夢〉，鄭德符〈㑳梅香〉，俱用此語。見《通俗編》。撮合二字易解，俗呼媒為保山，故曰山。俚俗以為媒之別稱。

刮子　耳刮子，即以掌摑面。與「批頰」異，較批頰為重，連耳及頰之謂。亦作耳卦子。

身邊人　見《江行雜錄》。士大夫採拾娛侍，名目不一。有所謂身邊人、本事人、供過人、針線人、堂前人、劇雜人、拆洗人、琴童、棋童、廚娘等級，截乎不紊。按：身邊人即姬妾也，但身份又微有不同，即北方所謂上炕老媽，南方所謂腳榻子，上海、蘇州之搭腳娘姨是也。按《雞肋編》載，古所謂媵妾者，今世俗西北名曰祇候人，或云左右人，以其親近為言，已極鄙陋。而浙人呼為貼身，或云橫床，江南又云橫門，尤為可笑。於此足見性慾不可或免，自古已然。

回頭人　諺有「好馬不吃回頭草」語，言婦女不二嫁也。此言夫亡再醮婦，故有回頭之謂，見越諺。一名二婚頭。

和合湯　婚禮例祀和合神，取和諧好合之意。古以茶湯並稱，此取其嘉名耳。

伏惟　林之奇《尚書解》云，如今人云即日伏惟尊候之類，使古人聞之，亦不知是何等說話。《焦仲卿妻》詩，伏惟啟阿母，高允上酒訓。伏惟陛下，此語漢魏以來有之矣。

安置　《鶴林玉露》：陸象山家，每晨興，家長率象[7]子弟聚揖於廳，婦女道萬福於堂，暮安置亦如之。《通俗編》按曰，候尊者宵寢，今人亦云安置。在釋氏則云安單。

刷子　原書王婆謂西門慶云，這刷子蟄得緊，又言這刷子當敗，刷子二字不知作何解。疑即後世市井語「甩子」二字也。淮揚謂輕浮不誠者曰甩子。又疑刷子者，即「刷貨」也，猶言廢

7 按：象字疑衍。

料刷剩之物，以喻人之無用者。曲牌名有「刷子序」。

敗缺　《水滸傳》「且交他來老娘手裡納些敗缺」，《金瓶梅》作「……納些財鈔」。二字見於韓昌黎文。缺亦作闕。《焚天廬雜錄》引張照書《阿彌陀經》跋，有曰，不但累大瓶居士納一場敗闕，且令四千年前老瞿曇破知妄語戒也，云云。《金瓶》第二回，王婆道，且交他在老娘手裡納些錢鈔，賺他幾貫風流錢使用。此改本之誤，因改書者不知敗缺作何解，是以改「敗缺」為「錢鈔」，但下文又有「賺他幾貫風流錢使用」，實現重複。韓聖秋姬人某工詩詞，尤好臨摹晉唐人法帖，唯獨廢鍾繇書。聖秋詰其所以，對曰，季漢正統，關侯忠義，而繇斥以賊帥，書雖工亦何足道？故韓有句紀其事云，誰知太傅千秋後，敗闕端從戎路開。又清初大汕厂翁《海外紀事》有曰，法座之下，棒不容情，即行腳老參，久親名宿，於本分工夫，有幾分見地，尚向座前納敗闕，豈可責之初發心戒子乎。《西湖二集》有壽涯禪師詠魚籃觀音詞：窈窕丰姿都沒賽，提魚賣，堪笑馬郎來納敗。亦即納敗缺也。按「敗缺」即授人把柄之俗語也（編者按：昔見一明人雜記，敗缺似作把柄解，亦作短處解。惜書名忘記，未知確否）。

媒婆　《輟耕錄》載，三姑六婆，言尼姑、道姑、卦姑，是為三姑；牙婆、媒婆、師婆、虔婆、藥婆、穩婆，是為六婆。按媒婆即專為人介紹婚姻者，有官媒婆、私媒婆之分。《抱朴子》有「求媒媪之美談」，《青箱記》[8]有

---

8 按：《青箱記》，當作《青箱雜記》。

「使媒婦通意」，即媒婆也。

賣婆 即賣花婆也。米芾《書史》，「每歲荒及節迫，往往使老婦駔攜書出售。」楊慎曰，婦駔，即今之賣婆也。《五燈會元》有「賣鞋老婆腳趔趄」語。按「鞋」是錯舉辭，猶今云賣花婆，以其所賣繁瑣，即一該其餘也。

牙婆 《夢粱錄》載府宅官員欲寵妾、歌童、舞女、廚娘、針線供過、粗細婢妮，有官私牙嫂，及引置等人。《辭源》按即今官媒之類。考古有牙子、牙郎、牙人、牙行等名目，代客買賣田房貨物者。「牙」字即「互」之俗字，後相訛承。見《唐韻正》。

收小 即收生小兒之穩婆也。

抱腰 此穩婆之助手也。抱產婦之腰。

放刁 即撒嬌撒潑。

茶局子 即茶坊也。《南宋市肆記》、《古杭夢遊錄》備詳其制。即猶今日蘇州、揚州之清茶館。

影射 即姘合之意。《金》書王婆與西門，金蓮與陳敬濟，文嫂與玳安，皆有此語。如「我又不是你影射的，如何陪你吃茶？」之類。蓋當時俗語有影射包私佔之說，未得其切解也。按字典有「戤」字，釋為影射。《水滸記》第六齣，周急白「老身閻婆要把自家女兒戤財主幾十兩銀子」；又「欲把親生的女兒，在那財主人家，戤數十兩銀子，歸家用度」；又「就把女兒來戤銀子」；又「我情願將親生的女孩兒，或戤或賣與你做妾便是」。此或影射之意。越諺有「影對射空」之語，及喫戤（音屹害切或渠蓋切。以物相質也）飯之目，同汆客、遊惰之民也。越寫不絕田契曰戤。又竿棒靠壁也，有倚靠之意。《湘舟漫錄》云，昨秋寓都昌南山，一夕，與五黃散步溪橋間。仲實問風流二字究作何解。予曰，此君子無入而不自得之象也，被有文無行人影射壞了。柳下惠、曾晰、莊子、諸葛孔明、陶靖節及宋之周、邵、蘇、黃乃所謂真風流耳。古人以為然。

河漏子　王楨《農書》云，北方多磨蕎麥為麵，或作湯餅，謂之河漏，以供常食。滑細如粉。《通俗編》按曰，今山右人多為此食。考河漏二字，應作合落（作北音讀若哀樂之樂。見《鹽山新志》。或作河洛）。今人猶言壓合洛，用麵和勻，合而落湯中。

大辣酥　大字或作打，或作韃，譯音也。蒙古謂酒曰「韃辣酥」。《玉簪記》〈南侵〉一折，有「打辣酥堪消悶」句。又《豔異編》云，一分兒姓王氏，京師角妓也。聞人歌南呂曲，紅葉落火龍褪甲，遂足成之。有曰，喜觥籌席上交雜，答刺蘇頻斟入禮廝麻（疑為杯名）。不醉呵，休扶上馬。

我不風　《金》書有「我不是風，他家自有親家公」語。亦有所本。李濤之弟澣娶尚書竇寧國之女，年甲稍高。花燭之夕，竇氏出拜，濤輒望塵下拜。澣驚曰，大哥風狂耶？新婦參阿伯，豈有答禮。濤曰，我不風，誤謂親家母。澣慚。既坐，竇氏復拜，濤執手當胸，作歇後語曰，慚無竇建（德），愧作梁山（伯）。聞者大笑。

弄手段　手段二字見於謝上蔡語錄。此言設計策想方法做圈套也。

鬼打更　言其冷清清地。鬼打更猶言決無其事也。

雜趁　趁即趁墟之意。各行皆做，趕趁謀利。《詞話》於做媒婆、做買婆、做牙婆、收生等外，有貝戎一行（音杭）當，貝戎乃賊字之離文也。

發市　發利市也。詳見《通俗編》「利市」條。發者發財（見《禮記》、《大學》）之意也。

養口　養家活口也。

馬泊六　應作馬伯六。俗作牽馬，又謂做牽頭。為男女撮合以定幽期密約者。《堅瓠集》謂牝馬百頭，六牡領之，不致因風而逸。其說詳盡。前人皆以為喻婦女，如「駿馬常馱癡漢走」之諺。揚州有養瘦馬者，亦本於白香山詩，「莫養瘦馬駒，莫教小妓女。」按，馬伯六始見於金元人說部，疑當時俗語也。

挨光　原書曰怎的是挨光，比如俗呼偷情就是了。按即「占便益」也。婦女為人輕薄，則曰吃虧；在男子一面，則曰討得便宜。挨光為當時俗語，其下即有「十分光」之說，直言之即討得婦女之便宜而已。

行貨　器物不牢曰行。《唐書》「器不行窳」是也。俗以市中貨物之惡者曰行貨。《堅瓠三集》，王介甫因舅氏目之曰行貨，及舉進士，有詩寄之曰，「世人莫笑老蛇皮，已化龍鱗衣錦歸。傳語進賢饒八舅，於今行貨正當時」句。即行作物也。原書王婆口中之行貨，作器物解，即東西也。金蓮所說之行貨，作劣物解，即乏貨也。

龜　龜者男子勢也。養龜即以藥洗陰，或運氣使之昂然偉岸也。以龜為喻，像其伸縮之形。

武成王廟　元祭祀志，樞密院致祭武成王，元以孫武、張良等從祀。武成王，姜尚也。像設《庭聞錄》[9]載，唐封太公為武成王，尊其廟

9 按：此句疑有誤。《庭聞錄》作者為劉健，「像設」二字不知何解。

曰武廟，以歷代名將從祀。漢壽亭侯與焉。明太祖詔罷太公。至神宗萬曆四十二年，乃尊漢壽亭侯為武廟矣。

曆日 即時憲書也。古詩有山中無曆日句。

施主 施捨財帛者。即佛經之檀越也。

針指 唐詩「敢將十指誇針巧」，謂女工也。應作針黹（音近指）。《通俗編》按〈楊奐孫烈婦歌〉，「十三巧針指」。誤用。

澆手 以餚勞女紅手藝之人之辛勤也。

生活 謂所作之活計也。二字見於《元典章》「工部段疋」條，「造作生活」。以段疋為生活，似即起於元。

甜話兒 謂甘言蜜語也。

入港 男女通姦。勾引上手，名曰入港。猶船泊岸也。

清水綿 《元典章》載，隨路織造段疋，須要清水夾密，無藥綿粉飾，方許貨賣。

貼身答應 謂左右嬖倖曰貼身，見《雞肋編》。明世宮人有答應之名，見《池北偶談》。

勒措 勒索也。高昂其價，苦不能就。

黃道日 《唐書》歷志以冬至赤道日度及約餘依前求定差以減之。是為黃道日度。今以除危定執四日為黃道日，即吉日也。

破日 破閉二日。為不吉之日也。

福星 《星經》：天福三星，在房西。《四友齋叢說》有「一路福星」語。

喝采 采，本采色，指骰子之文。勝曰得采。陸游詩，「信手梟盧喝成彩」。馬臻詩，「喜入王孫喝采聲」。《五燈會元》有「雙陸盤中不喝彩」語。

著道兒 見關漢卿《救風塵》劇。言引上此路也，又言上了道兒。

張　俗有「東張西望」之語。

瞧科　謂瞧見也。元曲中恒用之。

比甲　見《元史・世祖昭睿順皇后傳》。又寫作蔽甲，即半臂也。詳見《通俗編》「背」子條。

網巾　《綠雲亭雜言》謂始於明初，以絲結綱[10]為巾，用以裹髮者。

養家經紀人　世俗謂商販曰作經濟。此言當家者以小販為生也。

志誠　言其人誠實不欺也，元曲恒見之。亦作至誠，如「論至誠俺至誠，你薄倖誰薄倖」（元高克禮〈雁兒落〉帶「得勝令」），及「除寶劍又別無珍共寶，只一片至誠心要也不要」（元周文質「落梅風」）。原書謂月娘只知敬濟是志誠的女婿（《詞話》陳敬濟作陳經濟），即謂其為誠實少年也。

打攛鼓兒　攛掇，即慫恿也。今俗之「敲邊鼓」也。

下小茶　即下小定也。《茶疏》及《七修類稿》，女子受聘，其禮曰「下茶」，亦曰「吃茶」。《老學庵筆記》有歌曰，小娘子，葉底花，無事出來吃盞茶。今俗有「一家女不吃兩家茶」之諺。

正景　應作正經。

鬪氣　與人鬥口而氣惱也。

路歧省煩　省字誤，應作相字。

茄袋　即荷包也。《宋史》「輿服志」，金主法物有玉帶及皮茄袋。

賤累　《漢書》「西域傳」，有累重敢徙者詣田所。注：累謂妻子家屬也。今人亦稱妻子為賤

---

10 按：網原作綱，顯與「網」淆而誤。

累，見《燈窗叢錄》。後世皆書作賤內。

勾當　幹事之謂也。《卻掃編》云，「舊制諸路監司屬官曰勾當公事。建炎初避上嫌名，易為幹辦。」今直以事為勾當。《元典章》，延佑三年均賦役詔，有云「只交百姓當差勾當也成就不得」。蓋其時已如是矣。

嘔氣　暗地生氣也。

外宅　外孌之所居也。古名認義，即外宅之別名。此又一解也。

路歧人　即遊娼也。《夷堅志》作路歧散娼。又有所謂風聲人，亦言妓女，皆宋代俗語。下妓亦名剳客。按路歧又見於《武林遺事》。

冊正　即側室扶為正室，俗曰扶正。

細疾　小病也。或作拙病賤恙解，謙詞也。

差撥　即擺撥（見《世說》）也。此言差遣。

粉頭　本為戲劇中淨角大花面之一種，如《三國》戲之曹操司馬懿，《四進士》之顧讀，《開山府》之嚴嵩等。皆用粉塗面以示奸佞。此為術語。說部中所謂粉頭，皆指娼妓，亦猶今北方謂妓女為唱手，此則謂脂粉之婦女耳。

耽閣　延遲也。林逋詩，「聊為夫君一擔閣」。耽應作擔。

阿呀　《傳燈錄》作阿唧，驚訝之發聲。

續鎖　原書鎖作線。

害熱　因熱如病也。

褶子　外衣也。

護炕　炕作匟。《通俗編》「暖坑」條，從土不從火也。謂北魏前已有之。北方磚砌，南方木製，此即炕之兩旁高起處。

偷漢子　俗有「偷人養漢」之語，謂婦女不正，與男子通姦也。元李文蔚曲有養漢精。俗以南作賊女養漢，並為無恥。

表記　男女愛悅，互贈之什物，以為紀念者。表情見義之物也。

風月　謂男女戀愛之事。如《妝樓記》載開元初宮人被進禦者，印「風月常新」於臂。此言床第[11]間嘲風弄月之情趣耳。

色系子女　即「絕好」二字拆字格之隱語也。從「黃絹幼婦外孫齏[12]臼」八字而來。

眼罩眼紗　古代無眼鏡，率以紗蒙眼。初以障塵，後為掩蔽自家面目。《清波雜誌》作眼衣。王世貞有「眼罩詩」云，短短一尺絹，占斷長安色。如何眼底人，對面不相識。一名眼紗。正陽門前多賣眼罩，輕紗為之，蓋以蔽烈日風沙。勝國舊制，遷客辭闕時，以眼紗蒙面，今則無所忌也。見《水曹清暇錄》。

旌節　眼望捷旌旗，耳聽好消息。高東嘉《琵琶曲》有此句。《通俗編》按曰，《元曲選》、《曲江池》、《凍蘇秦》等劇，皆作眼觀旌捷旗，疑訛。《金》書作眼望旌節至。

雪花銀　《黑韃事略》云，其見物則欲，謂之撒花。撒花者，漢語覓也。《水雲集》〈醉歌〉，北軍要討撒花銀，官府行移逼市民。撒花本蒙古語，後世訛曰雪花，為銀色精白之謂，非本義也。蒙古兒即銀也。

手勢　以手作語，指點示意。

賤人　下賤之人也。今為詈婦女之詞。

點茶　用木樨、芝麻、薰筍泡茶，或用胡桃、松子，或用胡桃夾鹽筍，或為瓜仁香茶，名曰點茶。唐宋烹茶之法，與後世異，見於《茶經》。又有「漏影春」一種，法用鏤紙貼盞，糝茶而去紙，偽為花身，別以荔肉為葉，松

11　按：第原作第。

12　按：齏原作齎。

實、鴨腳之類珍物為蕊，拂湯點攪。見《清異錄》。

標緻　二字見《魏書》「文苑傳」。後世婦女之有手韻者曰標緻，吳人尤喜言之。即言其人美麗也。

水鬢　以抿子蘸水虛攏其鬢。南人讀「水」作「史」，其音為「史鬢」。元王鼎「一半兒曲」，有「鴉翎水鬢似刀裁」句。

香茶　《太平樂府》喬吉有〈賣花聲〉小令。「詠香茶」云，細研片腦梅花粉，新剝真珠豆蔻仁。依方修合鳳團春。醉魂清爽，舌尖香嫩，這孩兒那些風韻。按香茶有木樨餅、鳳香餅諸名，含之口中，猶古之雞舌（今之口香糖）。《長生殿》〈楔遊〉：「（生）一幅鮫綃兒裹著個金盒子。（淨）咦？黑黑的，黃黃的，薄片兒，聞著又有些香，莫不是耍藥（春藥）麼？（生）是香茶。（丑）待我嘗上一嘗。（爭吃，各吐介）呸，稀苦的，吃他怎麼？」於此可知其概。古人口中噙香，本有雞舌香、蘇合香，後因價貴，遂有合藥與香料、茶葉所製者。婦女尤嗜之，以解口中惡味。或云殆即宋之龍團鳳餅之遺製。口香糖未興時，嘗見有含檳榔豆蔻者，想香茶之方，失傳已久矣。初為醒酒消食解穢之用，後為媚道之助。

蛇信　蛇口中吐舌取物曰吐信子。舌分兩歧，其色鮮紅，伸縮倏忽。俗名信子。

托子　淫器也。今不傳其製。據原書「試帶」一回，略云，白綾帶較銀托子柔軟，不格的人疼，又得連根盡沒。又據「含酸」一回，竟用雙銀托，想鑄銀為圈，勒於身根。束則血僨陽強，藉以久戰。又壓陰髮磔怒。或於玉莖之下，更有銀片襯托，而以藥煮成者也。

出牝入陰　婦女之私處，曰牝戶，曰陰門。此言交合之狀。

牝戶　女子之陰也。詳見《二根異名錄》。

毳毛　身上毫毛也。此言陰毛。

小的　凡供役使者曰小底。今胥役及庶民緣事對官長，皆自稱「小的」。「的」與「底」古今字也。宋儒語錄凡須用「的」字為助詞，皆用「底」字。小底之稱，見《宋會要》、《晉公談錄》、《北轅錄》及金史傳論。

鄆州　今山東之鄆城。

小廝　《劍南集》有「示小廝」絕句二首。《觚不觚錄》，正德中一大臣投書劉瑾，自稱門下小廝。

乖覺　與戾為背。揚[13]雄《方言》，凡小兒多詐而獪或謂之姡。「姡」字長言之則轉為「乖」。世率以慧為乖角。

齎發　以資財打發之去。

聒噪　謂嘈雜亂耳也。

刮刺　即勾引成姦，意中人已到手之謂。今淮揚猶有此語。如某甲已刮上某家女。小偷，揚州名曰刮兒（見《證俗文》）。「刮刺」有今日俗語「偷到」之意。刺作「潑刺」之刺。音辣。

小猴子　即孩童之頑皮者。北方恒言。今淮安人猶喚小孩為小猴。

聲喏　即唱喏也。

含鳥小猢猻　罵小孩之語。鳥，即男子勢也。言小孩口沒遮攔，只堪含不典之物耳。或謂其如口中含物，故言語不清。

---

[13] 按：揚原作楊。

發作　忿怒也。《三國志》「皎[14]傳」，孫權讓之曰，近聞卿與甘興霸飲，因酒發作，侵凌其人。

放屁　屁應作糟。詈人胡說亂道也。

鑿栗暴　以拳擊鑿人顱皮膚小腫成疙瘩（瘩，都合切，見《字林》。元人秋胡劇作扢搭，非），如栗狀。

肏　淮揚間之俗語也。音辱。從入從肉，亦可會意。《紅樓夢》寶玉罵焙茗，有「反叛肏的」之語。此字由來已古。正與[15]北方之戳（《京塵雜錄》謂音慥，及於亂也。應作戳）字相同，應作擉。詳見《二根異名錄》（未梓行）。

則聲　此吳語，即作聲也。《朱子語錄》云，鄉愿不做聲不做氣，陰沉做罪過的人。

14 按：皎謂孫皎。
15 按：與原作語。

咬蟲　詈人之詞，施於婦女者。越諺，男女私為夫婦者，曰老咬口。是所本也。

麥粉　即麩子，用以飼鴨者。

肥胳胳　應作肥腯腯。

鴨　《通俗編》所引市語，如魚曰豁水，鴨曰王八（與今為龜鱉為王八異）。《雞肋編[16]》有云，兩浙婦人皆事服飾口腹，而恥為營生。故小民之家，不能供其費者，皆縱其私通，謂之貼夫。公然出入，不以為怪。如近寺居人，其所貼者，皆僧行也。多至有四五焉。浙[17]人以鴨為大諱，北人但知鴨作羹雖甚熱亦無氣，後至南方，乃知鴨若止一雄，則雖合而無卵，須二三始有子，以其為諱者，蓋為是耳，不在於無氣也。喬鄆哥嘲武大是鴨，武大道，我老婆

16 按：編原作篇。
17 按：浙原作淅。

又不曾偷漢子，我如何是鴨？以為諱者，蓋為是耳。宋人諱鴨，直如今人諱龜。揚州謂闒茸易欺者曰鴨子，鴨讀作鴉，蓋北音也。

不濟事 《北齊書》「高都督（昂）純將漢兒，恐不濟事。」謂不能成事也。《金》書之「不濟事」，與《兩世姻緣傳奇》，「咳，多分是不濟事了」同一解釋，言其無用也。

肐䐧 即疙瘩也。見前。

掛勾子 俗語謂纏之不使脫身。如鉤得魚，藉以獲利也。

勾搭 男女勾搭成姦也。

暗號兒 秘密之事，互約暗號。如為人所見，或以咳嗽示意。

窩盤 即羈縻、籠絡之俗語。

髢髱 此俗字，謂男子勢也。《紅樓》作「毴毭」。《明齋小識》、《西湖二集》及《鹽山新誌》俱作「雞巴」。

紙虎兒 謂無用之物，不值唬人也。

采問 采應作倸，俗作睬。《北齊書》：后既立，更不採輕霄。俗有「不偢不倸」語。

擺佈 謂擺脫與佈置也。使人落我手之意。《世說》有「擺撥」二字。

天生天化 《陰符經》：天生天化，道之理也。此言託天之助也。

搗子 原書自解曰，宋時謂之搗子，即今時俗呼為光棍。

騗騙 設局誘騙也。《元典章》有「禁局騙」條。南人謂「局騙」，即北人謂「念秧」也。上馬謂為騙馬，如馬之銜勒，受人騎跨而驅策也。誆騙[18]之「騙」以「諞」字為正。

[18] 按：騙原作驅。

太醫　古有太醫院，故稱御醫為太醫。猶今北人稱之為大夫，南人稱之為郎中也。

仵作　即官署檢查刑傷之吏，今之檢驗吏也。宋已有之，見《折獄高抬貴手》。人死成殮，亦由其手，防有殺害事也。

團頭　仵作之首領。明代管理乞丐者，亦名團頭。

波喳　猶言口舌也。北音，凡語畢必以波查助詞，故云。見徐渭《南詞敘錄》。

隨身燈　人逝後燃燈於屍旁，俗謂照冥間之黑暗也。

安隱　即安穩也。漢碑皆作隱，從古文正字也。

禪和子　佛家語，見《碧岩語錄》。禪和謂參禪之人也。和謂和尚，子為語助辭。

酒保　貨酒者也。見《鶡冠子》。欒布、杜根為酒家保，言為人傭力任而使也。

案酒　即靠櫃酒，賣熟菜。酒肆之例飲也。

蹊蹺　奇異之意。《四聲猿傳奇》亦用之。應作蹺欹。俗謂事違常道也。見《朱子語錄》。

陰陽　俗名陰陽生。明初設陰陽學官。《通齋詩話》云，男巫一種曰陰陽。《元史》「百官志」：諸路總管府陰陽教授一員；「選舉志」：至元二十八年置諸路陰陽學，每路設教授以訓誨之。凡陰陽人皆受管轄，而上屬於太史。又有陰陽官提領之稱。按元制陰陽官隸司天監。

這咱　即此時也。今淮揚仍有「這咱晚」之語。

歸天　人逝後，慰者皆曰，此人靈魂已歸天上矣。

千秋幡　喪家門口所懸者。此疑是蓋屍之單。

火家　即火計、火伴也。

中惡　服毒而死，託為暴病死者曰中惡。見《通鑒》魏邵陵厲公事。

葫蘆提　《明道雜誌》，蘇長公譽錢文穆為霹靂手，錢曰僅免葫蘆蹄耳。按即鶻突，猶言糊塗。轉其音則曰葫蘆蹄（一作提）。元曲中甚多。

長命釘 蓋棺所用之長釘也。

化人場 「化人場」即人死後火葬之地。此從佛法毘茶而來。宋代有此俗，曰「燒化」。

骨殖 《剪燈餘話》：其兩川都轄院志有云，慰之曰，賢夫骨殖，待區區過杭，必當取回貴鄉，求福地安葬。勿慮也。

廟上 原書作岳廟。趕趁熱鬧遊觀之處也。又謂到廟上去買珠子穿箍兒。所謂「廟上」，如今日故都之隆福寺、護國寺之類。宋代汴京大相國寺兩廡雜貨紛陳，亦一廟會之地。蓋古之墟集，率於廟寺隙地相交易也。

進門盞 客甫入門，即延飲也。既辭有「攔門鍾」，既出有「上馬杯」，來遲「飲三杯」，皆勸酒之名目。

花子 謂叫化之人，即乞兒也。《五雜組[19]》：「京師謂乞兒曰花子。不知何所取義。」花一作化，又名花郎兒。

快嘴 俗有「快嘴李三娘」之語，謂嘴尖舌頭快也。見元曲「三度臨歧柳」。口快心直，見「合同文字」劇。

通事殷勤 謂傳言語，獻殷勤。為媒婆牽頭之勾當。

油水 侵潤也。即處膏自潤之意。

羹飯 祭鬼之食也。二字見《睽車志》。

撇閃 或作拋閃，躲閃。按，閃當作陜。《吹景集》：俗謂人來而避曰閃。《說文》有從陝從女之子，失冉切。不媚前卻也。元曲恒見作閃。

雨腳 雲收雨腳直。言雨注如腳也。

19 按：組原作俎。《五雜組》明人謝肇淛所著。

賴精　《五代史》：「高從誨，諸國皆目之為『高賴子』」。俚俗語謂攘奪苟得無愧恥者為賴子，猶言無賴也。此言無賴成精。《餘冬序錄》云，蘇州以醜惡曰潑賴，雲南夷俗諜言誣陷人曰「毕賴」。言行不為憑作味。

大海青　即青布也。《秕言》載，吳中稱衣之廣袖者為海青。《心史》載，元俗以出袖海青衣為至禮衣。海東青本鳥名，取其鳥飛迅速義。

下酒　東坡以《漢書》為下酒物，見《中吳紀聞》，佐酒侑觴也。宋高宗幸張府節略，亦有下酒之稱。《齊民要術》云，鯉魚脯過飯下酒，極是珍美。

沒入腳處　喜則手舞足蹈。此言喜極，足無所措也。

親嘴　元池子說林云，狐之相接也必先呂，呂者以口相接。按此傳奇中猥褻廋[20]語，即今之接吻。漢人詩，「齧妃女唇甘如飴」，此亦兩嘴相視[21]也。

殢雨尤雲　見《齊東野語》乩仙七夕詞，謂男女交合也。

鞋杯　置杯酒於纏足婦女之弓鞋內，載以行酒，名「金蓮杯」。始於王深輔。見《墨莊漫錄》，有雙鳧杯詩。楊鐵崖最喜為此，人皆謂鐵崖所創。明人詠鞋杯詩極多，可見明代此風盛行。

槍法　男陽之別名（英國亦以長槍為喻）。小說嘗有「火尖槍」之目。春方中有「金槍不倒」方。此言行淫之技。

---

20 按：廋原作瘦。

21 按：視當作親（親）。嘴「相視」似不通，當因字形與親相近而誤。

倒澆紅蠟 行淫之式。雌乘雄也。

利市花 夏文彥圖繪寶鑒，有利市仙官。《虞裕談撰》，謂江湖間祀一姥曰「利市婆」。二字見《易・說卦傳》、《焦氏易林》。夏侯孜人號為「不利市秀才」，見《北夢瑣言》。唐子畏以巨冊錄所作雜文，題曰「利市」，見《戒庵漫筆》。此紅絨插鬢花，取名吉利耳。

花箱 賣花婆所提貯花翠首飾之箱。

生藥鋪 即出售藥材（二字始見《三國志》趙儼傳注）之肆。

主管 肆中管事人。

正頭娘子 謂在室也。《輟耕錄》言，都下自庶人妻以及大官之國夫人，皆曰娘子。《通俗編》徵引甚博。

拔步床 疑即「八鋪床」，言床之大，可容八鋪八蓋之褥被。以南京描金彩漆者最佳。或言八步床，謂其長八步。《七修類稿》謂，石床一張，上下四柱，菱花片壁，即人間之拔步耳。越諺作踏步床，謂床前接有碧紗廚者。踏踏腳，步步幛也。

頭面 俗呼婦人首飾曰頭面。考《東京夢華錄》云，相國寺兩廊賣繡作領、抹花朵、珠翠頭面之類。《乾淳起居注》：太上太后幸聚景園，皇后先到宮中起居，入幕次，換頭面。

三梭布 平機布也。

當家立紀 主家政、立紀綱也。「當家」二字，由來亦古。《史記》「始皇紀」：百姓當家則力農工；《朝野僉載》云：樓師德曰，若犯國法，即師德當家兒子，亦不能捨。范成大詩，「村莊兒女各當家」。

月琴 古阮之遺製也。胡樂之一。

管情 包管情願也。

一箭就上垛　如矢中的。

帶頭　即《詩經》「以我賄遷」也。謂裝送資賄甚盛。

男花女花　謂幼小之兒女也。俗以男為果，女為花。

東西　謂資財什物也。周延儒對明思宗語。《齊書》「豫章王嶷傳」已有此說。

囂段子　緞之劣而薄者。今之綢緞，宋時謂之紵絲。《咸淳臨安志》，染絲所織是也。《三朝北盟會編》，有索豬肉段子之文，即段疋也。《康熙字典》緞原不作綢緞解，其誤用似直起於明季。吳語言厚薄之薄曰澆，囂字亦誤。

撰錢　秦晉之間，凡取物而逆謂之「篡」。見《方言》。俗言賺錢本此。

偏房　謂側室也，即姬妾之稱。

瞞天大謊　《元典章》有「說謊」語。此言謾天謾地（見《錢塘遺事》）之虛言也。

尺頭　綢緞之成件者。

頭口　《元典章》刑例有「偷頭口」條。凡達達漢兒人偷頭口一個陪九個。京師人謂騾馬曰頭口，見《甌北詩話》。謂牛馬幾頭或幾口也。

保山　即媒人也。拾得詩，為他作保見（今俗作薦）。言保見者，如山可靠也。

客位　延客之處。今俗有客廳或客坐之目，即古之便坐。

架謊　架詞說謊。

老身　婦人自稱之詞。見《五代史》漢家人傳。

隔從　言係直系親屬。隔即隔房，從即從子之意。

棺材本　貧寒者求人資助，為身後用度，輒有此語。

臭老鼠　討人厭惡也。任怨者之目。

四海　即交遊甚廣也。自《論語》「四海之內皆兄弟也」一語而來，且有慷慨奢豪之意。

驢子錢 供奔走者賞以錢名曰腳錢。此則賞以銀一兩，託為賃驢代步。

插戴 亦首飾也。釵簪之屬為插，環釧之屬為戴。今俗以釵環等物，於訂婚時送往女家，曰「過插戴」，亦名「過插定」。

盞托 即茶杯茶托子（見《資暇錄》。始於蜀崔寧之女）之類。《演繁露》云，古者彝有舟，爵有坫，即今臺盞。即盞托也。

笸籮 叵羅之訛。即食器也。

搭刺子 一作背哈喇子，或格刺兒，偏僻之處，即某地之一隅也。北京為旮旯。疑即角落（東坡大慧真贊「壁角落頭」）。薦福碑曲作「閣落裡」。越諺有旮旯（音葛辣）字。

泡茶 《禪寄筆談》，言杭俗用細茗置甌，以沸湯點之，名為撮泡。按古人飲茶皆搗末為團餅，投湯煎之。撮泡但起於一方，今則各處行矣。《武林舊事》云，進茶試新，禁中以五色韻果錯飣龍鳳花卉之類，謂之繡茶。

金蓮 「外高底」也。潘妃步步生蓮。後以婦女足小者，譽纖足之稱。

高底鞋 來索纖纖高底鞋，見謝觀詩。即古重臺履。纏足恥大者，削為木光橛，上擋下平，暗藏履跟內，使趾督立，鞋樣縮小，名「裡高底」。此言「外高底」也。

搗謊 搗鬼說謊。

頭腦 首領也。

四門親家 此親家之親家也，俗有此稱。親家公之稱，見《隋書》「李渾傳」。

艾窩窩 《故都小食品雜詠》，「愛窩窩」云，「白粘江米入蒸鍋，什錦餡兒粉麵搓。渾似湯圓不待煮，清香喚作愛窩窩」。注曰，愛窩窩，回人所售食品之一，以蒸透極爛之江米待涼，裹以各色之餡。用麵粉搓成圓球，大小不一，視價而異。可以涼食。又窩窩頭，為北地粗惡食品也。

插定　相親時，如中意，取釵簪插女髻，即以為定。

繼室　見《左傳》。即續娶之妻也。

捎　攜帶。北方有此語。如捎書帶信。俗作稍。

刁徒潑皮　俗以巧詐為刁，謂刁頑之徒。袁中郎云，鶉衣糧長，簧口刁民。見《遣愁集》。岳飛部下統制王俊善訐告，號「雕兒」。秦檜誘之，致飛於死。故刁為惡名。《元典章》有「新附軍人，結連惡少潑皮，為害尤甚」之文。

著緊　亦作打緊。即今俗之要緊時候也。

倘來物　見《莊子》「繕性篇」，江總自序，及《唐書》「紀王慎傳」，謂榮寵貴盛也。今俗謂銀錢。

朝廷爺　謂皇帝也。民間之俗稱。

太僕寺　即冏寺也。掌管馬政及牧畜之官。

馬價　太僕寺存馬價銀。詳見《明史・兵志》。

裙帶上衣食　《清波雜誌》云，右丞（蔡卞）今日大拜，都是夫人（王安石女）裙帶。中外傳以為笑。

做水陸　謂水陸道場。超度十界眾生。

守備　官名。明置南京守備等職，率以勳貴太監任之。後軍事日繁，一城一堡，亦置守備。

軍牢　惟宋有此名，即伍伯也。如清官府前導著紅黑帽人，謂之軍牢者也。其行在諸鹵簿前。見郝懿行《晉宋書故》。《紅樓夢》：賈雨村前導有軍牢快手。

業障　按，「業障」本佛家語，謂罪孽也。俗以為兒女之累，為今生之障礙，謂之業障兒[22]。

家活　一作家火，即家生也。家室什物之總名。

合同　二字見《宋史》「郭延濬傳」，義為勘合，不作契約解。後世始為合約。齊民相訂之文書皆曰合同。

公道　不偏不倚，公平之道也。

失心兒　失心者狂。謂得失心瘋病也。

油嘴　言其嘴如著油，善於花言巧語也，利口捷給者。俗有油嘴滑舌之目。

膫子　男子勢也。見徐文長《四聲猿傳奇》。亦作屪。

合　此古文財字。今作男女交合解，音日。有貫革直入之意。

女生外向　見《白虎通》[23]。

殺才　才即材料也。謂被殺之材。亦罵人之詞。

花根　即生而為乞丐者。

奴才　詈人為奴僕也。劉淵謂成都王穎「真奴才也」。

粉嘴　謂驢也。今山東有「粉嘴叫驢」之目。

扯淡　扯淡淄牙，見《遊覽志餘》。杭人有諱本語而巧為俏語者，如詬人嘲我曰淄牙，胡說曰扯淡，有謀未成曰掃興，無言默坐曰出神，則自宋時梨園市語之遺，未之改也。《西湖志餘》云，扯淡或轉曰牽冷，言其言之無味也。《通俗編》按曰：淄牙當作緇牙，扯淡當作哆誕，於義庶有可通。今書作呲牙。

嚼舌頭　詈人胡說，如自嚼其舌，猶墮入拔舌地獄也。

焦尾靶　謂無子女者。言其無後稍也。《紅樓》作「焦了尾巴稍子」。

---

22 按：兒當作耳。

23 按：此注等於未注。一般解為女子出嫁後心向夫家。

蒼根　應作娼根。見元李行道《灰闌記》。

小妮子　呼婢曰妮。《詞品》謂山東人目婢曰小妮子。按，王通叟詞「十三妮子綠窗中」，謂小女子也，初不為賤者之語。

角兒　或謂之粉角。北人讀角如矯，故呼為餃。《聊齋志異》之「司文郎」一則，以蔗糖作水角，恐非餃餌。若《金》書之角兒，薄麵裹肉，形如偃月，蒸而食之。是即餛飩也。

嘁　一作啐，唾其面也。

谷都　今凡納悶而氣脹於唇頰之間，俗誚之曰「嘴脈肐」。元喬孟符曲作「嘴骨都」。

負心賊　女詈男子之薄倖者。

相思卦　一名鬼卦。婦人以弓鞋擲地，視反覆為陰陽。《聊齋志異》「鳳陽士人」，手拿著紅繡鞋兒占鬼卦。注謂「春閨秘戲」。夫外出，以所著履卜之，仰則歸，俯則否，名「占鬼卦」。

⿰扌歪歪　偃臥也。《紅樓》作歪，即側身小臥。

牢頭　囚徒之年久者。

亡八　《聊齋志異》作忘八，謂無恥也。孝悌忠信禮義廉恥，忘其第八，則無恥矣。見三朝元老條。忘應讀作仄聲。原書中以望江南巴山虎隱寓忘八，與賊王八之王八有異。南人謂龜為王八，北人以鱉為王八，而《通俗編》言，市語指鴨也。

饞勞[24]痞　《宣和畫譜》作饞獠。此詈貪食之人，如病痞然。

方便　見佛經。今謂便利。

浸潤　此作津貼解，謂小惠也。

傍影兒　如影隨形。又俗語多個影兒，言本身尚

---

[24] 按：勞當作癆。饞而成病也。

無著落也。

方勝兒　勝本首飾，今之彩結、彩勝有作雙方形者，故名。此即以箋紙折疊成兩長方形，互相聯合者，猶繫結作同心也。

老早　甚早也。今土語尚如此。

門上　司閽者。

馬嚼環　馬勒。

彈響榧子　以大指中指相挼成聲，於所歡面前舉手畫空，彈之作響。此輕薄之態，以云不相信也，而含有輕蔑之意。（竹坡本）《紅樓夢》二十六回，寶玉道，你給我榧子吃呢[25]。注云，榧子能殺蟲，即用三指相撮，撚而成聲，謂之打榧子。此人遇訕笑時每做此。

黃病　黃疸。

試風　即感冒風寒。

痲犯　事之紊亂難治者曰痲犯人。今人輒書作痲煩。蓋痲易亂，治之最難。此俗語也。越諺作痲泛，謂謔我戲我也。

奚落　見《琵琶記》。按，謑謂詈辱也。奚字誤。《荀子》：無廉恥而任謑　。

川扇　宋代始用折疊扇。南宋詩詞始有詠聚頭扇者。明代由四川進貢（詳《骨董瑣記》）。

聒聒　口舌紛亂也。

護膝　若今之套褲。《朱子語錄》云，秦太師死，高宗告楊郡王云，朕免膝褲中帶匕首矣。即縛膝下褲，護膝者也。

兜肚　即古訶子。掩胸遮腹之物，亦作肚兜。俗名兜子。

百日　謂人死百日也。百日作齋供。《北齊書》「孫靈暉傳」，《南史》「齊宗室傳」，俱載

---

25 按：此處引文有誤。原文作「寶玉笑道，給你個榧子吃」。

其事。詳《通俗編》。

齋襯 作佛事者，給僧直曰儭。翻譯名義云達嚫。此云施財。詳《通俗編》。

除靈 將亡人靈位除去。

禿 謂僧也。《北齊書》「文宣帝紀」：晉陽有沙門乍愚乍智，時人呼「阿禿師」。《北夢瑣言》：高駢謂開元寺十年後當有禿丁數千作亂。《五燈會元》：張無盡敘龍安末後句，雲庵罵曰，此吐血禿丁，脫空妄語，不得信。《太平廣記》引《河東記》：夜叉罵經行寺僧行蘊曰，賊禿奴，何起妄想之心。《啟顏錄》：盧嘉言見三僧，戲曰，阿師並不解摴蒲乎？僧未喻。盧言，不聞俗語云，三個禿不敵一個盧。《通俗編》按曰，此以犢、禿音近借戲。

午齋 僧侶午餐也。

歇晌 午餐後休憩也。

交姤 陰陽交合曰交媾。

燒香 淫行也，炙香瘢。詳見醒世奇書《續金瓶梅》。按，明馮侍御惟敏〈雙調水仙子・爇香〉云：「雪冰肌淺露紫葡萄，金寶釧斜連紅瑪瑙，麝蘭香正點花穴道，選良時，真個燒。俊生生玉腕相交，齊臻臻香肩並靠，硶可哥銀牙碎咬，亂紛紛珠淚同拋。」亦即詠此。據原書以酒浸香馬兒，安放於乳間臍下阜上，燒至肉根，顫聲忍痛。金蓮、林太太、韓道國婦、如意兒皆曾受之。蓋灼處則熱血匯注，於是膜理澎漲，頓然緊縮矣。留此瘢痕，以為紀念。古之情癡，殆即指此。

漢子 《老學庵筆記》云，今呼賤丈夫曰漢子（按俗有男子漢之語），蓋始於五胡亂華時。北齊魏愷自散騎常侍遷青州長史，固辭。文宣帝大怒曰，何物漢子，與官不就。

長老　僧之上座。

僧伽帽　上座僧施放焰口時所戴之毘盧。

紙馬　祀神之甲馬。（甲馬詳《天香樓偶得》。又《武林舊事》有印馬作坊。）

前去　再嫁也，又名往前進，皆俗語也。

歡門　《夢梁錄》，食店近裡門面窗牖皆朱綠五彩裝飾，謂之歡門。

揀莊　應作揀粧（一作裝）。粧奩中盛果餌之瓷罐也。按《通俗編》云，**贛**（音感）妝箱類。

陪床　古之媵也，應作陪房，即陪嫁之使女也。

帶鬏髻　帶應作戴。即女子上頭之意，以示成人。古加笄之禮也。宋明婦人雖鬒髮如雲，例戴義髻。古之髮髢，此其遺制。如原書五十九回，春鴻道，也像娘每頭上戴著只假殼，又是一位年小娘娘出來，不戴假殼。是其證也。婦人所戴冠為提地。蓋鬏髻兩字俱入聲，北人無入聲者，遂訛至此。見《野獲編》。

眼裡火　如目中出火，見則心愛也。俗言眼饞，指婦人之淫者。見小說中。祝枝山賦，以耳邊風對之。見《野獲編》。

見面鞋腳　女子初嫁，拜見姑嫜，先遞孝順鞋。

強人　婦女詈惡夫之詞，言其如強盜也。

解數　謂床笫之間，擅各種房術。

房裡出身　即陪房之媵。可收為侍妾。

一抹兒　一概之俗語。《南史》「陳武帝紀」有「一把子人」之語。

太歲　本屬星名，今術數家以太歲所在為凶方。《論衡》曰，抵太歲凶，負太歲亦凶。

決撒　即決裂也。撒為助詞，元曲恒見。撒作沙，襯語，猶南曲「阿」字。

倒頭　謂死去也。

打官司　俗謂訟事曰官司。元曲白仁甫《流紅葉》第三折，「酒旗兒有誰替你打官司」之句。訟鞫不公者，曰「屈官司」。

貨買　即過賣也。飯鋪中之火計。

本錢　資本也。因可生息，故有子本之名，據本生利。見《周禮・地官・泉府》。

搗吊底兒　謂被搗到底，而掉卻底也。為詈淫婦之詞。

縣丞　官名。知縣之佐貳官。始於明。

主簿　明以主簿掌巡捕。

有首尾　又作手尾。謂上下其手，有所勾結也。

對頭　即仇敵也。有時如言對頭夫妻，謂敵體之夫婦，則另是一解。

造次　急遽之時也。見《論語》。

顧　即雇工雇夫也。顧字見「鼂錯傳」。應作雇，今俗作僱。

閑帳　即他人之事，事不干己也。

打背　「竹坡本」作打背躬，應作打背公。原書三十三回作背工。此當時俗語也。凡交易事，居間者索私贈，謂之後手，又名打夾帳。《醒世姻緣》一回有云，著人往來說合，媒人打夾帳，家人落背弓，陪堂講謝禮。又見《堅瓠三集》，皆一事也。兩面人說兩面話，於中取利。故李皀隸名外傳，即裡外傳話之意，原書中已有解釋。戲劇中扮者以袖障面，將心中事道出，曰背工，恐即由此而出。按《說文》，ㄙ為私之古字，故背ㄙ為公。此適相反。

聽氣兒　探聽消息，暗通聲氣。

賣串兒　串同賣法，與下串通作弊。俗曰賣關節。

更衣　如廁也。蓋賓主相見，不宜言穢褻之事，故如廁託言更衣。《論衡》曰，夫更衣之室，可謂臭矣。

房山　房角之山牆。

行惡 即行兇作惡。

頂缸 替人受過之意。明初有「豬婆龍為殃，癩頭黿頂缸」之諺。

毛廁 或作毛司即廁也。朱暉《絕倒錄》載，宋人擬「老饕賦」，有「尋東司而上茅」句，據此，當為茅司，毛司俚言也。明王馨〈滿庭芳〉小令，有「毛詩中誰道鼠無牙」句，王驥德謂使村人聽之，將以為「茅廁中」，特為改作「笑詩人浪作鼠輸牙」。是應作「茅廁」。或作東司。

淨手 便溺後必盥手使潔，故諱便溺，又曰解手，便旋曰小解。

典史 元置之官。明以之典文移出納，清以之司獄捕盜。

司吏 府縣之屬官。

內閣 內閣大學士，掌軍國事。即宰相也。

大理寺 三法司之一。

充軍 徒罪者發配於屯軍之處，居牢城中，為軍徒。

孟州 唐為州，元明俱為縣，屬河南懷慶府（距清河決無二千里）。

大名府 宋為北京，設留後以鎮守之。

西洋珠 西洋之名，始見於明。世傳三保太監（鄭姓，小字和）下西洋。明代之西洋，即今之南洋一帶。《宋史》「闍婆國傳」，方言謂真珠為沒爹蝦羅，亦名胡珠。

鴉青寶石 鴉青色之寶石，元代重之，見《輟耕錄》。此重二兩，價猶不貲。

養娘 為宋人語，見《武林舊事》。黃山谷詞，生受生受，更被養娘催繡。小說中呼乳母皆為養娘。

御前班直 在御前值班承事。

廣南鎮守　明代多以太監鎮守各地。宋置廣南道，後分為東西路。

本司三院　本司即教坊司也。唐制：妓女所居曰坊曲。《北里志》有南曲北曲，如明兩京之南院北院。《教坊記》：妓女入宜春院謂之內人，亦曰前頭人，謂供奉於上也。故妓院曰行院。今故都有本司胡同，即明之教坊，與演樂胡同毗連。內務部街舊名勾欄胡同，黃花坊有東院，出城則有南院，皆舊日之北里。《金瓶梅傳》所述皆清河縣事，外縣只有籍妓，不能與京師比。此言本司三里，泛指官妓所居之處耳。既無本司，更無三院。傳中又言麗春院粉頭，蓋妓以院目所居，亦猶今日名某某班。

前程　《春風堂隨筆》謂世目薄行人為「沒前程」。今俗謂人科第官閥功名為前程，例如幕客對本官曰，此案應如何辦理，否則有礙東翁之前程，謂其前程正遠大也。《金》書言謝子純把前程丟了，言其不能襲乃父清河衛千戶職也。

幫閒勤兒　幫閒比清客身分卑下。俗名篾騙，《板橋雜記》作篾片，即狎客之流。《夢粱錄》云，有百姓入酒肆，見富家子弟飲酒，近前唱喏，小心供過使令買酒命妓，謂之閑漢。又云有一等手作，出入宅院，趨奉郎君子弟，幹辦雜事，謂之涉兒。《金》書所謂幫閒勤兒，即在妓院中趨奉王孫豪貴者。元曲有「勤兒推磨」句，言其慣獻殷勤取媚客妓之意。「勤兒」二字，見《宣和遺事》。

表子　俗謂娼曰表子，言為外婦也。今人寫作婊子。按《輟耕錄》有云，菲儀表梓里葭莩。蓋菲儀謂匪人，表梓謂婊子，為賤娼濫婦之稱。元人已有之矣。

品簫　淫行也。婦人以唇接男子勢，如吹簫然。曾瑞卿散套哨遍，有「櫻唇月下品玉簫，春筍花前按銀箏」之句。簫而曰品，始見於此。曾元人也。

廝鬧　炒鬧並言。《國老談苑》、朱子集俱有「廝炒」。《說文》，訬，擾也。又廝攪。

歪斯纏　謂無理取鬧，糾纏不清也。

俏一幫兒　俏，即得意之意；一幫兒，即成群結隊。

湯瓶　錫製之大水壺。

四鬢　即水（吳語水讀作四）鬢也。

內相同官　內相，即太監，一作內臣。同官即同僚。

不耐煩　見宋「庾炳之傳」，又《五代史》，唐明宗將立曹氏，謂王淑妃曰，我素多病，性不耐煩，妹當代我。

東道　作主人也。見《左傳》「東道主」。

當　讀仄聲，典質也。詳見《通俗編》「貨財類」。

答話　應作打話。《三朝北盟會編》，金人至城下，呼請官員打話。

打照面兒　一見即去，兩面偶一相照耳。

忽刺八　《雍熙樂府》卷一「離恨」，有「忽喇叭面北眉南出盡醜」句。卷十四「集賢賓」，有「忽刺八掘斷俺前程路」句。《紅樓夢》作「忽刺巴」。刺音辣，非「刺擊」之刺也。疑為蒙古語。據原書語意，作突然解。憶有「忽八刺」鳥名，北方有之，為羽族中之下等者。性躁急，喜肉食，其聲甚惡。書中語意，或以鳥為喻耳。

新梁興　梁字衍文。新興即最新興出之事。如新興髻（《飛燕外傳》），即時勢粧。

硬氣　言有時運之人（即俗云有時道），不能低首下心也。

雌　等待之謂。如見人飲饌而不去，曰雌嘴。原書罵如意兒，「沒廉恥雌漢的淫婦」。或係遄（作平聲）字之訛。可書作蚩。

慢條絲禮　或作慢條斯理，言有條理不著急。今俗作遲緩解，如理亂絲須慢為之。

小院兒裡的　指雪娥之住所，而暗斥雪娥。今俗如妾住西屋，則曰西屋太太。

歪刺骨　亦有寫作「瓦刺國」者。《野獲編》云，北人詆婦女之下劣者，元曲中恒見之；洪容齋《俗考》言，瓦刺虜人最醜惡，故俗詆婦女之不正者曰「瓦刺國」；汪價《儂雅》，「今俗轉其音曰『歪賴貨』」；《通俗編》按曰，言鯖云，勢有不便順謂之乖刺，刺音賴。東方朔謂吾強乖刺而無當。杜欽謂陛下無乖刺之心。今俗罵人曰「歪刺」沿此。此說雖亦有依據，然不如前說直捷。

一丈青　本南宋馬皋之妻名。閭勁以為義女，後妻張用，遂為中軍統領，見《女世說》。《水滸傳》亦為女子綽號。《癸巳雜記》載龔聖予「宋江三十六人贊」，備列名號。燕青贊中有云，平康巷陌，豈是知名；太行春色，有一丈青。《明史》：懷宗庚午陝西賊魁有名一丈青者。《紅樓》五十二回晴雯向枕邊拿起一丈青（天津土語今呼首飾中之耳挖子為一丈青）向她手上亂戳。四十四回評為香閨刑具。按耐冬之別名，憶為一丈青，猶蜀葵花成化間名之為「一丈紅」也。《霓裳續譜》，風流姐斜戴著一丈青，則與津土語合，由來已久。此則僕婦沿用以為名，狀其魁偉。或云有水蛇名一丈青，甚毒。《宣和遺事》謂即張横。

凶神　兇惡之神道也。

錯了腳兒　即失足也。謂走入歧途。

繭兒　未得確解。即背人做出不正當之勾當也。南宋時食品有名「二色繭兒」，及「繭兒羹」。原書有時誤書作萌字。按《朝野僉載》，文帝戲王顯曰，抵老不得作繭，繭兒殆此語所出。背地作繭，喻瞞人所為。

浪　謂淫浪也。

烏眼雞　應作五眼雞。見張明善「水仙子」詞句。中與兩頭蛇、三腳貓並言，言其狠毒也。《石頭記》亦有此語，似含有覬覦、急不能待之意。

親漢子　親夫也。一作本夫。

禿也瞎也　詈人之語。

不聽手　不聽指使。

撐窩兒　即「鵲巢鳩佔」之俗語。

嘴似淮洪　言其言語滔滔不絕，如淮水洪流。今俗猶有口似黃河，或為口似淮河。

戳舌兒　鼓弄唇舌，挑撥是非也。或曰駕（又作架）舌頭，或曰纂舌頭。

三尸神　道家謂身中之神。詳見《辭源》。白居易詩，有「睡適三尸性」句。

五陵氣　少年豪氣也。唐詩有「五陵年少欺他醉」句。

下截　即人之下體也。腰以下均屬之。《金史》李特立短小鋒利，號「半截劍」。

結十弟兄　《春明退朝錄》，太宗謂侍臣曰，昔唐莊宗終日沉飲，與俳優輩結十弟兄。不知當時形政何如也。結十弟兄期以十人為數，見於此。越諺云，此無賴惡習也。

闝　音瓢。亦作嫖。越諺宿娼也。宋元人謂冶遊狎妓曰闝客，夜度資曰闝錢。枝巢子《舊京瑣記》亦引用之。不見於字書。

闖寡門　市語謂婦女曰寡老。

小娘　謂妓女也，亦名花娘。《輟耕錄》娼妓為花娘。李賀「申胡子觱栗歌」序，「命花娘出幕，徘徊拜客」是也。《通俗編》按曰，梅聖俞有「花娘歌」云，「花娘十四能歌舞，籍甚聲名居樂府」。

箏⿱⺮秦　俱樂器也。⿱⺮秦字不見於字書，疑即阮也，今名月琴者。《輟耕錄》云，達達樂器，如箏、⿱⺮秦、琵琶、胡琴、渾不似之類。《元氏掖庭記》、《明武宗外紀》、《七修類稿》，皆有此字，又均箏⿱⺮秦並舉。《雍熙樂府》卷一「醉花陰」燈詞，有「笙和笛，間紫簫；箏和⿱⺮秦，合著檀槽」等句。又「元夜」云，箏⿱⺮秦笙管相間隔，音呂和協，為胡樂之一種。但不知何式耳。

令翠　稱友人所眷之妓女曰令翠。猶今人言貴相知也。（尊客賞賜主人所招侑酒唱曲之妓每人銀二錢。）

成人　本作成年解。男十六，女十四，為成人之年。但勾欄中謂妓女經客梳櫳為成人，北方俗語也。今言某妓成過人兒了，即言其成了大人不是小孩子了。直言之經過人道矣。

保兒　即妓女跟隨之人。今作鴇。妓女之假母，今作鴇母，或曰老鴇。

陷人坑　見《西湖二集》廿八卷，謂娼家以色餌人，如墮陷阱。

迷魂洞　宣城妓史鳳，有迷香洞。此言神魂迷亂之所也。

買笑金　千金買笑。謂狎妓所費也。

纏頭錦　賞歌舞人之費。魚朝恩宴郭子儀，出錦三十疋為纏頭。

賣花錢　唐詩多以花喻妓，此即夜度資也。

虔婆　亦作姏婆。即《輟耕錄》三姑六婆之一。本謂盜賊之妻，後謂婦之兇惡者曰虔婆。原書指老鴇而言。

風月窩　妓館娼家，舊謂風流藪澤。此言迎風送月之巢窟也。

鶯花寨　一作煙花寨。古以鶯花謂春景，而鶯歌花舞喻妓女，此謂妓院也。女子之流為娼妓，曰墮落煙花。黃滔詩，塞上無煙花，寧思妾顏色。今人書作煙花寨，非。粵中呼妓館謂之寨，見《粵遊小志》。蔣心餘《四弦秋傳奇》，有「第一所煙花錦寨」之句，此名相沿已久。

南曲　海鹽腔。始於澉浦提舉楊氏；崑山腔，始於邑人魏良輔，見《棗林雜俎》。即南曲也。

梳籠　一作梳櫳，或作梳粧，又曰梳弄。客為妓女開苞之謂。女子年及笄曰上頭，從前妓女、清倌皆結髮為辮，迨經客為之成人（又曰點蠟，即擇吉燃紅燭以賀）。例於筵席外，備釵環首飾、衣服被褥、彩禮賞金，妓於是梳髻。從此為渾生意之神女矣。

靦腆　俗言舉止羞澀也。《列子》作眠娗。

玳瑁貓　毛色黃白黑相間成章，如玳瑁然。

上帳　登記於帳簿之上，即今請人記帳也。又原書謂俗語之認帳，亦曰上帳，承諾之意。是有二說。

打水平　即通濬地溝。

作頭　工頭也。

孤老　謂嫖客也。孤應作[26]夃。秦以市販多得為夃。或即婳嫪之俗寫。孤老書作婳嫪最雅，見某書。按元人呼妓為寡老，則喚客為孤老甚

26 按：作原作在。

切。古劇扮官者曰孤，言其為假大老官亦協。

耳斡兒　即耳挖。

淨盤將軍　淨作盡，見元曲〈殺狗勸夫〉、〈小尉遲〉二劇。其說云，有人請我到席，且不吃酒，將各下飯狼餐一頓，以此號盡盤將軍。又云，淨光王佛，俗謂顆粒無遺曰精光，應作淨光。所謂淨光王佛，取借佛名，以言絲毫不剩。此市俗謔語也。

五臟廟　言臟腑也。俗謂饕餮者曰修五臟廟。又白居易詩有「慵安五臟神」之句。

啄針兒　婦人插髻之飾物。疑即鐸針，或是弼針。

香囊　古女子佩物也。繁欽〈定情詩〉，「何以致叩叩，香囊垂肘後。」謝安賭取紫羅香囊焚之，見《世說》。非男子所宜佩也。

扎罰子　一作扎筏子，疑即作法子也。俗語，即虛構之詞以恐嚇或戲弄也。今故都猶聞此語。如「勿與我扎筏子」，即勿同我開玩笑而醒脾也。《紅樓》作「做法子」。

提刑　官名，提點刑獄。

團練　官名。《楓窗小牘》云，臨安有諺，凡見人不下禮曰強團練，即南唐團練使趙仁澤也。

露水夫妻　暫時結合曰露水姻緣，言非結髮之夫妻也。因緣如露水之暫，見日即消。即行露私奔之意。

唆調　即挑唆，使其不合，得以離間。亦作調唆[27]。

拖刀計　相傳關壯繆用拖刀計降黃忠。元鄧玉賓「叨叨令・道情」有云，「為兒女使盡了拖刀計，為家私費盡了擔山力」之句，言其為毒手絕招也。

---

27 按：調唆原作唆調，當屬訛誤。

淘淥　本作去惡留好解，見桂馥《札璞》。今人作身體斫喪解。

小頂人　「竹坡本」無此名。後有「頂老」、「頂頭」之目，即妓院中之服役者。

門戶　黃道素《說略》：今俗稱妓院曰門戶人家，妓女曰門戶中人。

本等　即原來之意。元人俗語多作本等。

咬群兒　即排擠、傾軋之意。如馬之劣者，不愛其群，反咬同類也。

打恭　即作揖也。打可作「作」字用，如打疊、打扮之類。或謂打恭應作打躬，即折腰鞠躬之意。

子弟　此言狎娼之少年。元曲中皆作此稱。

排手　即兩人起誓打賭前，互相拍掌為定準。今人尚如此，即擊掌相誓也。

可憐見　《元史・泰定帝紀》，即位詔有「薛特皇帝可憐見嫡孫」等語。《元典章》「憐」字作「憐」。至元時，勘屬孔夫子的田地，皇帝可憐見分付各處秀才每年那田地裡出的錢糧修廟祭丁外，若有年老無倚靠的秀才那底每養濟；大德時江淮百姓闕食典賣孩兒等，皇帝可憐見交官司收贖。餘見此言之處尚多，此俗語也。明陳鐸「十八曲」云，才說些好話兒，烘的早臉兒變。道不本分使閒錢，伏低做小索從權。跪在他面前，曲膝似軟棉，所事兒不敢說，一千個可憐見。據此則教人動情鑒憐之謂。

順袋　即荷包也。盛錢鈔之袋。

老公　原作太監之稱，此婦對人稱老夫也。

流年　子平家閱人本年干支否泰曰看流年。

回背　即厭勝也。今星巫猶擅此術。背疑是避，趨吉避凶也。如開財門、發利市、禳星告斗。

鞋扇　鞋幫計為四扇，即鞋未製成之單片也。

三不知　俗語也。即人不知，我不知，鬼不知。《青溪暇筆》云，俗謂忙處曰三不知，即始、中、終三者皆不能知也。此說較俗傳為妥。

一答裡　一搭兒，即「一處」之俗語。元曲多作此語，今作一道兒。

耽心　擔心。

在下　對人自稱曰在下。

樂星堂　妓院又有堂名之目。此即妓院之名，北京所謂堂子。

糊突　糊塗也。見《宋史》「呂端傳」。《朱子語錄》，以憒憒不曉事曰鶻突。此其轉音。

偌大　如此之大也。

可哥　今俗語有巧巧的，或曰單單的。

眠花臥柳　即宿娼也。

泥佛勸土佛　佛作垿。語見越諺。與《戰國策》之土偶誚木偶事差類。

院裡　謂妓院也。玳安說「爹在裡邊過夜」，亦謂妓院。

打盹　俗謂小睡也。北京土語「打個盹兒」。

定油兒　坐舊不去之俗語，想是「油磬燭炧」之謂，或係如油之定而不動。

涎臉　厚顏也。《紅樓》作涎皮臉賴。

囚根子　囚徒之根苗。

房下　對人自稱妻室，俗語如此。

韶刀　應作嘮叨，不當言而言也。《儒林外史》，聘娘有此語。今吳語猶如此。

討老腳　市俗諢語，謂得閫令也。

腳手　謂踏腳扶手之物也。瓦工有「手腳眼」，古人對以「口頭牙」。

疑齪影　「竹坡本」作疑影，即疑惑也。

嗔道　即俗語之怪道也。

標　應作鰾。煮之可作膠，黏物甚固。

勾使鬼 又作勾死鬼。小人來前引誘之意。

裝矮子 陪罪認錯，低首下心之謂。今猶有此俗語。

禁聲 禁止聲喚也。

弄鬼兒 俗有「粧神弄鬼」之語，言為人暗中計算也。

替樣 要腳樣兒做鞋。婦女名為替鞋樣。

觀風 即巡風也。凡盜賊入人家宅劫掠，必有人在門外巡視，如邏者至，則呼嘯相率逃去。又名把風。

乖乖 南方俗語呼小兒女為乖乖肉兒，其實乖字作乖張、乖戾解，而此獨反其意作順從，蓋反詞也。猶可愛者而呼為可憎才。

梯己 今多作體己。周亮工《書影》，據《遼史》，梯里己，官名。掌藏御用珍寶。

老公公 明代稱內監也。馮保勢張甚，固安武清以長樂尊父見之亦叩頭惟謹，呼老公公。見《觚不觚錄》。

二十四解 春宮秘戲圖皆二十四幅，其樣式各自不同，名為二十四解。亦有三十六者，名三十六宮春。

五里原 地名。據云在清河城外。

永福寺 廟名，在五里原。

喬神道 謂假作神道，專為祟者。

爭鋒 互相爭勝之意。《漢書》：吳楚兵銳甚，難與爭鋒。《三國志》曹操謂孫策，猘兒難與爭鋒。今俗作爭風，兩雄爭一雌也。

爛羊頭 本漢謠「爛羊頭關內侯」。此作焦頭爛額解。

耳邊風 秋風貫驢耳。即言之諄諄，聽者藐藐。

金字經 佛經也。

七個頭八個膽 明金鑾《鎖南枝》曰，閑言來嗑，野話兒劖，偷嘴貓兒分外饞。只管裡唬鬼瞞神，吃的明吃不的暗。搭上了他，瞞定了俺，七個頭，八個膽。言其膽大不畏犯法殺頭也。

打俏棍兒 又有打趟棍兒之語。

手暗不透風 使手段不露影響，即辦事嚴緊，密不通風。

尋分上 求人情為之道地。

府尹 宋為開封府尹，明置應天、順天，清置順天、奉天。始於漢之京兆尹。

門生 門生為仕宦者門下親侍之人。又座主、門生為師生之誼。

坑閃 謂坑陷與拋閃也。元曲金鑾《沉醉東風》，有「閃的人寸步難移」句，即遺棄之意。

三不歸 略如三不知，言始、中、終皆無歸宿也。

惹眼 引人注目。又作起眼。

監追 欠官款，羈押監獄而追比之。

呸 見元人劇本。《字彙》謂為相爭之聲，蓋當云爭而唾之之聲。《集韻》應作啡。

壓驚 即受驚後，人以酒食相慰，謂之壓驚。

貴降 問人誕辰也。《楚辭》，惟庚寅吾以降。即降生之日。自謙曰賤日賤辰。

勻臉 見溫飛卿詞。即時以脂粉飾面。宋王晉卿「燭影搖紅」詞，有「香臉輕勻」之句。

驢馬畜 即生字也。此為歇後體之俗語。原書玉樓戲金蓮道，今日是你個驢馬畜，言今日是其生辰也。

樣範 式樣與模範也。

執古 俗作古執，又曰固執。

知局趫趫 知趣也，識竅也，乘間即避去也。後文作翅趫（三十三回）。

關席 主位也。

金三事兒 女子衣襟上之飾品，即金製之牙杖耳挖諸零件。亦有五事兒。杜悰名之為鐵了事。見《清異錄》。原書謂金三事兒，亦係牙匙牙杖等物。或即因此訛傳。

汗邪 因出汗多而發邪也，明人俗語。《桃花扇》第四齣〈戲偵〉云：「俺阮大鋮也是讀破萬卷之人，甚麼忠佞賢奸，不能辨別彼此。既無失心之瘋，又非汗邪之病，怎的主義一錯，竟做了一個魏黨。」

宅眷 《東京夢華錄》云，宅眷（猶言家眷）坐車子，與平頭車大抵相似。朱德潤詩，問是誰家好宅眷。《輟耕錄》以宅眷對舍人。

內家妝束 即宮裝也。唐人謂宮人為內家。

翠面花兒 靨飾也，見《丹鉛錄》。上官婉兒曾受黥刑，後以翠花飾面，以掩其跡。

二主子快倉 俗語悛些，即催人速辦也。

架兒 原書有曲〈朝天子〉詠架兒云：「這家子打和，那家子撮合，他的本分少，虛頭大，一些兒不巧又說挪。繞院裡，都踅過，席面上幫閒，把牙兒閑磕。攘一回，才散火，賺錢又不多。歪廝纏怎麼，他在虎口裡求津唾。」據原書，架兒兩三成群，皆衣服藍縷，手拿三四升瓜子，各院走動。見熟人即打秋風，賞與一兩，歡然稱謝而去。

圓社 宋代蹴毬之社名。《事林廣記》載圓社「摸場」條云：「四海齊雲社，當場蹴氣球，作家偏著所，圓社最風流。」據原書，三個穿青衣黃板鞭者，先以鵝酒獻客，後在院中踢毬，客與妓踢毬作樂。有攎頭對陣之名。拗踢拐打之間，無不喝彩奉承。有不到處，即快取過去，在旁虛撮腳兒，等漏往來拾毛。

行頭 《揚州畫舫錄》謂戲具為行頭。《金》書謂踢毬技術之一種。

春扇 即聚頭扇也。短巧精緻，婦女所用者。妓女之舞扇，舍則藏於袖中。

踢圓 即蹴毬也。沈德符《野獲編·補遺》云：「洪武二十二年聖旨，學唱的割了舌頭，下棋打雙陸的斷手，蹴圓（即踢毬）者卸腳。」原書有〈朝天子〉曲云：「在家也是閑，到處刮涎。生理全不幹，氣球兒不離在身邊。有的時與紅裙作伴，有的時與紈綺幫閒。抛過去流星趕月，拾將來美女穿梭。花街柳巷，無非淫賤流娼，帽影鞭絲，盡是逐臭臧獲。今日再訣真箋片，要他口角假春風。」（原書記有許多蹴踘名目，不分注。）

牙牌 博具也。自一至六上下重之，共三十二扇。俗名骨牌。《牧豬閒話》載，張潮《混同天牌譜》謂創自宋司馬溫公。《正字通》以為宋宣和二年所設，高宗時頒行天下。

沉香 香料也，可入藥。

白蠟 產川黔。藥品。

水銀 產川粵。貴品。

胡椒 產於南洋，藥品。

倒插花 淫行也。雌來乘雄，男仰臥，而女據其腹相合。

川廣客人 四川兩廣販藥材之客商。

細貨 上品貴重藥材，如香蠟等物均是。

科兌 兌應作敓，見《通俗編》。科疑為秤字之誤。

行市 市價也。同行所議之行情。

勉子鈴 即緬鈴也。《談薈》及《粵滇雜記》均詳言之。淫鳥之精，以金裹之，其形如鈴，可助房中術者。見《辭源》「緬鈴」條。又《漁磯漫鈔》及他書皆謂鵲不停、石鍤，均此物也，而各異其名。

勉甸國　即今緬甸。詳《野獲編・補遺》。

爐　謂女子陰也。亦名曰鼎，皆道家採補之流，巧立之名目也。

內相勤兒　即太監左右之幹辦廝兒也。為宋元時語。

兄弟兒　即閩之契弟也。詳《野獲編・補遺》。好男色（明人諱作勇巴，見《磯園稗史》）者畜之如弟。又原書「又一人說陳敬濟倒像個兒弟」，亦即謂其為契弟。閩人好男風，自居為契兄。

奶子　乳媼也。明宮奶子，多封為夫人。詳《野獲編・補遺》。

故衣　售賣舊衣也。今名估衣。

趙錢孫李　百家姓（詳見《玉照新志》及《戒庵漫筆》）之首句。趙為國姓，錢為吳越王姓，孫李俱吳越貴族。此言不管是誰也，猶《曲洧舊聞》所述之張王李趙。

安磉　即起蓋房舍，先安石礎。

插艾虎掛符　皆點綴五月初五日之節景。詳《荊楚歲時記》等書。

解粽　此名甚少見，然意極易釋。僅李卓吾《焚書》內六言詩「士龍攜二孫同弱侯過余解粽」云：「解粽正思端午，懷沙莫問汨羅。且喜六龍下食，因知二妙堪多。」

小優　優伶也。

十八子　此「李」字之拆字格也。明末李自成未作亂，即有「十八孩兒飛上天」之謠。

東淨　謂廁也。《傳燈錄》載趙州諗謂文遠曰，東司上不可與汝說佛法。按，禪林掌廁所之僧曰淨頭。

三十腔　《雍熙樂府》卷十六載此詞。「竹坡本」悟作十三腔。此亦曲調之名。

匾食 北方俗語，有「黨太尉吃匾食」，謂水餃、鍋貼之屬也。《崇禎宮詞》注，翊坤宮近侍劉某善製扁食，則明時已有扁食之名。（津人謂狎孌童曰「吃元宵」，謂御婦女曰「吃扁食」。）

南酒 今謂紹興花雕為南酒。

覺道 即覺得知道之意。

解趣 知趣也。

幹營生 金主海陵王荒淫，謂交合曰幹事兒。此言幹此生活也。

沾身 此言婦女與人沾染也。

砢硶 亦作砢磣，有使人難堪之意。今北方仍有此語，讀作苛剩，其意為不體面也。硶應作磣，上聲，元曲恒見之。如不害磣，即不可惜也；磣可哥，即砢硶也，應作砢磣，即言人之村沙，令人齒磣也。《越語肯綮錄》：人訾物之醜者曰堪，或詢之，曰堪者不堪也，反語。今觀《隋韻》，知為頷（讀讖上聲）字。按可頷即砢磣也。

冤家 見《朝野僉載》、《道山清話》有「夙世冤家」。沈和甫有「歡喜冤家」曲本，元曲中亦恒見之。另有六義，詳《堅瓠四集》。

暖酒 即卯飲也。

南牢 即刑部監獄。

枷號 枷號示眾也。古代對犯罪之人，所處囊頭之刑，所以辱之也。

三法司 三法司，即刑部、都察院、大理寺也，因其同班值日。降及清季，官制既改，法部、都察院、大理院仍同班值日。

孔目 官名，掌句稽文牘。宋時內外衙署多置之。

邸報 即閣鈔也。為報紙之始，與今政府公報同。

平白 白猶言空，見《演繁露》。平白地，即忽地。原書又作平日解。

人牙兒　小兒也。此言人星兒。如不見一人，則曰不見一個人影兒，即此意也。

飲馬　北人飲讀作去聲，與寢韻異。

骨蒸　癆瘵也。

屬纊　本於《禮記》。今謂將死也。

金諾　季布一諾勝千金。

冰人　媒人也。《晉書》「索紞傳」，有冰上人冰下人語之事。

交歡盞　合巹時飲交杯酒。

招　招贅也。俗謂倒踏進門。

白米五百石　明孝宗時，太監李廣有罪，自殺，上命搜廣家，得納賄簿。有某送黃米幾百石，某送白米幾千石。上曰，廣食幾何，而多若是。左右曰，黃米金也，白米銀也。上怒。《金》書明人所作，白米五百石，即銀五百兩也。猶一千一方，為劉瑾用事時，賄賂之隱語也。

揭帖　見《通雅》。後謂啟事。

言官　給事中、御史等主諫議之官。

秉筆　即執筆也。明有秉筆太監。

祇候　官名。見《宋史・職官志》。此言隨侍左右之人。又有祇應人之目，即隨從也。

書辦　書吏也。

家人　隸僕也。明代官吏墨敗，多由家人壞事。如嚴嵩之家人嚴年，士大夫呼為「萼山先生」者，最黠惡。後錮獄追贓。

班頭　謂一班之長也。今衙役有快班，拘捕人犯者，其首領為班頭。

魚籃會　即盂蘭盆會。世俗七月中元日放焰口之謂，詳《通俗編》。

過世　《晉書》苻登載記，「陛下雖過世為神」。此言人死，即逝世之俗語。

起解　即今俗之招架也。武術之術語。

跳馬索　按《帝京景物略》，元夕二童子引繩略地，如白光輪，一童子跳光中，曰跳白索。或云百索，訛。陳其年有〈蝶戀花・紀豔〉十首，〈跳索〉云，「涼夜金街天似洗，打疊銀篝，薰透吳綾被。作劇消愁何計是，鬟絲扶定相思子。對漾紅繩低復起，明月光中，亂捲瀟湘水。匿笑佳人聲不止，檀奴小絆花陰裡。」今日兒童猶有為此戲者，名曰跳繩。

跳白索　《酉陽雜俎》，婆羅門八月十五行像及透索為戲。《留青日札》云，今小兒兩頭曳索對挽之，強牽弱者而撲，以為勝負，喧笑為樂。即唐清明節拔河之戲也。見《金坡遺事》。與白索不同。

沒槽道　河流有槽有道，否則橫流氾濫。即不受規矩或不循軌道之謂。

由頭　因由緣由之起頭也。

煞氣　或作殺氣，或作散氣，即出氣也。又有遷怒之意。如受人之辱而不敢報之，摔杯擲碗，以消散此氣。今人輒曰殺氣，謂其怒氣因而稍殺（殺字應從手從殺）。原書中有時寫作煞氣。

年程　時代也。謂一年之過程，即一時也。

使著手　謂正做著事也。

抹牌　即抹骨（或以牙製）牌也。原書記有甚多名色，可與《紅樓》牙牌令參看。

知寨　管兵營之官。

上樑　古有上樑文。起於六朝。

掛紅　喜事，親友咸來掛紅賀喜。蓋造房舍，則於上樑時由工匠掛紅樑上。

達達　前作〈達達考〉，分期刊於《風月畫報》，第一卷十六、十七及二十一期中。茲摘要如下。按，達達在元代為尊稱，在後世為昵語。

元太祖、太宗皆自稱達達。如「那裡將塔陽母古兒別速來，成吉思說，你說達達歹氣息，你如何卻來。成吉思遂納了。」（見元秘史）。又「若要廝殺，你識者，皇帝大國土裡達達每，將四向周圍國土都收了。」（見蒙古太宗致高麗王之牒文）。《金》書月娘則只呼親親（見二十一回）。金蓮、蕙蓮等人前呼爹，枕席間呼達達。第二十回中詮釋甚明。小玉調瓶兒道：「昨日朝廷差四個夜不收，請你往口外和番，因你老人家叫的好達達」。《綠野仙蹤》「鬧淫聲吁喘呼親達」，可知其為枕席間昵辭矣。此語想由韃靼轉音如此。解者皆云爺爺之別稱。蒲留仙之「東郭外傳」鼓詞，有「好他那喪德敗行的小達達」句。亦只用一達字，如「齊婦開口叫，叫聲孩子達。」意亦解為父稱。但據《乘光舍筆記》，言「明季及國初人多稱滿洲人為達達。」其注云，「即韃靼。明葉盛《水東日記》，所云達達試馬駒生百日後，以騍馬置山巔，群駒見母奔躍而上，一氣及巔者上也。達達即指滿人。其他載籍可證正尚多，今不備引。」蓋轉音也。或即以達達試馬以矯捷雄健而震驚其為人，而為男子之稱，涵有親昵褻玩之義。普通以之稱父，在昔含有佻倢，至蒲留仙時已稍莊重。蘇州土語謂舉止浮蕩之人謂騷達達（亦曰達子），亦因元代蹂躪中國，為婦女怨恨之聲云。

摑混　擾人清夢之意，即攪弄也。此北方俗語，摑字疑是[扌圂]字之誤。

隔山取火　行淫姿勢之一種，即反接也。

怪刺刺　與臊刺刺同，即詞曲中之羞人答答也。

尚氣　與人生氣也。俗語如此，或作上氣。

走瀼　飄忽不定也。應作走滾。

草裡蛇 此為諢號，言其陰毒。俗有打草驚蛇之諺。

過街鼠 亦諢號，言其膽大。流俗有過街老鼠之語，即承過街兔而訛。

南瓦子 宋代倡伎住所。杭州有瓦子巷，亦名瓦子鉤欄。南宋紹興時，臨安自南瓦至龍山瓦，凡二十三瓦。見《南宋市肆記》。

搗倒小廝 詳《野獲編》「俗樂有所本」條下。亦作倒喇，詳見《辭源》。即今雜耍。

開果子鋪 謂被人毆打，頭面累累有傷。

眾生 見《莊子》。此佛經一切眾生，謂有生命者。俗讀眾如終。

戲藥 房中藥也。又作耍藥，或曰春藥。

景東人事 景東即孟艮，在緬甸。俗呼「觸器」為「人事」。三五十年前香粉店、荷包店有售廣東人事者，俗呼為「角先生」。按「人事」疑是「人勢」之訛傳。王世貞《史料後集》載：「世蕃當籍，有金絲帳、金溺器、象牙、廂金觸器之類，執政恐駭上聞，令銷之。」可知明中葉奢淫之風，此器已盛行矣。

美女相思套 淫器之一種，與今風流如意袋同，但非為預防染毒，專為助情媚內者。帶刺高棱，取悅於女。

蠟槍頭 《西廂記》，銀樣蠟槍頭，謂徒有其表，毫無實用也。

冰片 即龍腦，一名梅片，一名婆羅香。

串鈴 走方郎中，搖串鈴，賣草藥。

撒野 謂舉止粗鄙也。又撒野火兒，即發酒風，或胡鬧非為。

仰八叉 小說中又作仰巴叉，謂仰跌於地。

洋溝 羊溝，或作陽溝。

債樁 負債之人。即善於賒欠，負債累累者之謂。

西山五舍　佛家道場。

開交　俗語不肯開交，言交涉不能離開。此言分開交情也。

潑水　即覆水難收之意。嫁女及出柩，皆有潑水之舉。

投壺　古燕飲時相與娛樂之事，見《禮記》。原書二十七回有許多名目。

出恭　明試闈中，出入有牌二，曰「出恭」、「入敬」，防士子擅離坐位。士子通大便時，恒領此牌。此諱言入廁。

下氣　即低聲下氣。

腳帶　即婦女纏足之布。一名腳紗。

上吊　自縊也。

下馬威　見李漁《蜃中樓傳奇》中。小說中亦常見，謂官初下馬而立威也。

不順臉　翻臉無情也。

貓兒頭差事　《元典章》，大德十年，杭州路陳言有等結交官府，遇有公事，無問大小，悉奔投囑託關節，俗號貓兒頭。《留青日札》，今言人之幹事不乾淨者曰「貓兒頭生活」，又呼罵達官家人亦曰「貓兒頭」。蓋起於是時。

行鬼頭兒　做不正當之事。

糟鰣魚　以紅糟香油攪拌，盛瓷瓶內，儲以佐餐。此種食品，見《三風十愆記》「飲饌類」。

九鳳甸兒　婦女首飾之一種，墊襯髻根者。俗名墊根兒。

分心　疑即挑心。婦人頭髻，隆慶初年皆尚圓褊，頂用寶花，謂之挑心。

鬼推磨　俗諺「有錢買得鬼推磨」（《治世餘聞》對「無力卻教人頂缸」），詳見《幽明錄》。

小便益　邵康節詩，「落便宜是得便宜」，石曼卿反其語，見《通俗編》。寒山詩、李涉詩、

《傳燈錄》皆作便宜。

鱉　今俗作彆（方結切，弓戾也）。應作癟（蒲結切，乾枯也）。分詳《通俗編》。

花麗狐哨　《雍熙樂府》卷一〈醉花陰・慕戀四門子〉起句：「你道我每日花胡哨」，即粧扮得花花麗麗也。俗語有「花麗胡哨」。《吳騷合編》及《紅樓》作「花胡哨」。《老殘遊記》二集寫作花裡胡紹，可作紅綠模糊解，可作顏色紛華解，亦可作「花哨」。原書有時作「花花黎黎」。

兩面刀　元李行道曲，有「兩面三刀」之語，謂兩面討好也。李義山《雜俎》，「愚昧之人，三頭二面趨奉。」《涑水家儀》云，凡女僕兩面二舌，虛飾造讒者，逐之。

抿子　掠髮之物。

惜薪司　明代內官四司之一，掌宮庭薪炭之事。今古都尚存此地名。

夜不收　軍中之探諜也。詳兵律條例。《水東日記》、《直語補正》皆詳言之，言其雖夜中亦工作不歸。如軍中善走者名「一把雪」也。

口外和番　即以美女與外國婚媾之謂。始於漢之和親。今俗有昭君和番之語。

笑樂院本　如今說像聲，逗哏取笑也。院本為金元戲劇，謂見原書三十一回。

拜見錢　即贄金也。俗名見面禮，長輩給與晚輩者。元末官吏貪污，其問人討錢各有名目，如拜見錢、追節錢、生日錢、常例錢、人情錢、公事錢等。覓得錢多曰「得手」，見《草木子》。

揉廝狗　應作獶（奴刀切，犬惡毛也）獅狗。

儀門　應作誃門，見《通俗編》。

好好先生　《譚概》：「後漢司馬徽，不談人短。與人語，美惡皆言好。有人問徽安否，答曰好。有人自陳子死，答曰大好。妻責之曰，人以君有德，故此相告，何聞人子死反亦言好？徽曰，如卿之言亦大好。」今人稱「好好先生」本此。《通俗編》按曰：「《後漢書》本傳云佳，此易為好，非典則，然俗語實由此也。元石君寶〈曲江池〉曲，有『好好先生』四字。」明人俚語集對，以「花花公子」對之。

門面　鋪店之門，多加裝飾，謂之門面。名見《夢粱錄》。

解當鋪　典質之肆。唐宋之世，皆僧寺為之。古名解庫，今之典鋪。

麗春院　妓館名。《雍熙樂府》卷二〈端正好·憶美妓〉，有句云：「莫不是麗春院蘇卿的後身」。原書云：「麗春院粉頭，供唱遞酒，是他的職分。」

調詖　今俗作調皮。

相公　詳見《辭源》。此為老秀才之稱。

蠻子　元人喚宋人曰蠻子，鄙視之詞也。稱宋人曰南蠻，乃遼金之遺俗。後世稱南方人皆曰蠻子。

架橋　應作架喬，即架詞搪塞也。

吃齋　吃素，齋戒也。佛教之風，始於唐，盛於宋。

拜斗　周瑜傳，「命道士於星辰下為之請命」。即禳星斗也。

焚夜香　比丘欲食先燒香唄案，法師行星定坐而講，所以解穢流芬也。夜靜焚香祝告，俗有鶯鶯燒夜香。

回心　遼蕭後以諫獵見疏，作「回心院詞」以寓望幸之意。今有回心轉意之俗語。

三光　謂日、月、星。

臥兔兒 女腦包臥兔帽沿。

荊山玉 卞和得玉於楚荊山。

封皮 封條之俗名。

求歡 求歡會也。即求牡求凰之意。

撈定兒吃 知足也。即吃現成飯之俗語。

中風 病名，即中風不語。

妝台 梳粧台也。

香雲 謂婦女髮。

久慣牢成 元曲無名氏〈滿庭芳〉，有「小牢誠近日鋪謀大」一句。此怨罵之詞，如冤家、可憎才、喬才之類。《金》書中之久慣牢成，即言其為不伶俐勾當（元曲謂婦人有外遇者）之老手也。若金蓮謂陳敬濟久慣牢成，則言其風流老手。按此語與「習慣成自然」意同，言歷久成習也。

買乖兒 今吳語有學乖之說，即吃虧之反詞，與取巧之意相同。

好自在 任意也。見《漢書》「王嘉傳」。俗言好舒服、好愜意相同。

懶龍伸腰 謂久臥欲興也。

銀香球 貯香薰衣被者。《留青日札》載，今鍍金香毬如渾天儀，其中三層關捩，圓轉不已。置之被中，火不覆滅。即《西京雜記》言巧手丁緩所作者也。又有以奇香異屑製之者，亦名香毬，乃舞人搏弄以為劇者，故白樂天詩云，「柘枝隨畫鼓，調笑從香毬。」又云，「香毬趁拍回環匝，花盞抛巡取次飛。」按，香毬一為盛香之物，一為搏香之丸，凡二種。

彈 卵也。今作蛋，或書作疍。臉蛋子，原書皆作臉彈子。

等子 權斤位以下分厘小數之衡器。一作戥子。李方叔《師友談記》作等子，一名銖秤。等者別金銀等次立名，古有玉等子。見《通俗編》。

沒時運 時運見班彪賦，謂其時之運數也。此即時乖運舛之意。

六月日頭 言夏日可畏。亦有遇到之時。俗語日從西出，言決難遇到之事也。

綁著鬼 如鬼附身之意。

骨禿 即骨頭。陳太師敬瑄，愛姬徐氏，其父寄詩，「深宮富貴事風流，莫忘生身老骨頭。」

耶嚛 驚訝慨歎之起語助詞。

落錢 即賺錢之意。從中落得己囊。

萬年草料 詈人之食祿也。比為驢馬之草料，萬年者言其萬劫不復，永為畜類。

裝憨打勢 裝憨兒，見「飛駝子傳」。俗語謂假作癡騃。打勢（越諺云雞鴨孳尾），此作胡作威福解。

老林 謂其木木然。猶今人之「阿木林」。

胡枝扯葉 牽扯不清也。

打軟腿兒 僕役一腿微曲行禮，謂之打跧兒（後文書作打僉兒），又曰請安。滿洲俗。

合拍 學曲者能諧音樂之拍奏。

法郎 即珐瑯瓷也。景泰藍多珐瑯質，古本皆作法郎，即法郎機之省。明代與海外通貿易，多得法郎物。古代多稱舶來品為法郎貨，亦作佛郎機。

改腔兒 謂食言也，故以腔調更改為言。即俗云「前言不對後語」也。

監生 入國子監肄業者。

參政 宋官名。明於各布政使置左右參政。

死告活央 婉懇苦求之意。

遊營撞屍 一作遊魂撞屍，謂行蹤無定也。

說砂礓語 言中有刺。

撅　或作蹶，一怒而他往也。

唱門詞兒　下等娼妓倚門歌曲以引遊客。

翅膀毛乾　即羽毛豐滿，可以高飛。

攘刀子的　詈人為殺材也。

葷笑話　謂說撒村之笑話。

外郎　即員外郎。古醫官非大夫即外郎。按，古官名漢有議郎、郎中、中郎，其散郎為外郎。

六房　吏、戶、禮、兵、刑、工為六部。外府有六房，詳《文獻通考》。政和初改各州推判參軍為士、戶、儀、兵、刑、工六曹掾。

做證見　《紫薇雜記》，老蘇嘗謂學士作文，引證事實，猶訟事之引證見。

打探子兒　潛來偵探者。俗呼探子。

鋪謀定計　按圈套，紮火囤也。

撮弄　《通俗編》云，即手技也。

回爐復帳　出而復入曰回爐，復帳即算帳也。此言重拾舊歡。

外四家兒　言非直系親屬也。

磨趄子　盲目者行動遲緩也。今吳語猶有摸蛆之音。

嘴抹兒　善於語言也。

跳板兒　即木腳道也。

通判　官名，宋明皆設之。

龍江虎浪　謂善於興風作浪也。

嘲漢子　言婦女之輕薄者[28]，喜與男子調笑。

弄刺兒　俗語也，即誂鼈也。義為譸弄人。

素手　即空手也。不能以錢財贈人，自慚素手。

胭脂錢　贈婦女之金錢，美其名曰胭脂錢，猶脂粉費也。

靈聖兒　未得確解，疑即魂魄也。越諺謂塑佛必

28 按：者原作著。

藏靈聖，喻聰敏也。故有通靈聖之語。

不三不四 語本《莊子》「朝三暮四」，言其不正也。古人好以「三」、「四」為語，如俗說有「說三道四」，「張三李四」，皆謂非一是一二是二也。

邪皮 外表之不正者。皮即皮相也。古詩「妍皮不裹癡骨」，亦言外觀之美也。癡亦作媸。

業罐子 不言飯碗，而曰罐子，亦俏語也。比之為乞兒以罐討食。業，即釋氏所謂惡因也。故原書「金蓮道，調戲我這丫頭，我知道賊忘八業罐子滿了。」

倒運 即運去也。與倒灶、倒霉參看。

樂工 即吹彈教曲之人。此為教授人家婢女者。

養身父母 僕役感主人之恩，輒作此語。

三茶六飯 言款待優渥，每日有三飲六食。

辣手 古格言，「苦心未必天終負，辣手需防人不堪。」又古句，「鐵肩擔道義，辣手著文章。」即毒辣之手段也。

柴禾 今俗作柴火。

納鞋 製鞋底曰納鞋。

錫古子 錫鼓子，即有蓋之錫大碗公。

十輪酒 輪流作飯飲之主。

你每 北宋時作你懣，南宋時別借為們。見《愛日齋叢鈔》。元明時你每即今之你們，見《指南錄》。元雜劇皆用每。又文書上作你門。

六安茶 《援鶉堂筆記》載之甚詳。霍山所產，一蕊尖；二貢尖，即皇尖；三客尖；四細連枝；五白茶；六門茶。舊例於四月八日進貢之後，乃敢發賣。

獵古調 謂行走之態也，如一陣風之類。然未得確解。疑是鼉答鼓之聲調，謂履聲橐橐也。

伴當 猶言奴僕，亦曰伴檔。甘肅、安徽均有此名。徽州、寧國等處，伴當謂之細民，猶墮民不與齊民齒。雍正五年豁除此俗。

擲骰　即古投瓊之戲也。原書記有名色甚多。

打競　寒澿（噤）也。費冠卿詩，入林寒瘁瘁。越諺作發寒澿。

冷鋪　卑田院之類。貧苦者寄宿之所。

寒冰地獄　大論言一名呵羅羅，一名阿婆婆，皆像其寒顫聲。

秋胡戲　歇後體，即「妻」之隱語。元曲有〈秋胡戲妻〉之齣。

意中人　陶詩「念我意中人」。宋有「張三中」，即心中事、眼中淚、意中人也，見《古今詩話》。本謂意中所思戀之人，《金》書指為姘婦。

鬼胎　謂心中有不可告人之事也，與婦女遇怪異受孕異。

合汁　不知何種飲料。原書謂盛在銚子裡，拿大碗盪來吃。想為魚肉雜物之湯，非豆漿也。嗣有山東人言，謂今之煮火燒猶名合汁。然三四分銀子盪兩碗，似不能如此之貴。

印子鋪　《津門雜記》有「印子錢」之記述，此即當鋪也。放債曰印子。

睡鞋　昔纏足婦女臨寢必易軟底睡鞋，以防纖趾鬆弛，更因劙襪有欠美觀，著此取媚於枕席間。

裹腳　即纏足帶也。古詩「新羅繡行纏，兩足如春妍。」《秘辛》「約縑迫襪」，均言足帛，又名腳帶。

歪蹄潑腳　言婦女纏足之非窄小周正者。原書中亦詆為「歪剌骨」。

展污　《牡丹亭・驚夢》，「淫邪展污（即玷污也。又作點污）了花台殿。」言染滿不潔之謂，即俗語弄得醃臢。

拾掇　北語，即收拾也。

大綱兒　提綱之意，不苛碎也。

大滑答子貨　謂胸無一物，些子不能容存者。又謂健忘之人。

香桶子　是婦女佩物。盛以錦囊，或製為香袋。又有香餅子一種，投諸爐中，以薰衣被。南宋即已盛行，夷人以薔薇露灑衣送蔡卞。明代以重金購古喇水灑衣，因比時無香水也。《宋史》：「占城……有薔薇水灑衣，經歲香不歇。」

雕佛眼兒　謂重視其事也。

丈人　謂妻之父也。泰山有丈人峰，故亦稱泰山。《漢書》有丈人行，即云尊長，不作婦翁解。

提精細　小心謹慎。

搭頭　婦人出門以巾搭頭，故謂搭巾為搭頭。臨睡時亦裹帕於首。

走百病　《荊楚歲時記》，燕城正月十六夜，婦女群遊，其前一人持香辟人，凡有橋處，相率以過，名走百病。

炮燂　即爆竹也。一名爆仗，又曰爆竿，亦作[29]烌爗。

放花　放花炮也。為點綴上元之景物。原書列許多名目。

觀音八難　佛家語，謂難於得道者有八。此或觀音木難之訛。俗有「三災八難」語。

關聖賢　關壯穆也。元人以菩薩聖賢並稱。滿洲稱為關瑪法。

㿓瘑　即駝背之人。二字不見字書，俗作鑼鍋，亦作羅鍋。或即羅我二字之訛。陳孚「安南即事詩」，「羅我背拳狐」。注象背上

[29] 按：原文有二「作」字，顯為衍文。

施鞍輿几座。《札樸》作⿺几盧⿺几雚（音鍋），謂腰曲也。

兵馬都監　官名，宋置。詳見《辭源》。

撾子兒　詳《帝京景物略》。《紅樓》作抓子兒，注曰，北人堆杏核數十枚，為閨中兒女抓擲（且拋且拾也）之戲，謂之抓子。

清淨姑姑　謂守身之閨女也。

擠兒　即擠兌也，受人排擠之意。又作拼命解。

燒燈　《舊唐書》，開元中以二月望日，連夜燒燈。即今放花燈也。

身上喜　言處女破瓜時之元紅也。因處女膜初破，必有猩紅一點，俗名曰喜。古時以此驗女子之貞操。

鞦韆　即秋千也。《詞話》有「秋千雖是北方戎戲，南方人不打他。婦女每到春三月，只鬥百草耍子。」竹坡評本刪去此節。

鬪百草　見《荊楚歲時記》及《歲華紀麗》。為五月五日之戲。白居易、劉禹錫詩皆詠之。《紅樓》亦有鬥草，今不拘於端午為之。

過稅　即過關納稅。

白眉赤眼　京師詈人語，詳《野獲編》。娼家奉之，其狀正同。京師詈人曰「白眉赤眼兒」，必大恨。按劉曜生而眉白，目有赤光，究不知倡家所供果何神也，但相傳為老郎神，祀之不但可獲厚利，雛妓不致弱顏，罔識羞恥事。或訛二郎神。按，老郎神詳於《京塵雜錄》中，與白眉赤眼者並非一神。

吊子曰兒　即調白也，謂打謊語。今俗語有「說謊吊（應作調）白」之言，調白為惡黨局騙財物「七十二局」之一，按即以假易真也。

左話兒　元曲恒見「左話兒右猜」，即指東說西也。

海罵　大概，北語謂之海蓋，此即一概而罵也，所罵者廣，如海之無涯際。

認犯　承認而相犯。

揚州鹽商　納徵額於官，官給票引，鹽由之專賣。

安撫使　官名，始於隋唐，至宋遂為帥司之職。掌一道兵民之政。

窩主　謂窩存盜賊及其贓物者也。

甘州　府名，屬甘肅，今張掖縣。明置陝西行都指揮使司於此。

查子帳　碴子帳，言帳裡有碴子，非純淨之帳也。

弄磣兒　今故都猶有此俗語，曰弄查兒，言作弄也。

揭條　《詞話》作揚條，誤。即播揚人之陰私，或訐發己之秘伏也。

頭髮殼子　義髻也。為貧苦婦女所戴者，即今馬尾髻。其身分較高者，俱戴銀絲鬏髻。今俗北方有所謂「狄狄」（評戲有《借狄狄》一齣）者，即銀絲鬏髻也。大家姬妾，雖老不得戴。

生辰擔　《水滸》作生辰綱。

轉了靶子　謂主意改變也。如船之因風轉舵。

謊神爺　即慣於說謊之人也。如言「脫空祖師」之意。

九尾狐精　六朝時人李邏注「千字文」：周代殷湯，言妲己為九尾狐。許仲琳撰《封神演義》，以妲己為九尾狐精，本此。言婦女以妖媚惑人也。

迷魂湯　言婦女以柔媚之言行惑人也。《寄園寄所寄》載，宣府都指揮胡縉有妾死後，八十里外民產一女，生便言「我胡指揮二室也」。又言「死者須飲迷魂湯，我方飲時，有一犬過，踣而失湯，遂不飲而過。是以記憶了了」。

冬夏長青　言如松柏之茂盛。

交趾[30]　地名，指五嶺以南一帶地而言。

長俊　一作長進。

雅相　古俗語有寒乞相、乾淨相之說，本佛之三十二相，及壽者相而孳乳。此言其相尚雅，即不難看也。與「惡模樣」適相反。

腳步錢　此專指酬勞差役之費，而美其名曰腳步。

流沙河　地名，在今昌平州。此與徐州不相及也。後文又與星宿海並舉。

劊子手　伍伯也，專業行刑。俗謂善於害人致死者亦曰劊子手。

絕戶計　滅門滅戶之毒計也。言其害人不為留一些餘地。

老爹　明代此稱甚為尊重。《寄園寄所寄》引《座右編》云，世俗子為官，稱其父為老爹，並舉萬拙庵事為證。《柳南隨筆》（乾隆時人王東序）云，明時縉紳惟九卿詞林及外任司道以上稱老爺，餘止稱爺。鄉稱老爹而已。

走口　言不能守口。

尋趨人　一作尋趁人，即相逼迫也。洪覺范詩云，「富貴功名苦尋趁」。

打旋磨兒　急則周旋於人前，如驢之轉磨。

巡撫　官名，明設，詳見《辭源》。始於洪武辛未敕遣皇太子巡撫陝西。

打網　原書將宋仁拿到縣裡，反問他打網詐財，言其做成圈套圖賴詐財，如漁之結網，訛詐取利。

風車　即風扇也。

肥皂　靧面時用茉莉花肥皂。昔衛玠盥面用化玉膏及芹泥。肥皂之製不知始於何時，明代已盛行。

30　按：交原作跤。

親親　夫婦相昵之詞也。王安豐婦云，親卿愛卿。按「親親」作親戚解，見《宋書》「王鎮惡傳」及《魏書》「房景遠傳」。男女相愛之稱，應作「親卿」。

心肝　今俗於親愛至極者，呼為心肝。本於「隴上歌」，「愛養將士同心肝」。

代板　即按拍也。

咬蛆　即嚼蛆也，為詈人胡說之語。

躲滑兒　即乘間偷懶。

發訕　即好訕也。

摭囂兒　遮掩也。即「王顧左右而言他」之意。

當方土地　俗有[31]「當方土地當方靈」之語。今凡社神俱呼土地，塋旁所祀為后土，詳《通俗編》。

倘倘　即躺躺二字，謂小睡也。

倒入翎花　行淫之一種姿勢。

投肉壺　名「金彈打銀鵝」，私處箕張，以玉李遙擲之，如投壺者然。

花心　明遺老詩曰，「花蕊原同女子陰，雌雄二蕊各分明。勸君切莫人前弄，草木寧無羞恥心。」佛經名女陰曰花宮，或云花心為陰核，原書即指此。或以花心指子宮，如《控鶴監秘記》，「昭容花心穠粹」。

香閨聲嬌　《詞話》作「閨豔聲嬌」，房中藥也。《北戶錄》言紅蝙蝠收為媚藥，此藥敷於下體者，與內服藥不同。

牝屋　原書謂「牝屋者，乃婦人牝中極深處有屋如含苞花蕊」，按此為子宮頸也。《今古奇觀》第三十九卷，「丹客提金」一回，有「精穿牝屋」之句。

---

31 按：原有二「有」字，顯為衍文。

老和尚撞鐘　行淫姿勢之一種。雙腿高蹺，以帶懸足於上，將臀離空。

硫黃圈　淫器也。套於男勢之頸，為御女時研磨，俾女得快感。

拭帕　用於穢褻處之巾帕，即呼為「陳姥姥」者是也。嚴東樓之淫籌亦即此物。

搪溜子　延捱遮飾之俗語，古有鯽溜之語，即躲滑也。

新月蓮花　謂纏足婦人所御之繡鞋。語見《嬌紅記》。

驢肝肺　謂畜生心腸也。

鞋拽靶兒　即小腳鞋後跟所釘之拽拔也。又作葉拔，其形如葉。

七個八個　此吳中俗語，謂不清不白也。與俗語「一是一二是二」適相反。

女番子　《明史》「刑法志」，番子無不奸詐百出，此言婦女之奸詐者。按，「番子」為滿洲之司巡緝者。桁楊箠楚，皆出其手。見《黑龍江外紀》。

淮安　府名。宋置州，元改路，明為府，今淮安縣。

千戶　官名。元置，明因之。為衛所之官。

打張雞兒　佯推不知。後文又作打張驚兒。

臭蹄　罵纏足之婦女，或婢媼之纖趾者。小腳鞋亦罵作臭蹄子。

不當家化化　《帝京景物略》作不當價，如吳語云「罪過」也。《紅樓夢》廿八回，「王夫人聽了道，阿彌陀佛，不當家花拉的。」注曰，「北人俗語為輕慢造孽。」《兒女英雄傳》亦同。

掠　北方語作扔，即棄去也。

傳代　遺傳於後代。

陰山背後 謂人跡不到處。

永世 世界永久。

超生 超脫惡趣，往生淨土。

鞋扇 即未製成之鞋幫。

十樣錦 孟氏在蜀製「十樣錦」箋，見《新異錄》。湖船有「百花十樣錦」等名，見《夢梁錄》。

早辦 今吳俗清晨相見，首相問訊，即曰「好早辦」，言甚早即工作也。

雲頭子 鞋頭雲朵以金為飾。

後生 本《論語》「後生可畏」。鮑照詩作「後生子」，越諺作「後生家」，謂青年之人。

禍弄 攪亂禍害。

摭羞 即遮羞。

子平 《已瘧編》：「談星命者惟子平多中」。傳宋有徐子平（名居易，五季人）精星學。後世術士宗之。

麻衣相法 麻衣道者陳圖南，善相面。後有袁柳莊。

六壬神課 《晁氏讀書志》，「六壬課鈐一卷，未詳何人所纂。以六十甲子加十二時成七百二十三課，以占吉凶。」

纏手縛腳 詳見《續金瓶梅》「揚州養瘦馬」一節。幼女不但纏足極小，臨睡時用紅汗巾將手封住，又用絹搊兒將下體搊的緊緊，不許夜裡走小水。

邏楂兒 即吹毛求疵，尋事生風也。

螺鈿敞廳床 即碧紗櫥。

定粉 原書茉莉花蕊攪酥油定粉，敷面塗身以求光澤。

拾兒 言拾得之小兒，即棄子為人收養者。

浴板 橫置浴盆上之板也。因纏足婦女澡身時，兩足纏裹，不能入水，坐浴板上而浴。

麈柄　玉柄麈尾喻男子勢，象形也。《紅樓》「夢兆絳芸軒」，亦以隱寓此物。

失張冒勢　一作冒張失智。即今俗語之冒失。

丁嘴鐵舌　言口舌不肯饒人。

評話　一作平話，分詳《辭源》，即說書也。

員外　本員外郎也，後俗稱財主富翁為員外，不必實有此官。如徽俗稱人為朝奉，明代稱人為舍人，後世尊人之父為封君，成為有財勢者之尊稱矣。按員外者，謂在正員之外，大率依權納賄所為，與今部曹不同。故有財勢之徒，皆得假借此稱。

鹽運司　官名。宋有提舉茶鹽司，明代有鹽運使。

勘合　半印勘合也。加蓋騎縫半印，以憑校勘對合。明邊戌[32]調遣用勘合，詳《通俗編》「政治・騎縫印」條。

空名告身　即空頭委札。原書「太師道，『昨日朝廷欽賜了我幾張空名告身札付，』……即時僉押了一道，將西門慶名字填注」。唐制，奏授判補之官，皆給以符，謂之告身，猶今之補官文憑。其後封爵太濫，如後世之獎札功牌，亦曰告身。《通鑑》：至德中，「大將軍告身[33]，才易一醉。」

金吾衛　古之執金吾，後為禁衛之代詞。

錦衣　明時人稱錦衣衛（詳《辭源》）官為錦衣。陸炳領錦衣最久。

驛丞　官名。司驛站之事者。其錢糧夫馬仍歸印官管理。

32　按：戌原作戍。

33　按：原文作「告身一通，……」。

札付　凡不降敕者，皆用札子。政府行下之公文也。

鄆王府　鄆王楷，為宋徽宗之子。

校尉　明錦衣所隸衛士。

臨月　即懷胎足月，行將臨盆時。

老娘　世謂穩婆曰老娘，見《輟耕錄》。今俗呼之為姥姥，即收生婆也。《詞話》有蔡老娘詞，窮形盡相。俗本刪。

風火事　本言失火也，此言婦人分娩，亦屬急事。

下象蛋　謂生子也。俗又有生龍蛋之語。

剷劃　梁伯龍之「商調・山坡羊」曲作「擺劃」。元曲一作擘劃，見《太和正音譜》。擘畫，出《淮南子》，見《困學紀聞》。

黃花女兒　謂處女也。金虜海陵王小說，有「黃花女兒做媒，自身難保」之諺。《西青散記》有「黃花女兒夢中嫁」句。或云黃花女兒謂過摽[34]梅而未嫁者，如黃花之晚香。按，金針菜，一名黃花菜，針與貞音諧，言其為貞女也。明人之「俚語集對」，以黃花閨女對白木監生。

搶命　或作奔（仄聲）命，言疾走也。

磕牙　傾跌於地，往往磕掉門牙。《紅樓》寶玉見賈蘭逐鹿，亦戒以此語。此詈飛奔疾走者。

坐草　《淮南子》云：孕婦，將就草之婦也。《七修類稿》云，今謂臨產曰「坐草」，本陳仲弓事。

定心湯　以龍眼肉蒸之成汁，與米湯和飲。

洗三　生兒三日作「洗兒會」，謂之洗三。見《夢華錄》及王建、蘇軾詩。

暗房　產婦之房。謂有血腥，能衝旺相。今俗產

34 按：摽原作標。

女為暗房，須避而不入，生男則否。

腳硬　腳跟硬，謂生有來歷，富貴隨之。

五花官誥　命婦之誥封。

七香車　畫輪四望通幰七香車，命婦所乘，華貴之車也。

手本　明萬曆間，下官見上官，其名帖以青殼粘前後葉，中用綿紙六扣，稱手本。門生見師座，則用紅綾殼為手本。

通天犀　宋人競貴通天犀。《梵天廬雜錄》、《骨董瑣記》，皆記之甚詳。

小郎　此言變僮也。

行款　行市與款式也。此言價值。

招宣　招討（或招安）宣撫之使。

符兒　即借據也。以契約隱語為符，言能拘錢神、孔方兄。

寫字的　書手也。

保頭錢　居間作保者所得之中人錢。

俳色長　雜戲樂工之長也。《宋史》，「教坊，本隸宣徽院，有使、副使、判官、都色長、色長。」

彌月　生子滿月也。《詩》有「誕彌厥月」，詳《通俗編》「儀節」。

三宅　即主簿。四宅即典史，二宅即縣丞，正宅即知縣，皆俗稱也。

懷[35]子骨　即腿骨也。

皇莊　皇莊之設始於明天順、景泰時，詳見《明史・食貨志》。

王十萬　唐富人王元寶事，見《獨異志》。今人謂錢為「王老」，葉子戲亦有王老。

三等九做　言不平等也。或作三等九般，又作三

---

35 按：懷通作踝。

等九格。

種子　姚廣孝告燕王，方孝孺為讀書種子。

生剎神　凶神謂之煞。陰陽家有辨八煞之說，見《齊東野語》。此剎字誤，應作煞（越諺作剟）。生剎神猶言活凶神也。

屄窟窿　謂人之眼目也。此為詈人之詞。

嘤喝人　《聞見後錄》云，歐陽公曰，蠅可憎矣，尤不堪蚊子自遠嘤喝來咬人也。

牢拉的　死於獄者，從牢洞曳出。為詈人之詞，言其瘐[36]死。

毒口　赤口毒舌，見盧仝「月蝕歌」。《武林舊事》，端午以青羅作赤口毒舌帖子懸門楣，以為禳禬。

鼠腹雞腸　又作雞肚猴腸。謂褊淺。

內官　即太監也。言其為禁內親近之官。太監本有宦官之稱，其本官多稱內侍，後因沿 稱為內官，或為內相。內者大內也，如大內之酒曰內酒。

長命錢　《泉志》，唐中宗出降睿宗女荊山公主，特鑄「撒帳錢」，其形五出，文曰「長命守富貴。」

過肩蟒　禮服繡蟒者。蟒過肩，為上品服。

纓槍隊　執槍之護衛，槍頭安有紅纓。

外　戲劇腳色之名，外末、外旦之省文也。元曲皆稱外，後謂專扮演男子者曰外，扮演女子者曰貼。

節級　吏役之職典司官物者。唐宋以來有之。

劉家　太監互稱為張家、李家。

陳琳抱粧盒　雜劇之一，即今俗演「狸貓換太子」。

---

36 按：瘐原作庾。

提錢　原書西門使李桂姐叫兩個妓者來，伯爵道，造化了小淫婦兒，教他叫，又討提錢使。按此則經手叫局者，必於局包中抽十分之一，此名提錢。現南方僕役猶向妓女提錢，曰門例。

副東　宴客時，主人約至交一二人，幫同招待。

復東　今日受人飲食，明日自備酒筵，延昨日主人，曰復東。即復為東道也。

戧金　《唐六典》，有十四種金：曰銷金；曰拍金；曰鍍金；曰織金；曰砑金；曰披金；曰泥金；曰鏤金；曰撚金；曰戧金；曰圈金；曰貼金；曰嵌金；曰裹金。

博郎鼓　即小兒玩物之鞀鼓，或作博浪，一作潑浪，又作播郎，與貨郎鼓同。

韓湘子昇仙記　雜劇之一，韓文公之侄韓湘得道事。

裝果盒　即盤飣也。

抖摟　賣弄精神也。《公羊》疏斗漱，揚子《方言》作斗藪，《法苑珠林》為抖擻，三書用字各不同。

掐擰　俗有掐、打、擰、捶、咬之語。

告水災　災民焚香叩首，央告官府，哀告備至，以求豁免租稅。亦曰報荒。

虎口　大指與食指之歧骨間，俗名虎口。見《醫宗金鑒》。

丁八著　八應作巴。丁巴著，如釘相附著，勾結甚堅。此市井語，謂兩相要好也。

周兒唱　「竹坡本」作周肖兒。此疑為王三官兒之隱語，殆即周吳鄭，因歇後即王字也。

使眼色　《西廂記》作調眼色。此言以目示意，止之勿作此語也。

劉九兒　原書「好合的劉九兒」。按鍾嗣成〈正宮・醉太平〉曲，有「俺是劉九兒宗枝」云云，不知何許人，待考。疑此人與鄭元和同屬風流人物也。

硝子石　玉之假者皆以硝子石代之，見《紅樓夢》馮紫英事。《格物要論》言假水精不潔白明瑩者。

零布　言不成材料也。此為調妓之語。

狗撾門　嘲妓女彈唱之濫調。

搖席破坐　不安於位也，與逃席、撞席異。

刑法　謂妓女所攜箏琶諸樂器。

青刀馬　市語之一，疑即精液也。俗謂走陽（越諺作洋）為跑馬。原文「青刀馬過」，此過字詳後。

寒鴉兒　亦市語也。疑為寒噤。俗有「寒鴉兒抖翎」之語。

傅芸子君《東京觀書記》，於尊經閣文庫中見《萬曲明春》一書，簡稱《大明春》。每頁分為三層，上層選曲中層卷一卷六為 選江湖方語，皆明代江湖上之隱語。如言「平天孫」乃官員也，「青腰兒」為皂隸也，「纂經」乃打卦的，「短路的」乃剪徑打劫的，「斗花」乃閨女也，「酸子」乃秀才也，「牙老」是講戲文說唱的。姑舉數例以見一斑。又無窮會所藏明刊題李卓吾編集之《開卷一笑》，上卷中亦有此種隱語，均為研考明代社會史之絕好資料。「江湖方語」後又附「江湖俏語」，按即歇後語。如言「襄王會神女——還在夢中」，「孔明七擒孟獲——要他心服」，「狗咬呂洞賓——不識個好人」，「茅屋上按獸頭——如何相稱」。極有趣致。

《通俗編》「市語」條，引《遊覽志餘》云，杭州三百六十行各有市語，不相通用，倉卒聆之，不知為何等語也。有四平市語，以一為

「憶多嬌」，二為[37]「耳邊風」，三為「散秋香」，四為「思鄉馬」，五為「誤佳期」，六為「柳搖金」，七為「砌花台」，八為「灞陵橋」，九為「救情郎」，十為「舍利子」。意義全無，徒以惑亂聽聞耳。按今松木場香市中猶慣用此語。各行所言數目，茲分列如下：

	一	二	三	四	五	六	七	八	九	十
米行	子	力	削	類	香	竹	才	發	丁	足
絲行	岳	卓	南	長	人	龍	青	豁	底	
綢綾行	義	計	沙	子	固	羽	落	末	各	湯
線行	田	伊	寸	水	丁	木	才	戈	成	
銅行	豆	貝	某	長	人	土	木	令	王	合
藥行	羌	獨	前	柴	梗	參	苓	殼	草	芎
典當	口	仁	工	比	才	回	寸	本	巾	
故衣	大	士	田	東	里	春	軒	書	籍	
道家星卜	太	大	蒙	全	假	真	秀	雙全	淵	
雜貨鋪	平頭	空工	眠川	睡目	缺丑	斷大	皂底	分頭	末丸	
優伶	一江風	二郎神	三學士	四朝元	五供養	六么令	七娘子	八甘州	九菊花	十段錦
江湖流雜	留	月	汪	則	中	人	心	張	愛	足

江湖人市語尤多，坊間有江湖切要一刻，事事物物悉有隱稱。……其間有通行市井者，如官曰孤司，店曰朝陽，夫曰蓋老，妻曰底老，家人曰吊腳，僧曰廿三，道士曰廿四，成衣曰戳短槍，抬轎曰扱樓兒，剃頭曰削青，船曰瓢兒，屋曰頂公，銀曰琴公，錢曰把兒，米曰軟珠，餅曰匾食，鹽曰瀵老，魚曰豁水，鴨曰王八，鞋曰踢土，鏡曰照兒，抹布曰踢郎，坐曰打墩，拜曰剪拂，揖曰丟圈子，叩頭曰丟匾子，寫字曰捌黑，說話曰吐剛，被欺曰上當，虛奉承曰王六，大曰太式，多曰滿太式，無曰各念，俱由來於此語也。《西京雜記》云，長安市人語各有不同，有葫蘆語、鏁子語、鈕語、練語、三摺語，通謂市語。宋汪雲程《蹴踘譜》，有所謂錦語者，亦與市語不殊。蓋此風之興已久，或云盧敖作市語，其信然乎。

女先生　即唱彈詞或小曲之盲女也，又曰女先兒，見《紅樓夢》。

汁兒　侄兒之諧音也。

37 按：為原作有。

望江南巴山虎漢東山斜紋布　原書謂為「調子曰兒」，（「竹坡本」作調子之兒，《多妻鑒》作調子口兒）「竹坡本」謂蓋夌於竹巾語。望作王，巴作八，漢作汗，斜作邪，合成「王八汗邪」四字。按，〈望江南〉詞牌名也，「巴山虎」草名也，〈漢東山〉曲牌名也，「斜紋布」布名也。以隱語罵人，取首一字諧音，蓋反切語之支流。（《溪蠻叢笑》謂，不闌者斑也，突欒者團也，窟窿者孔也，不乃者擺也。）今揚州猶有此俚語，名曰老鴉（音蛙）語（或作老哇語），即切口也。傳古有考試者，試貼詩有一聯苦不成，遂書「隸碧」（叶你字）「桫欏樹」（叶說字），「娥黃」（叶我字）「荳蔻花」（叶鬪字），主試不解，以為僻典，遂薦中，士人編為若干語，是為砌口（或作切口）。或謂徽宗語。

白鬼　想是藥名，有白丑黑丑。原書謂「只是一味白鬼，把你媽那褲帶子也扯斷了。」疑為興陽劑也。然未得確解。

王姑來子　不知何解，待考。

曹州　金置曹州，清升為府。

襯兒　即小兒之尿布。又名抱裙。

泡螺　原書亦作蚫[38]螺，謂「酥油蚫螺」如甘露沁心，入口而化。《陶庵夢憶》、《六硯齋三筆》及《西湖二集》俱有此名，究不知為何物。張岱有乳酪小品，謂蘇州過小拙和以蔗漿霜，熬之、濾之、漉之、掇之、印之，為帶骨鮑螺，天下稱至味。按此乃凝乳酪為之，略如今日之冰糕。但原書又謂此李瓶兒親手所揀，又不僅張岱所云，有螺之名無螺之實矣。《酌

38 按：蚫原作泡，據文意改。

中志》云，十月初四日，宮眷內臣吃羊肉、炮燉羊肚、麻辣兔、虎眼等，及各樣細糖。吃牛乳、乳餅、奶皮、窩酥糕、鮑螺，直至春二月方止。原書云有渾白、粉紅二色。

小兒科 醫學有十三科，第一曰大方脈，謂雜醫科；二曰小方脈，謂小兒科，即專治小兒病之醫生也。「扁鵲傳」，「秦人愛小兒，即為小兒醫」，即專治小兒疾病之兒醫，又稱為幼科。

洋奶 應作佯嬭，即小兒有病不食乳也。

樣銀 銀之成色不同，售貨者先收樣銀，以為準。即今押款定洋之意。

搭連 一作褡褳。長途遠行，負於驢馬背上，盛銀錢之大布袋。一名捎馬子。

用錢 今作傭錢，即中人用金。

佛曲 《西河詩話》言，佛曲在隋唐有之，不始金元。如唐樂府有普光佛曲、日光明佛曲等八曲，入婆陀調；釋迦文佛曲、妙華佛曲等九曲，入乞食調；大妙至極曲、解曲，入越調；摩尼佛曲入雙調；蘇蜜七俱佛曲、日騰光佛曲，入商調；邪勒佛曲入徵調；娑婆樹佛曲等四曲入羽調；遷星佛曲入般涉調；提梵入移風調。今吳門佛寺猶能作梵樂，每唱佛曲，以笙笛逐之，名清樂，即其遺意。《通俗編》按《晉書》「鳩摩羅什傳」，天竺俗甚重文制，其宮商體韻以入管弦為善。凡覲國王必有贊德，經中偈頌，皆其式也。是佛曲可逐管笙，自其未入中國原有然矣。《樂府雜錄》，長慶中講僧文，敘善吟經，其聲宛暢，感動里人。樂工狀其念四聲觀世音菩薩，乃撰文敘子曲，至是而佛經無不可吟，不獨偈頌然矣。《南唐書》「浮屠傳」，僧應之喜音律，嘗以贊禮之文，寓諸樂譜，其聲少下而終歸於梵音。贊念協律，自應之始。此更以近俗樂譜參雜更改，以取悅眾聽矣。今吳門佛寺所作，求其為應之遺聲，恐尚未合，詎能遠合於隋唐時佛曲耶？原書載有所唱之佛曲，略如今俗七言唱本，如「觀音得道大香山」之類，皆勸善之作。

小眼薄皮　嘲人淺見也。

寬杯　即酒杯之大者，猶言碗之大者為臺（音海）碗。

科範　預作圈套也。

寡酒　無下酒物而飲也。

眼生　即非眼前所聞見也。生即「生張熟魏」之生。

跳上白塔　言其無所逃避也。此為北京俗語。白塔在故都平則門內，元為聖壽萬安寺，明為妙應寺。遼壽昌二年建，本名白塔寺。

沈萬三　原書云「南京沈萬三，北京枯樹灣。人的名兒，樹的影兒。」按，沈是明初人，為南京第一大富豪。《明史》「高后傳」，吳興富民沈秀者，助築都城三之一。又請犒軍，帝怒曰，匹夫犒天子軍，亂民也。宜誅。後諫乃釋，戍雲南。沈本名富，字仲榮。《七修類稿》、《棗林雜俎》均載其事。《柳亭詩話》亦言：金陵水西門有豬龍為患，太祖以沈之聚寶盆鎮之。《禪真逸史》有「人名樹影，兀誰遮隱得過」。

騰翅　欲飛也。金蓮此語，淫情如見。

看家　言不恒用也，如看守然。擅武術者，必有基本之絕技，最為拿手不露者。

坌工　撥灰篩土之短工。

轎子　《十駕齋養心錄》云，轎子始於宋時，而詩家罕用此字。楊誠齋獨喜用之，詩中凡七見。宋人高觀國有〈詠轎・御街行〉詞。

蠟查兒黃　言面如黃蠟也。陳孝甫《誤入長安》第三折〈古竹馬〉：「黃甘甘容顏如蠟渣」。

叫的應　即今言叫得應。謂其應如響。

經事　謂月經月事也。

安胎藥　《晉書》苻生載記，使太醫令程延合安胎藥，問人身好否，藥分多少。多見方書，史傳僅見。

馬桶　又名淨桶，古名楲窬。《夢粱錄》云，杭州民家無多坑廁，只用馬桶，每日自有出糞人蹇[39]去，謂之「傾腳頭」。《恒言錄》云，以銅為馬形，便於騎以溲也。又名坐桶。明末有眉公馬桶。

鍋臍灰　以酒和服，謂可下餘血。

倡揚　宣傳於外也。

抱空窩　言小產之後，空坐蓐也。猶母雞之孵空窠。

虼蚤皮　嘲人之衣服不整者，或曰皂衣之色如虼蚤皮。猶今人言軍人披老虎皮。

紫膛色　一作膅，應作糖。謂婦女皮膚不甚白皙。前人有「黃鶯兒」詞云，「愛你素中珍，紫棠容，白玉身。」見《堅瓠集》。

皇木　朝廷大興土木，遣官向南省所選木植供建築者，曰皇木。

捉姦　男女通姦，親屬得掩執之。南方所謂捆雙頭人也，送官究辦。

扒灰　《快雪堂漫錄》云，俗呼聚麀為扒灰。《常談叢錄》謂，俗以淫於子婦者為扒灰，蓋為「污媳」之隱語。膝、媳音同，扒行灰土，則膝污也。

通家　謂友朋相善，成為世交也。孔融見李膺，

---

39 按：蹇字似無「挑」、「扛」之意。疑誤。

自陳通家子弟。

青目　即求人垂青眼也。

賢契　此長者對幼輩之稱。

令正　稱人之妻室。

毛衫　出生小孩所著之衣，因不捏邊，故曰毛衫。

護頂　即搭羅兒，乃新涼時孩子所戴小帽，以帛堆縷如髮圈然。

打開後門　謂底裡悉露不必掩藏。俗語所謂「打開窗子說亮話」也。

蘆葦場　河湖旁官地所生蘆葦，或由官收，或向民收蘆課。

捉蛾兒　即捉蟋蟀、捕螳螂、撲蝴蝶也。

攦子　即門路之意。

睡長覺　詈人死也。與俗語「渴睡如小死」之意適相反。

花麻痘疹　言小兒必經過之危險病症。

齷齪營生　即云雞[40]姦也。

⿰毛乍　從毛從乍，此俗字也，音懆。《京塵雜錄》書作「戳」，注：及於亂也。北方言男女相合，其音作操（仄聲），有時書作臊。

愛娘子　謂心愛之姬妾。

穿青衣抱黑柱　謂僕役也。青衣言其服色，黑柱謂其立處。（原書五十一回，書童穿青絹衣，往縣裡送貼免提桂姐。可見。）

偏杯　問人吃飯否，對者謙言「偏過」。此言已偏人先飲矣。

雙席兒　猶今之吃雙台酒也。

將就　清黃周星有「將就園記」，張潮跋語，謂自謙其草率苟簡也。今稱事不滿意聊復如此。

響糖　待考。疑即所謂「高頂方糖」（《骨董瑣

40 按：雞原作要。後文若有重出，不另加注。

記》云嘉靖以前無白糖）。

學舌　有《胖姑學舌》一劇。此言甲背地罵乙之語，丙聞而私告於乙。

過犯　即所犯之過失。

松虎兒　疑即松鼠也。

守親　新婚夫婦，洞房相對，謂之守親。

囂紗片子　紗之劣者。綢絹綾羅均以輕重定賤貴，片子者即謂綢緞。凡較物而弗如者曰蹺（去聲）。

東昌　隋之博州，元為東昌路，明改為府，治即今聊城。

中元醮　道家以七月十五日為中元。

打撒手兒　言散夥也。

說書　《夷堅志》：呂德卿偕其友出嘉會門外，茶肆中坐。見幅紙用緋貼，其尾云，今晚講說「漢書」。即今江湖貿食者講說故事也。《古杭夢遊錄》云，「說話」有四家，一銀字兒，謂煙粉靈怪之事；一鐵騎兒，謂士馬金鼓之事；一說經，謂演說佛書；一說史，謂說前代興廢。《武林舊事》云，百戲社名小說為雄辯社。

那咱　俗語也。即疇昔、曩日。

會首　王稚登《吳社編》云，凡神所棲舍，具威儀簫鼓雜戲迎之曰「會」。富人有力者，捐金借騎以主其事，謂之會首。

拶指　舊法酷刑，以小木幹五，用繩聯之，套入犯者手指而收之，使之痛而自承。

象牙梳　「嘲李端端」詩有之。此言貴重品也。

稌稌　「竹坡本」作秫。徐文長《四聲猿傳奇》〈雌木蘭〉一劇，二軍見花弧（即木蘭化名），私云，這花弧倒生得好個模樣兒，倒不像個長官，倒是個秫秫。明日倒好拿來應應極

（應作急字），即謂孌童也。疑是猇字，所謂賣腚小官。

賊人膽虛　賊膽虛，見關漢卿《蝴蝶夢》曲。

挑嘴吃　即幫閒抹嘴，圖吃混飲，所謂遊食糊口是也。

啞酒　謂飲酒時既無歌唱以侑，又不搳拳以賭。

旦兒　《莊嶽委談》，元院本無所謂生旦者，雜劇旦有數色。裝旦即今正旦，小旦即今副旦，或以墨點其面，謂之花旦，今惟淨丑為之。唐有弄假婦人，宋末盛，元多用妓樂。名妓如李嬌兒為溫柔旦，張奔為風流旦，直以婦人為之。《堅瓠集》云，旦即狚之省文。

打僉兒　即打趓兒。

屯田兵備道　官名。

欽此欽遵　傳奉上諭，均綴此字樣。

金蟬脫殼　謂脫逃也，如蟬蛻然。

發很　發者猶發笑之發，很一作狠（《史記》有「狠如狼」句）。《元典章》有「哏不便當」之語。

書帕　明代官場以書籍手帕相饋贈，後易金銀珠寶，仍曰書帕。今之書帕本，即明所遺。隆慶、萬曆間，皆喜刻書，饋遺當道，附之以帕，有一書一帕之稱。《識小錄》有「禁書帕」事，有云，往時書帕惟重兩衙門，然至三四十金至矣；外官書帕，少者僅三四金。今上嚴旨屢申，而白者易以黃矣。猶嫌其重，更易以圓白而光明者。

長行　謂長途遠行也。

火燎腿　謂荒偉急迫也。

黨人　即元祐黨人也。

秘書省　梁改寺為省，元為監，明清不設。

正字　原書正字誤作正事。

新河口　地名，不甚著，待考。原書云，出郊五十里，地名百家村，官員船皆泊此。

蘇州戲子　謂蘇州成立之戲班也，明代以崑山腔為盛。

香囊記　明邵燦著[41]。張九成九思事。

玉環記　明人著[42]，佚名。韋皋玉簫事。

南風　好男色、狎孌童也。《大戴禮》，「禮樂不行，而幼風是御。」幼風即男風，亦即北道。明人諱之曰勇巴。

大官兒　稱官員之貼身隨僕也。

鬼精靈兒　言人小聰慧而奸黠如鬼之精靈（應作鯽令）。

二房　謂簉室也。今人於姬妾前不敢直言其為妾，輒稱為二房。

庚帖兒　即年庚貼。嫁女之家，將女之八字以紅簽書送乾宅，以待合婚。

暖轎　冬日所乘者。又長途多雇暖轎，以氈裹之，可蔽風沙。

做伴　獨居岑寂，邀一人來同住作伴也。言作獨居者之火伴也。

辛苦錢　謂人作事勤勞，酬以錢財也。「辛苦」二字，見《洪範正義》、《逸周書》及「伍子胥傳」、「顧榮傳」中。

取巧兒　即乘機獲利也。

娘母兒　《紅樓》作娘母子。

皮者臉　元人《丸經》引俚語「樺皮臉」，即面皮厚如甲也。此為頑皮之皮，言樺皮厚臉也。

輪身　婦人以身體供人淫樂之謂。

人模樣　即人樣子也。見《朱子語錄》及范氏《過庭錄》。

---

41 按：著原作箸。
42 按：著原作箸。

抱怨 焦氏《字學》云，俗以恨人陷害曰譽怨。

囓牙楂骨 今俗言骨頭打了鼓，謂死去已久，骨已暴露。

凹上 俗有「凸出凹進」之語。此即言女與男因姦勾纏。

醜貨兒 言貨色之不美者，多以喻婦女之姿貌。此謙詞也。

吐了口兒 即應允之意。亦作鬆了口兒。

椿頭 此言軍營中管馬匹之首領也，猶廠衛中役長曰檔頭。

玉莖 《外臺秘要》引《素女方》：玉莖強盛，以合陰陽。又見白行簡「天地陰陽交歡大樂賦」中。

後庭花 本陳後主所度曲，名「玉樹後庭花」，後世借謂男女之餘竅。梵典所謂「非道行淫」也。

過 謂男女通體後，男子之精射於女器之內。此當時之俗語。

丟身子 即出精之謂。

毬 此即男女搆精萬物化生之精也，俗字。原書又作屣（音凇），或云應作雄。有書作骨旁上穴下從之字者。

甜頭兒 初出手即占得便宜也。或作甜棗兒、甜桃兒。

蒲甸兒 即蒲團拜墊兒也。禮佛時跪拜之用。

嚼肉 百二十回《水滸》，張順請安道全時，妓女即云，去了不來，咒得你的肉片片兒飛。

盡頭 俗謂月底也。有大盡、小盡之說。

支吾 即枝梧也。

老貨 「老物可憎」，見《晉書》「宣穆張惶後傳」；「老物寵亦有既耶」，見《遼史》「聖宗後蕭氏傳」。正與此同。

攬頭 此包攬採辦香蠟等料貢納之品，此為明季社會黑暗之事。

年例 每年之例行事務。如某地貢品若干。

挽手 即馬鞭子。明時內臣喜食牛驢不典之物，牝具曰挽口，牡具曰挽手，故諱言「鞭子」。

耶 此即今俗之「啊」字。

哪 應作那。《漢書・方術傳》，有女從韓康買藥，曰，公是韓伯休那。

做功德 此反言，謂將使之吃苦受罪也。

相思套 《棲流略》曰，「龜帽，使毒不致上蒸，精不致下凝。俗所謂『風流套』者也」。現市上有售風流如意袋者，不僅為避毒之用。高棱肉刺，兼以媚內。一經御後，婦女莫不相思欲[43]絕。此淫器也。

硫黃圈 《棲流略》曰，「所謂鵝稜圈者，蓋以補修其形也」。勢之頸，束以圈，古用硫黃製，磨研則生熱。後世以牛筋為圈，或削鵝翎，或剪絨鬚，圍於外。進則順，退則磔張，如瓶刷然，亦淫器也。

藥煮白綾帶 據原書，當其製帶時略云：以倒口針縫白綾為帶，內裝顫聲嬌，束之於根，繫之於腰，較銀托子為柔軟，不格人痛，又得連根盡沒也。其試帶時略云：替其紮於塵柄之根，繫腰間甚緊，一經聳弄，比平常舒半寸有餘，間不容髮。按此帶舊都香粉店、荷包店昔有售之者，近三十年已禁絕矣。

懸玉環 淫器也，不知何物。或繫懸蓮者。

封臍膏 膏藥之貼於臍上者。守命門，固精液。今故都藥肆，有暖臍膏。

白漿子 婦人牝中之津。

[43] 按：欲字原為空格，據文意補。

眷生　明人好用「年家眷」之名刺。《恒言錄》引元時筆札「眷生」、「眷晚生」之稱，詳見《辭源》。

第二的　此民間俗語。書中即指韓二也。北人又呼作二格。

放水　即搗亂之意，俗語也。放水本為田家偷開壩閘之謂，利於己不利於人，又有故意洩漏陰私，隱含挑撥之意。

供給穿戴　即日用開銷飲食衣服。宋人謂之澆裹。

自在飯　不耕不織，消搖受用。賴妻女之皮肉，供自己之溫飽也。

口裡　相馬者必問齒。

西夏　國名，本姓拓拔，唐賜姓李，世為夏州節度使。宋時元昊稱帝，世為邊患。

參將　官名，明置，為總兵、副總兵之貳，位次副將。

鐵馬兒　《芸窗私記》：元帝作薄玉龍數十枚，以縷線懸簷外。夜間因風相擊，聽之與竹無異。民間效之，不敢用龍，以什駿代。今之鐵馬，是其遺制。

忠靖冠　明世宗製忠靖冠，據明范叔子《雲間據目鈔》云，是搢紳所戴。《七修類稿》言，正德中京都忽以巾易帽，四方效之，至販夫走卒亦有戴之者，以其價廉易辦。

定盤星　朱子詩、《五燈會元》均有「錯認定盤星」句。今俗有「認錯定盤星」語。

遊氣兒　即人之將死，其氣息僅一絲未絕也。元曲恒有此語。

瞼酸　娼妒見於顏色。隱妒曰醋，醋亦酸也。與「梅目」義同。

天地疏　此供天地神祇之疏頭也。《潛夫論》「浮侈篇」云，裁好繒作疏頭，命工彩畫，顧人書祝，虛飾巧言，欲邀多福。

新春符　即桃符春帖。詳《月令廣義》「春帖」注。

謝灶誥　祀灶時所用之青詞。

還願心　古有朝山願，見《鹽鐵論》；拜願，見《宣府志》；枷鎖願，見《夢梁錄》；許牲頭祭，許賽牛羊，許建平安大醮，各發願心，屆時還願。

討外名　原書言在三寶座下討外名，似即向神佛前討一道號或法名，為神佛弟子。

寄名　《紅樓夢》有寄名符，此即寄託吳道官名下為徒，由其師賜名也。

天誕　原書謂正月初九為天誕日，即《蠡海集》「玉帝生於正月初九日者。陽數始於一，而極於九。原始要終也」。

玉匣記　書名，傳為旌陽許真君所纂，即星命學之擇要秘本也。

阡張　鑿紙為條，與冥錢同類，供祖考或佛前，後撤而焚之。見《宛署雜記》。

打醮　陸游家訓：黃老之學，本於清淨自然，地獄天堂，何嘗言及。黃冠輩見僧獲利，從而效之，送魂登天，代天肆赦，謂之煉度，可笑甚多。如羅天大醮，平安大醮，名目不勝記述。即今之打醮也。

金玉滿堂　見《老子》、《易林》、《世說》。

長命富貴　「姚崇傳」引佛經，有「求長命得長命，求富貴得富貴」句。

贅字型大小　言不在正號也。蓋編號之法，如以「千字文」，則天字第一號至一千號止，後遞用地字、元字、黃字。此則號外。

劉湛兒鬼鬼　俗語也。劉湛兒鬼兒不出材（後文作村）的，意為不在正數。

小太乙兒　太乙，神名（本星名）。此言官哥似道家所奉太乙神，而具體微耳。

鄭恩　與趙匡胤同時者，見《風雲會》。此俗語也。「鄉里姐姐嫁鄭恩，睜一眼閉一眼」，意為不必認真也。

見喜事　即婦人有娠者。《番禺記》曰「有歡喜」，《江南通》云「有喜」。

甜香餅　香餅放於火炕或爐內，婦女坐其上而薰之，衣香三日。

西廂記　即元稹《會真記》本事。王實甫作《西廂記》詞曲，敘張珙、崔鶯鶯姻緣。

掐尖兒　遇事之有利者，隨在必先擇尤以自潤。

麒麟補子　明清時品官服章，綴於前後心者曰補服，文職以鳥，武職以獸，以所補之物，分其等級。麒麟補為有王爵者一品所服。

燒糊卷子　即不成模樣之謂。《紅樓夢》四十六回，要把鴛鴦給賈璉，「鳳姐道，璉兒不配，就配我和平兒這一對燒糊了的捲（亦作饒）子和他混罷了」。

舊片子　舊衣服。

割襟　謂倉卒訂婚，以此為信。《元史・刑法志》：「諸男女議婚有以指腹、割襟為定者，禁之。」

勸碟　即宴飲後，便坐時以果餌佐茶所陳者。

家老兒　貧家婦謂夫之老者之稱。

序班　官稱。此稱朱臺官者。

搬陪　一作攀配，或班配。言銖兩相稱也。

白衣人　一作白身人，見《元典章》。無科名官職之人，即平民也。

歹話　惡言（按「歹」字俗沿用為「好」之對，與「歪」、「另」等字皆不合本義）。

現報　即現世報也。謂報應即在目前，俗語時聞，多見元曲。

妗子　《明道雜誌》：經傳無嬸與妗字，考其說，嬸乃「世母」二字合呼，妗乃「舅母」二字合呼。

黨太尉　陶穀得黨家姬，冬日取雪水煎茶，問黨家識此風味否？姬曰，彼粗人，但能銷金帳裡，淺斟低唱，飲羊羔美酒耳。《綴白裘》之雜劇，有「黨太尉賞雪」。

回盒　饋送禮物於甲，則甲家應有攢盒回送於乙。

粘梅花處　疑即今之押五音。

中人打扮　張小山小令「錦橙梅」，「料應他必是個中人打扮的堪描畫」。即婦女之普通妝飾也，與內家裝束適相反。

丁香兒　耳用珠嵌金玉丁香。詳《雲間據目鈔》，於隆、萬間女子服飾言之甚詳。

搣酸　此俗語，與撚酸略同。

犯夜　夜行有禁，違者曰犯夜。

女又十撇兒　女又為奴，十字著一撇為才。拆字格，詈其為奴才。

包兒　食品，即饅首之有餡者。名見《鶴林玉露》，宋時已有此稱。

燒賣　《越縵堂日記》恒書作「紗帽」，謂即「燒麥」（一作「稍麥」）。

官身　此言有官差在身也。古優伶有官身之稱，見元曲。

燒胡鬼子　待考。疑是食品，或為玩具。

頭角兒　男角女羈，否則男左女右。《札樸》作「偏髦」，俗名歪髦羈角兒。詳見《通俗編》「髻」字。

拜牌發放　月之朔望慶賀大典，外省官員拜萬歲龍牌，發放案件。

天平　即天秤，測金銀重量之衡器。

業障兒　此即借銀時，所允許之錢。此隱語也。

八鑾進寶　本為祝誦之意，見《書》「旅獒」，及《逸周書》「王會」。此猶俗語「波斯進寶」，即奉承獻納。

狼筋　焚之以辨盜賊，見《爾雅翼》。亦作郎巾。《酉陽雜俎》記之甚詳。《兩般秋雨盦隨筆》、《閱微草堂筆記》，皆詳言其事。

紅眼軍　不知何解。言其為兇惡之軍，專以劫掠為事者。按疑是紅納軍，即蒙古軍也，元好問語。又元末，中原紅軍初起，旗上一聯云，「虎賁三千，直抵幽燕之地；龍飛九五，重開大宋之天。」

破紗帽　言窮官也。因古之官宦皆戴紗帽。

鬧裝　鬧裝帶，合眾寶雜綴而成，見胡應麟《筆叢》。白居易詩，有「親王帶鬧裝」句。

禁步　婦人裙邊所綴之小金鈴也。弓鞋之鈴，亦名禁步。

留鞋記　「王月英月夜留鞋記」，見《元曲選》。

割燒　古作燒割。《釋名》：「貊炙全體炙之，各自以刀割食」。即燒豬燒羊燒鴨等，皆上席之品。

猜枚　即猜拳也。唐人詩「席上摶拳握松子」。元人姚文奐詩，「剝將蓮子猜拳子，玉手雙開不賭空。」本藏鉤戲也。

告百備兒　待考。

緊急鼓　一名錦雞鼓（此或鼓調之疾徐）。

哈咳　一作台孩。《義俠記》金蓮唱，「有沒台孩」之句；《燕子箋》「試窘」一齣，「我看這付臉嘴，也不像是胎孩發跡矣。」按即學好之意。今人猶有此語，疑元代語也。越諺作「佁解」或「儓解」。

過一家兒　對乞丐言「過一家」，或「趕下家」，即指往他處，此處無望也。

下道兒　劣馬不循正路，言人甘居下流也。

色盆　即擲骰子之盆也。

下坡車兒　馬致遠散套有句云，「眼前紅日又西斜，疾似下坡車」。言往而不復，且甚易也。

南無耶　驚歎詞，即俗言「佛呀」，有音無字。

盒子會　南京舊院，有色藝俱優者，或二十三十姓，結為手帕姊妹，每上節以春燈巧具殽核相賽，名「盒子會」。詳見《板橋雜記》。按沈石田有詩序，則正德前已有之矣，想創自唐祝也。

散心　開心散悶，勿憂鬱於衷也。

食面　原書「沒見食面的行貨子」，言其未曾開過眼界也，或曰「市面」，或曰「識面」。

教下人家　即清真教也，原名穆教。

元宵　一作元宵圓子，即「糖鎚」。周必大《平園雜稿》云，元宵煮浮圓子，前輩似曾賦此，坐成四韻。按前人詩云，畢竟女兒身手敏，胭脂和粉作燈團。亦即今之元宵子也。

⿵門爭⿵門坐　亦作掙挫，即掙扎之義。按字書無此二字。《琵琶記》有句云，「公公你須索⿵門爭⿵門坐，怎捨得一命殂。」

龜兒卦　據《詞話》繡像，地鋪白布一方，界為三十二宮，靈龜移行其上，止於某宮，則抽出爻辭，以生、造、沖、尅、應、合，而占卜之。蘭楚芳〈贈妓・耍孩兒〉曲有云，「見一日買幾遍龜兒卦，似這般短促促攜雲握雨，幾時得穩拍拍立計成家」。見《吳騷》。

坐壇遣將　原為登壇拜將，此言坐而指揮，使人奔走。俗謂嘴動身不動也。

展指兒巾　待考。

出尖兒　言出頭也，露鋒芒、見圭角皆是也。語有貶意。

犯牙　此即男女以言詞挑逗。

瘟死鬼　詈人之語，瘟病而死之鬼。

衚衕　《升庵外集》，弄，巷也。南方曰弄，北方曰胡同，即弄之反切。李贇《疑耀》云，出自《山海經》。《日下舊聞》云[44]，二字元人有以入詩者，且衕字見《說文》。

嫖院　《綉襦記》有「嫖院」一折，即在勾欄院嫖宿也。

一鍋粥　《癸辛雜識》引諺「吃了西湖水，打作一鍋麪」，蓋謂其糊塗也。此亦相同，言其糜亂也。

上畫兒　言婦女之美麗，可以入仕女圖也。

喂眼　婦人賣俏，徒飽男子眼福也。喂應作餵，

44 按：原作日下聞云舊。

此語甚雋。

廣陵　即揚州也。漢為廣陵國，後漢改郡，隋改江都郡，唐復之（又廣靈縣宋省入江都），元廢。

徐州洪　徐州有河湖大水處。原書云苗天秀死於水，不應其屍流至清河。

陝灣　地名，原書言在徐州。

安童　《夢粱錄》，雇覓人力，有私身轎番安童等人。《通俗編》，疑其為家童之訛。今據此則當時自有此稱，即隨身小童也。

悶棍　《宣和遺事》「左右二廂巡兵，皆手持悶棍」。

鈔關　即徵稅[45]收鈔之關津，始於明宣德至嘉靖間。關內前後設鈔關十二處，舟船受雇裝載，

45 按：稅原作梲。

計所載料多寡遠近，納鈔謂之船料，每船百料，納鈔百貫。

臨清鈔關　臨清元置，明宣德時設關運河上，用御史或戶部官監收船料商稅。後歸巡撫管理。

官店　即客店也。若今之貨棧而兼旅館。

火頭　古之隸卒也。宋置火頭，具飲饌，今之掌炊爨者。僧寺中司水者曰水頭。

凌遲　宋熙、豐間，詔獄繁興，以口語狂悖者，始用此刑。其後以處大逆與逆倫重犯。

桹頭　一作郎頭，應作榔頭。以木為鎚，用以擊物者。

雲板　俗謂之點，樂器也。應名雲版。

放水燈　即盂蘭盆會，於水中燃放紙糊之蓮花燈，為超度幽魂也。

放告牌　官於理事之日，掛牌放告，收理控訴案件，任人告狀。

掛軸文　遇喜慶事，作文為賀，猶後世之喜幛壽屏。

武略將軍　倪雲林以納粟補官道祿，應時君之詔，以濟饑乏，非求貴也。富民捐賑，只授道官。嚴海珊《明史雜詠》云，武略將軍飛騎尉，頭銜太苦草堂人。顧仲瑛以子元臣為水軍副都萬戶，封武略將軍飛騎尉。倪、顧兩高士，皆以功名為重如此，見《鷗陂漁話》。武略為騎尉，為正六品。原書瓶兒死，用誥封恭人，為四品。西門慶一千戶耳，烏得有四品？待考。此言明季官爵之濫。

丫頭　原文曾御史參本，謂夏延齡接物則奴顏婢膝，時人有丫頭之目，言其人工於諂媚也。

攙分兒　有越俎之意。此言妾匹嫡也。

燒紙　謂焚化楮帛，祈神求福也。

跳神　此巫禮而兼夷俗，祭神祓禳也。滿洲為隆重之典禮。此即元賈仲名「對玉梳」曲，「一自做師婆自跳神」，女巫之事也。

條陳 出《漢書》，即逐條陳述其事件也。

下程 迎接官員所送禮物。

藍旗清道 官府出行，有兩旗在儀仗前，以辟除行人者，名清道旗。

獬豸繡服 御史服也。古以為冠，後以為補，取其性忠，觸不直咋不正之義。

海鹽腔 《紫桃軒雜綴》云，張鎡字功甫，循王之孫，於海鹽作園林自恣，令歌兒衍曲，務為新聲，所謂海鹽腔。按後世海鹽子弟及海鹽戲即由此出。

海鹽子弟 周亮工《書影》，海鹽優人金鳳見寵於嚴東樓云云。海鹽當明代中葉頗有名優。

按臨 巡按所臨也。

史館 翰林多兼修史之職。

西臺 御史所在曰西臺。

巡鹽 派御史巡查鹽務。

鹽引 始於宋，明沿用此法。原書謂淮鹽三萬斤，到日早掣。

支鹽 原書云，因在邊上納過些糧草，坐派了些鹽引，派在揚州支鹽。

淮鹽 淮南淮北，是為兩淮。

老先生 明初以為極尊。萬曆後僅翰林稱之。

留題 蔡御史以狀元之才，所題詩句，及贈妓之作，出韻、失粘[46]，不如張打油、胡釘鉸多矣。按《避暑錄》言，宋宣和之末，士大夫皆不許為詩，於時何丞相伯通修律令，因科云，士庶等有習詩者杖一百。

扶侍 見《辭源》「齋幹」條。

---

46 按：粘原作占。出韻和失粘都是格律詩之弊病，「失占」顯誤。

盛價　稱人之僕役，一曰尊紀。

斯文骨肉　讀書人相親近之語。又有斯文一脈之稱。

上上簽　神明前設籤筒，決疑問卜。簽分上、中、下，如上上、上中、上下等目。共六十五簽，求得上上、上上、上上者，大吉。

道堅　林靈素奏改佛寺，易佛、菩薩、羅漢號，和尚改為德士。皇太子爭之，令胡僧並五台僧道堅鬥法。見《宣和遺事》。

胡僧　原書形容胡僧狀態及其來歷，純係遊戲筆墨，與前回王婆所賣之食品，及後頁供養胡僧之齋饌，皆有寓意。食色性也，胡僧既狀之為陽具，而施藥又作贊以深戒之，奈世人之難醒何。

直裰　見《傳燈錄》。林逋、蘇軾詩作直掇，詳《通俗編》。

玉筯　釋氏謂死後有鼻涕下垂，謂之玉筯，以為成道之徵。

天竺　《西域記》，天竺之稱，異議糾紛。舊云身毒，或云賢豆，今從正音，宜云印度。

堂客　謂女客也，南方市俗謂妻亦曰堂客。

水櫃　即商店之櫃檯。

回嘴　反唇相稽也。

馬眼　即陰莖之溺孔也，一名蛙口，皆象形取義。

開坊子　開私坊也。《清異錄》有煙月作坊。

酒太公　賣酒者之稱。疑即酒掮工也。

流民　即流氓也。與鄭俠上「流民圖」之流民不同。

沒槽道　河身有槽有道。此言浸淫泛[47]濫，為淮揚恒言。

47 按：泛原作氾，顯與氾淆而誤。

身上來　謂癸水至也。此俗語，南北均同。即王建宮詞所謂「入月」。

丟臉兒　與失顏面不同。此即俗言「擺嘴臉與人看」。

綿裡針　外柔內剛也。見松雪齋跋東坡書。又元曲云云，謂陰柔而狠毒也。

惡水缸　盛泔漿之器。此言當家人應忍受容納也。

天庖瘡　滿背發瘡，大如錢。俗云因暴雨落背所致。

修社倉　此為官差，多由長官札委佐貳候補之官督修，工成列入保案。

狗弟子孩兒　見元人曲劇，詈人之語也。

哺菜　即以菜奉客。北方妓女尚有此舉。從前妓優且哺酒，不僅佈菜也。

瞎賤磨的　一云曳磨驢，詈盲人之語。

活變　應作活便，即隨便行動也。

欠肚兒親家　與「帶累肚子鬼」皆謂心中有事，坐臥不安。

虎二　或即虎口之訛。疑為虎枒之誤。言其憨（《鹽山新志》謂北人言粗也）不止一虎口（大指尖與食指尖相交為圈）所能容。

試新　發硎新試也。即嘗先之意。

偏心　心有所偏也。甲乙皆所兼愛，然往往厚於乙而薄於甲，對甲實有貳心，故曰偏心。一名偏愛。

琴絃　《素女經》云，女人陰深一寸也，其五寸之處曰穀實，過此則死。

龜絃　又作龜棱。

顫聲嬌　房中藥也。

法不傳六耳　《傳燈錄》有「六耳不同謀」之語。此亦不為第三人所知之意。

白鷳 白鷳補服，為五品服飾。

四眼井 井有四眼。西門慶以莊上有四眼井，即以為字。誠市井俗物也。

公祖 舊時縉紳稱地方長官也，其尊者曰大公祖或老公祖。

從者 謂隨從之人。

西賓 謂西席也。不必指授書之師，即門館幕客，亦云西賓。

跑兔子 言往來不定，無片刻寧靜也。

手帕 原書謂門外手帕巷有名王家，發賣各色銷金點翠手帕汗巾，有老黃銷金點翠穿花鳳者，銀紅綾銷[48]江牙海水嵌八寶者，閃色芝麻花銷金者，玉色綾瑣地銷金者，嬌滴紫葡萄色四川綾汗巾，銷金、點翠、花樣錦、同心結、方勝地，每方勝內一對喜相逢，兩邊欄杆皆瓔珞珍珠碎八寶者，名目甚多。古代婦女於手帕汗巾最注重。

起窨兒 俗云另起爐灶，即重頭又起。

主事 官名。明六部各置主事，位次員外郎。

篦頭 古有櫛工，初無薙匠。按明代篦頭房近侍，專習為皇子女請髮、留髮、入囊、整容之事，古稱待詔。據原書又取耳捏身，有滾身上一弄兒家活，行導引之法，渾身通泰，賞銀五錢。

不得人意 使人怏怏不樂。

過陰去來 謂死去也，言其魂已入陰曹。

護頭 小兒怕薙頭髮，俗言護頭，與護短之意不同。

剪毛賊 古代獲竊賊，治其罪而髡其頂。

單丁 待考。或與「半邊俏」之意略同。元劇

48 按：此銷字疑當作綃。

「陶學士醉寫風光好」，秦弱蘭唱，有丁單將科派攤句，猶今俗語之寃頭。

半邊俏　《陶庵夢憶》，謂歪妓也。《續金瓶梅》四十六回，有云「對門河邊有的是半邊俏，找個來陪唱。」此應伯爵自道，待考。

男盜女娼　詈人之語。

溺床　即遺尿也，俗名溺炕。止之之法，用硫黃二錢，蔥頭七個，搗爛為泥，敷臍上，即愈。

相思病　男女相悅，難於成就，懨懨而病，為害相思。多見元曲。

倒反帳兒　即回胃也，將哇而出之。

趕空兒　乘隙也。

瞧蘑菇　此戲言也。與男子勢形極相似，與《水滸》誘潘巧雲看佛牙相同。

安息香　本安息香樹之脂，堅凝成黃色之塊者。原為安息國所產之香，後人仿之，徒有虛名。臥室焚之，催人安息。

椏相和　強與人相善。俗云熱臉貼人家冷屁股，即此意。

呵卵脬　趨炎赴勢者。即舐癰吮痔之意。

騷水　婦人陰中所分泌者，所以潤陰，名歡水。一作歡樂水，又名淫水。

把戲　《元史・百官志》，祥和署掌雜把戲男女一百五十人。

灼龜　此占卜之法，今已失傳。

收驚　《庚巳編》，有一輩媼能為收驚見鬼諸法，自謂五聖陰教其人，卒與鬼魅為奸。今小兒被驚，猶有此鬼法誑婦女者。

看水碗　小孩受驚或遇祟，有女巫能於水碗中看出，用法禳解。

散花錢　酬謝術士之資。

送馬　送神時焚甲馬也。

福物　即《周禮》天官膳夫祭祀之致福者。疏云，諸臣祭家廟訖，致胙肉於王，謂之致福。此謂祭神之物也。

散福　今謂祭神牲物曰福禮，分胙曰散福。

聰明孔　《荊楚歲時記》，社日小兒以蔥係竹竿，於窗中擲之，曰開聰明。此為戲言，謂通其後竅。

撚酸　俗云吃醋也。韓熙載不拘禮法，嘗與舒雅易服燕戲，猱雜侍婢，入末念酸，以為笑樂。見《南唐書》。

馬前健　此殆歇後語。其意即有紀律，逞精神也。

上臺盤　俗有山裡紅（菓名）上不得臺盤之語，言不上品也。

承局　如今之聽候差遣之役。

打沙窩兒　即婦女就地小遺也（「竹坡本」有此語）。《長生殿傳奇》第五齣：「（丑）你們等我一等，呵呀，尿急了，且在這裡打個沙窩兒去。」

惡路　一作惡露，即婦人產後所出之敗血。

洗塵　《元典章》，禁送路洗塵人禮物。按凡公私值遠人初至，或設飲或饋物，謂之洗塵，亦曰接風。古名軟腳。

燕窩魚刺　魚刺應作魚翅。均食品中之珍貴者。

乾生子　即乾兒。乾兒之名，見《留青日札》。明代依附權勢，謂他人父，成為一時風氣。

官家　謂帝王天子也。見《湘山野錄》，謂「三王官天下，五帝家天下」。又花蕊夫人詩亦云。

天魔舞　原書蔡太師家女樂，有「天魔霓裳觀音」之舞。按元順帝嘗觀此舞。

奇南香　今名伽楠香，古以製帶，後以製珠。

獅蠻玉帶　《宋史・輿服志》，其帶有金塗天王、八仙、犀牛、寶瓶、荔枝、師蠻、海捷、雙鹿、行虎、窪面諸目。師蠻自二十兩至十八兩有二等。

火浣布　見《列子》及《抱樸子》。《漢書》作火毳，西南夷以為貢品。即石棉質織成之布。

佛桑花　一名朱槿，亦作扶桑。自夏至冬，花事方歇。《閩書》謂出東海日出處，花光焰照日，其葉似桑。

右班左職　文東武西。此渾言為武官也。

標行　保鏢之處，即後世之鏢局。

門館　即人家或衙署延聘之西席，或課兒童，或管帳目，或司書啟，或理刑名。統稱師爺。

顧買　即招顧買貨之店夥。

一蒂兒　即一竿到底也。此言由根至梢。

告駕　即告假也。

無常　佛家語，謂世間一切事物不能久住也。俗有「無常（鬼名）一到萬事休」語。因勾攝人之魂魄者，曰走無常。

懊惱氣　謂受人之氣而生懊惱也。

瓶落水　無聲響也。俗有「銀瓶落井」之語。

酸嘔氣　受人之氣，如嘔酸也。

孔方兄　謂錢也。晉魯褒《錢神論》曰，親之曰兄，字曰孔方。

相好　俗稱朋友曰相好，本友朋親好之意。後世男女相愛悅，親密逾夫婦，曰相好，亦曰相知。按男女既無夫婦之名分，唯有假朋友之交親，所謂膩友即此是也。今人對妓言所歡曰恩相好，對友言所眷曰貴相知。又作交好解，如言甲與乙相好，丙與丁乃多年之相好，則非名詞矣。

失花兒　婦女自謂無虧於名節也。

栲栳　盛物之柳器。

東洋大海　百川入海。此言歸之於海，即去而不復也。

束脩　見《論語》。又《北史》「冀儁傳」，張鳳翼、譚輅均言及之。饋送塾[49]師之金。

散彈　應作散誕。

拆白道字　拆字為詞曲，乃樂藝之一。

龍陽　戰國時魏有幸臣曰龍陽君。今俗稱男色曰龍陽，本此。

萬回　唐武后時之高僧，中宗嘗與之問對泗洲和尚事。《傳燈錄》謂萬回禪師姓張，九歲能語，兄戍安西，父母遣問訊，朝往夕回，以萬里而回，號萬回。《金瓶》根據《酉陽雜俎》云其兄戍遼陽，此則曰遼東。又曰曾在後趙世虎前吞兩升鐵針，又在梁武帝殿下於頭頂取出舍利三顆。撰《金瓶》者誤將鳩摩羅什達摩與萬回並為一人。永福寺建自梁普通二年，開山即萬回長老，與《傳燈錄》、《酉陽雜俎》又不相吻合。

儑賴　後文又有潑皮賴虎。

打哄　《朱子語錄》，居肆亦有不成事，如閑坐打閧過日底。元人〈陳摶高臥〉曲云「乾打哄」，亦用哄字。

卓錫　僧人行腳所止之處。

西班出身　《通鑑》，唐咸通元年，有西班無可語之者。注朝會文官班於東，武官班於西，故謂武臣曰西班。

興頭　興致甚豪。

虛脾　俗語「弄虛脾」，見元曲〈王魁負心事〉。

頂門針　與當頭棒意同。本針灸療法，此喻行事之扼要也。

49 按：塾原作墊。

沒搭煞　《南史》「鄭鮮之傳」：答颯（不振貌）；文與可集有「懶對俗人常答颯（相對答）」句；范成大詩：「生涯都塌颯」。與前說同。

尷尬　《說文》，不正也。古咸古拜二切。（《俗書刊誤》云，行不恰好也。今反云。）《通雅》作「間介」，詳《通俗編》。

火燒　食品也。見於《貴耳集》，其名亦甚古。

波波　《升庵外集》，餺饠今北人呼為波波，南人謂之磨磨。或云本為餑餑，北人讀入為平。據《集韻》做饗，又作饝。

饅頭　見束晳「餅賦」。《初學記》引作曼頭，《夢粱錄》作饅　。

馬八六兒　即前文之馬伯六也。

瞿曇　佛之先世之本姓也。今即稱佛。

陀羅經　往生淨土之經文。

三十三天　釋藏《起世經》「須彌山上有三十三天」；《婆娑論》「天有三十二種，忉利天即三十三天」；《法華經》「若持不盜不殺，得生三十三天」。又見《道藏・靈寶本元經》。

由旬　佛家語，里數名。大者一由旬八十里，中者六十，下者四十。

輪迴　佛謂世界眾生，自初皆輾轉生死於六道中，如車輪旋轉無已時。

經坊　又名經鋪，承印佛經之處。

足色　為松江紋銀，成色最足者。

先兒　明代稱老先生曰老先兒，因內監諱升字，並其音亦諱。《骨董瑣記》詳言之。

升仙會　韓湘子度陳半街（富翁，有房屋占半條街），雜劇也。

紅梭兒米　原書雲「叫局連轎子錢為四錢銀子，買紅梭兒米一石七八斗。」

入籍 董嬌兒道，「哥兒恁便益衣飯兒，你也入了籍吧」。嘲應伯爵入樂籍，好吃自在飯也。

怯床 此妓家術語，言其每於接客時，生恐懼心，畏交合也。男子不能御婦女亦謂怯床。

佯打耳睜 此淮揚俗語，即佯佯如無事。

把頭 俗語劣把頭，見《兒女英雄傳》，與沖行家並舉。今北俗有劣把（非行家也）之語。此即《太和正音譜》所云，「行家生活，戾家把戲」也，應作戾把。此但言把頭，即戾把頭兒。

蓋欄杆 打秋菊二三十馬鞭子，又蓋了十欄杆，打的皮開肉綻。此為非刑之一種。

銀獅子 壓衾被之物，重四十一兩五錢。猶銀古老錢為墜帳之物。

沒腳蟹 言行動不得也，多為婦人自謂之詞。古之婦女盡屬纖趾，不離閨闥，不越門閾，凡事仰之於人，自喻為沒腳蟹甚切，其怨苦之辭，意在言外。皆因纏足所致，否則可橫行無忌矣。

萬里江山 俗有「萬里江山一旦丟」之語，言如帝王擁有江山萬里也。

驚閨葉 販賣針線脂粉之人，所執之器，形如鞀而附以小鉦，持柄搖之，則鉦鼓齊鳴，以代喚賣。曰驚閨者，欲其聲之達於閨閣也。此言貨郎所執器。據《金》書則云，一老頭兒斯琅琅搖著驚閨葉過來。此為磨鏡之業，所執之鐵片也。

磨鏡 古代鏡以銅鑄，每被磨瑩，皎然益明。

狗油 俗語，不幹生理，遊惰之人。喻其無用而奸猾也。

馬牙香 《本草》有馬牙硝。此為香料之名。

半截門 又云半門子，疑即《野獲編》所說之釣闉。

雪賊　金蓮所豢白獅子貓之名。不名玉奴或雪奴，而呼之為賊，金蓮心腸歹毒可想。

金箔丸　治小兒急慢驚風症。

黑書　陰陽生所閱之書。

望門寡　女子未嫁而夫殤，俗謂「望門寡」。

頂真續麻　元人口才遊戲。如：「斷腸人寄斷腸詞，詞寄心間事，事到頭來不由自，自尋思，思量往日真誠志，志誠是有，有情誰似，似俺那人兒。」

急口令　原書有急口令云：牆上一片破瓦，打著騾馬，不知那破瓦打傷騾馬，不知那騾馬踏碎了破瓦。

韶武　按「韶武」當作「韶舞」，為司樂小吏之職名。不過其身分地位太卑，不足齒於官數，於是世俗揄人之作官不大者，率以此為調侃之詞也。此種官制，盛行於明代，亦有舉其全銜「鳳儀韶舞」四字者。或即管理妓女之官，亦未可知。淄川蒲松齡，撰《醒世因緣》小說，蒲雖乾隆時人，而書中排場章典，胥用明制。其第八十三回，述狄希陳得授武英殿中書舍人，京花子齎集報喜，狄所給賞錢不饜其慾，花子遂群噪曰，「得了這等美官，拿出五六十兩銀子來賞人，我們報一個鳳儀韶舞，他也給我們幾十兩銀子，難道你連個鳳儀韶舞也不如了。」後相主事者又云，「剛才說你不如鳳儀韶舞，如今他又不如狗了。」可見「韶舞」一語，為彼時挖苦之言。《金瓶》記明代事，亦係魯人口吻，譏笑仕途者，與此悉合。

照磨　元之官名，以照對磨勘為職，主管文書者。明都察院及布政、按察二使皆置之。

秋香亭　劇名，待考。

半萬賊兵　即《西廂記》孫飛虎五千人圍普救寺，逼索崔鶯鶯事。

買絃　贈盲女彈唱之資，託為買絃。

鼻子　《燕北雜記》，北界漢兒多為契丹凌辱，罵作十里鼻，譯言奴婢也。余氏《辨林》，吳俗諱奴為鼻，解者曰裝門面耳。或曰象鼻能觸人，豬鼻善掘地，義取其生事，蓋臆說也。

嘴硬　見《朝野僉載》，「陸餘慶筆頭無力嘴頭硬」。

不語先生　觸器（一名藤津偽具），俗名角先生。此借用喻男子勢也。

淫婦窟籠　元曲有「姐姐的黑窟籠」之句，即言女陰也。蓋反切語窟籠謂孔也，見《溪蠻叢笑》。

郭槖盆　與蘇州郭槳磚同一做法。

暖房　暖本作餪，亦謂之暖屋，見王建「宮詞」。《輟耕錄》謂即入宅遷居，鄰里親朋醵金治具過主人飲也。北地亦名溫居。又嫁女三日送食，謂之暖女，見《侯鯖錄》。俗於娶妻前日治暖房酒。

惡識　非好相識也。此言不可開罪於彼。

華居　稱人之房屋。

打鋪　設席褥，令人臥也。

下邊　此婦人自言下體也。

油皮　皮膚之外膜。

歸脾湯　藥飲。

婦人科　專治婦女疾病者。扁鵲至趙為之。

汝府　汝王之府。

王叔和　古之醫家。

血崩　病名，婦人病也。

便毒魚口　毒症。

祿馬神數　病者之家，使瞽者或星士，推算病人年命。書中畫鹿馬無數，如鹿與馬皆倒懸，則病者不起矣。據原書卦金銀三錢，為先天易數之一種。

武當山　山在湖北均縣，為真武帝之道場，學道者多麕集於此。

天心五雷法　道家驅邪之術，能運雷於掌心。

趕網　謂如驅鳥獸入網也。

血盆經懺　婦人行經產子，因污穢恐死而獲罪，云不奉此經，入血污池中。此經亦曰「女人血盆經」，其名「目連正教血盆經」，為佛經中之偽作，然流傳頗廣，婦人信之尤篤。

龍天　佛家語，謂天龍八部。

三七藥　可止血、消蟲螫之腫。三七為多年生草，本名山漆，又名金不換。

偏方　即單方也。韓世忠詞，「單方只一味」。此言私人傳授之秘方。

板兒　即棺材板也。富者遇閏合材，名曰壽木（錢一名「板兒」與此異）。

退災博士　謂一經鬪趣則忘卻憂愁。

桃花洞　「夫人竹」產漢陽桃花洞息夫人祠側，見陳鼎《竹譜》。此但言武陵川中，即唐漁父遇秦毛女處。按原書云，尚推官從川中帶歸者。是《小腆紀年》附考云，張獻忠死後，孫可望陷重慶，奉張獻忠偽後陳演女為主，居桃花洞，後焚殺之。當即此處。

鬼門關　此言將與鬼為鄰。

憨錢　一作杠錢。

姻緣板　即棺材也。俗云甲作棺，未用；乙先死，用甲之棺。即謂此板與乙有緣。

掠兒　即婦女粧梳時攏鬢之物。《雍熙樂府》十四〈春思〉云，「空教人盼歸期，劃的掠兒折」句。

百合香　應作「百和香」，見《漢武內傳》。

掐指步罡　道士捏訣步鬥，皆作法時之術。

沒救星　人之將死，不可救藥，俗云「沒救星」。殆因斗星可以增人壽算。

根蒂兒　一作根絆兒。俗謂兒女如根之生蒂，然又多所牽掛。

神主子　即亡人之靈位（俗名牌位）。

跳火坑　婦女死，不以紅鞋入殮。俗傳著紅鞋，陰司須跳火坑。

傳神　即畫容像也。一名影像。

揭白　即畫像也。屍停內寢，對之傳神，畫兩軸送鍛一疋、銀十兩相酬。

千秋幡　人死後用布蓋臉。

殃榜　陰陽生所開死者之入殮、忌避、回煞諸端。

開光明　以水滴入死者目中，為之瞑目。

七星板　見《顏氏家訓》。又《識小錄》云，今人棺底用板名七星，或仍其製。

紫蓋　一作子蓋，棺蓋內之小蓋，又名天花板。

題銘旌　喪具。又名明旌，見《吾學編》。率延顯貴題寫逝者姓氏。

弔喪　弔唁於喪家也。禰[50]衡謂「荀文若可借面弔喪」，言徒有貌耳。

關目　戲劇中皆有關目，即情節與結構之增減詳略方法。

塞味兒　原書謂「《玉環記》劇中之包知本，就是應花子一般，是個不知趣的塞味兒」。言其為不識竅之瘟生。此妓院中諢語。

帶頭　即私人所帶梯己之財物。吳越方言云，所乾沒者曰略頭，聲如洛，即落頭也。與此語通。

50 按：禰原作彌。

合氣星 言慣與人鬪氣，如惡星也。

頭鬚 即孝頭帬也，詳《通俗編》。以略細布為之，長八寸，用以束髮根，而垂其餘於後。此即古所謂「總」也。

唱道情 《西湖志餘》，冷泉亭後苑小廝兒打息氣唱道情，太上云此是張掄所撰鼓子詞。《嘯餘譜》言樂歌詞之類，亦謂之黃冠體，本道士所歌，為離塵絕俗之語。以魚鼓簡板為節拍。

建昌 地名，有二，一屬江西，一屬四川。

鎮遠 地名，在今貴州。元置府，明因之。

酸子 謂秀才也。一作酸丁，或作措大。詳《堅瓠四集》。《通俗編》引《資暇錄》、《全唐詩話》、《義山雜纂》等著，言之極詳。

光身漢 一作淨身人，即太監也。

紅袍記 劉智遠故事。

雪擁藍關 「韓湘子度韓文公」故事。即「雪擁藍關馬不前」也。

凝神殿鴟尾 事見《宋史》，不祥之兆也。

大金 重和元年，女真阿骨打稱帝，完顏氏也。以其國產金，故國號大金。

割三鎮 靖康元年，金將言和，割中山、太原、河間三鎮之地。詔許之。

太廟磚縫出血 宣和元年，神宗廟室便殿有磚出血，隨掃又出，數日方止。見《宣和遺事》。

宦官封王 宣和七年，封童貫為廣陽郡王。童貫，內侍也。

艮嶽 禁城西北隅稍低，詔取餘杭土為萬歲山，多運花石妝砌。因神降有「艮嶽排空」語，改名艮嶽。

朱勔 朱以花石綱擅寵，謠曰，金腰帶，銀腰帶，趙家天下朱家壞。

花石綱 朱勔以花石綱媚徽宗，東南騷動，民間一花一石，皆指為御用，運輦於京。

偶戲　一作提偶，即傀儡戲也。《溫州府志》，土俗尚傀儡之戲，名曰串客。

斜局　為內臣依勢用事，不由正途，故曰斜局營生。

喇嘛　西藏之紅衣佛教，元代盛行，尊為國師，明清亦甚崇奉，蒙古人極信仰之。

番經　喇嘛所誦之經咒。明代北京有番經廠。

地吊高橇　有「五鬼鬧判」、「張天師著鬼迷」、「鍾馗戲小鬼」、「老子過函谷關」、「六賊鬧彌陀」、「雪裡梅」、「莊周夢蝴蝶」、「天主降地水火風」、「洞賓飛劍斬黃龍」諸目，亦名歌吊。北方伎人足繫木竿上，跳舞作八仙狀，俗呼高橇。案《說文》，僑，高也，當作高僑，見於《札樸》。此戲之起頗古，《列子》、《通典》、《宋書》皆紀其事。或謂長趫，或謂踏蹺，今曰高蹺。地吊想係抬閣戲，俗名地架者。

懸真　即出殯前，道士對死者遺容，誦經迎送。

羅經吊向　此堪輿家相地、開金穴。用羅盤、用線吊準方向，選吉避凶。

雙頭火杖　火杖兩頭燃著也。俗謂事亢，雙頭齊至，率用此語。

泰安州　地名，泰山之所在也。漢為郡，金置州，清升為府。

金鈴吊掛御香　《水滸》云，往華山進香。《宣和遺事》云，往泰山還金爐香願。

高功　即道士功行之高者。遇醮則為上座。

還帶記　裴晉公故事。

中饋　妻主中饋。

大錦堂　對武官掌刑者之稱，即錦衣也。

大碩德　對縉紳或年高德劭者之稱。

土豪　豪於鄉里之士也。

保辜限　「保辜」見史游《急就章》。注曰，各隨其狀輕重，令毆者以日數保之，限內致死，則坐重辜。《通俗編》：按《說文》謂二文而一義。

皮子　即潑皮無賴也。後世謂吝嗇者亦曰皮子，言其善於剝皮也。

衣梅　原書言「以各樣藥料，用蜜煉製過，滾在楊梅上，外用薄荷橘葉包裹，每日清晨噙一枚於口內，生津補肺，去惡味，煞痰火，解酒尅食，比梅酥丸更妙」。按即今之陳皮梅也。與《能改齋漫錄》所謂「擬梅」即榖樹子不同。

棗核解板兒　此如古諺「一絇絲能得幾回絡（叶樂）同」，言不值幾鋸也，諧音「無多句」耳。

湯婆　暖足瓶也。東坡有啟。

桶　原書「又桶出個孩兒來」，此北方語，與「弄」字義同，含有鼓搗之意。應作捅。《集韻》「它總切。進前也，引也。」錢思元《吳門補乘》，其吳下方言，謂移也。又如刺[51]，吳語作擉，義同。

趕熱被窩　宿娼者，趕早乘客去而妓未起。

掛口兒　事先相告也。

河道　此言運河。

過橋巾　《雲間據目鈔》，「橋樑絨線巾」云云，於明嘉靖以後男女服飾言之極詳，但僅言松江一郡耳。

絨襪　《雲間據目鈔》云，萬曆以來，用尤墩布為單襪，近年則用絨襪。襪尚白，貧不能辦者，則用旱羊絨。

送茶　妓女聞客在他院置酒，遣人送茶以致敬。

---

51 按：刺原作刺。

火籠兒　竹編之小薰籠，為冬日婦孺禦寒之具。

淫目　仰靠著，直舒著，側臥著，金雞獨立，野馬踐場，野狐抽絲，猿猴獻果，黃狗溺尿，仙人指路。原書批云，一部淫情，此處開一目錄。按唐代酷刑，有鳳凰曬翅，驢駒拔撅，犢子懸車，仙人獻果，玉女登梯諸目。巧立多名，其苦樂為何如耶。

禁節兒　與今北京俗語「節骨眼兒」同。拿禁節兒，即恰到好處也。

肥　發酵之物。蒸麪食皆用肥以起麪。

走風　事機不密，有所洩漏。

太太　職官之妻。古稱郡君、縣君，母則曰太君。太太者，明時部民稱有司眷屬，惟中丞以上得稱太太，見胡應麟《甲乙剩言》。《聊齋志異》十五卷「夏雪」條下，異史氏曰，若縉紳之妻呼太太裁數年耳，惟縉紳之母，始有此稱。以妻而得此稱者，惟淫史（按即《金瓶梅》）中有林（王招宣）、喬（大戶之孀）耳，他未之見也。

落腳　謂其人勾留之處。

偷貓遞狗　言行為淫僻。

板眼　歌曲有板有眼。

攙行奪市　應作儳（仕鑒反，注「謂不與之言而旁對也」）。

流人兒　即流浪之人。謂王三官也。

馬台　《升庵外集》，今之上馬台，古之乘石也。

封門　應作風門。

會茶　此言將往某處朝山敬香，先設會，約合同道，醵集香資，名曰會茶。

冷鍋爆豆　《傳燈錄》，有「冷灰裡一粒豆爆」之語。

聽頭兒　此言秘密之事，有一消息，即舉暗號，使內中知警。

節度 官名。唐有節度使。

邠陽 即豳州，後改，在今陝西。「竹坡本」誤作頒。

王景崇 原書云，前朝太原節度使邠陽郡王。按《史書占畢》謂兩王景崇，一為晚唐鎮將，一為後唐牙將，各有傳。

喝號提鈴 入夜有巡綽。

埋伏 陰伺以邀擊之。元曲有〈十面埋伏〉。

考察 即政府每三年考察官員之政績。

經歷司 掌出納文移。金元明皆有此官。

照會 官文書之名，始見於《宋史・河渠志》。

司房 即差人所辦公之房。

范陽 地名，即今北京。唐為范陽節度使所轄。

藥線 本為放炮引火之物，此言線索。

正身 即本身，不許他人頂替。

吃鹽米 俗語，人吃鹽和米，講的情和理。

知遇 知所感報。

透路兒 傳遞消息，指示途徑之俗語。

銷繳 將事消弭。

鐲子 即手梏也。

倒把鋤頭 遭人反手相厄。俗云「倒打一釘把」，即反噬之意。

底腳裡人 即底裡之人。

明修棧道 聲東擊西也。

真人不露相 暗使促狹。

冬至 郊天之日也，行拜冬禮。

慶成宴 《湧幢小品》卷廿一，嘉靖四年郊祀有慶成宴，又見《野獲編》。高士奇《天祿識餘》，記明典祀有慶成宴，每宴必傳旨曰，「滿斟酒」。又曰，「官人每飲乾」。

鴻臚寺 朝賀時掌贊導相禮，外官晉見者先往報名。

堂尊　即司官稱堂官也。如知縣稱知府為府尊。

安妃　玉真軒即安妃粧閣，蔡京題詩云，「保和新殿麗秋暉，詔許塵凡到綺闈。雅燕酒酣添逸興，玉真軒內見安妃。」見《宣和遺事》。

匠作監　監督工程者。

頭魚　元時有頭魚宴，始於遼，見《遼史・天祚紀》。按《國語解》，上歲時釣魚，得頭魚，輒置酒張宴，與頭鵝宴同。

十三省　原書謂兩淮、兩浙、山東、山西、關東、關西、河東、河北、福建、廣南、四川為十三省。（北宋為開封府界京東東西路、京西南北路、河北東西路、兩浙路、江南東西路、廣南東西路、福建路、荊湖南北路皆行使銅錢；成都府路、梓州路行使鐵錢；陝西府河東路銅鐵錢並用。）

飛魚服　蟒龍、鬥牛、鶴麟、飛魚、孔雀諸服制，正德初橫賜，武弁自參、游以下，俱得飛魚服，內官倖倖皆得賜。詳《野獲編》。

鑾駕庫　指揮直駕管理鑾駕扈蹕。

待漏院　朝見之官集候之所。

宣和　宋徽宗年號。

知印局　傳事之官。

八角鎮　自東京回清河，路過黃河，即抵此處。原書云在沂水，不合。按今名八角店，在開封西南三十里。宋靖康初粱師成賜死於此。金即此置鎮。

黃龍寺　寺以黃龍名者甚多，此言在黃河涯。

曬晲　或作晾。晴日之下使乾曰曬，風吹使乾曰（音似朗，為涼之去聲。見越諺）。

捲罵　《鹽山新志》云，捲絕者，罵也。今北方俗語猶如此。

活人妻　有夫之婦也。

爛桃　喻婦人之濫淫者如爛冬瓜（見《傳燈錄》）、下山爛（今俗語），皆是也。自「苦桃姊」而衍。又如苦瓠子（謂窮苦者）、甜桃兒（謂好）、苦李、醋梨（皆謂不好），見於元曲者甚多。

正條兒　言正直之行，非淫僻之事也。

三慌子　言作事荒樟也。

八寸三　帽之尺寸。

扯下水　同流合污之俗語。

放羊　此言宣揚中冓之醜也。

手下人　言手下所指使之人也。

私鹽私醋　謂本偷漏關卡。此言不光明正大也。

揣子號聽題　言全無所聞，亦無人問也。

這波答子　即這般也。一波未平，一波又起，故俗云一度為一波。

六禮約　此歇後語，待考。

高枝兒　言有好處存身，如鳥得高枝。

大湯水兒　此言即「蹄涔」之反語。又俗云喝湯水，即浸潤之意。

僻廳鬼兒　屏氣斂足。

嗔拳不打笑面　見《歲時記》、《五燈會元》。因《事物紀原》云，江淮俗每作戲，必先設嗔拳笑面，村野之人，以蠟末作之。

奉承　原出《書經》。《左傳》、《後漢書》皆奉禮奉法之謂，今世以趨奉尊貴言之。范質示從子某詩，「舉世好奉承，昂昂增意氣。不知奉承者，以爾為玩戲。」

撐硬船兒　此言不伏氣也。

四水兒活　即隨機應變，如活躍於水，須動四爪也。

撞東牆　即今俗語之「碰壁」，又云「碰釘子」。

服禮　服輸賠禮。

披毛戴角　謂畜類也。

不憒　原書憒多誤作慣，氣不平也。

行鬼路兒　言走路無聲跡。

瞞貨　一作遲貨，謂不合時宜者，故又作僻時貨。應作滯貨，見《堅瓠集》六卷。

一溜煙　言行路迅疾。

婆婆　舅姑即公婆。此言姑也。《搜神記》作阿婆。元曲《蒯通》有「不是善婆婆」語。又諺「人間孫秀秀，天上鬼婆婆」。

斷七　人死七日為首七，每七必祭奠，四十九日而畢，謂之斷七。即虞期也。

紅蓮　宋紹興間，柳宣教使妓紅蓮計破玉通僧戒體，事見《西湖志》。後文即「月明度柳翠」。

闖捩子　《晉書・天文志》作闖戾，《傳燈錄》、黃山谷集均作闖捩子。

搶紅　擲骰子之戲也。又有搶快。

鬪猴兒　此言打孩童不下重手。

主腰了　婦女圍腰之物。

流金鼎　鎏金之鼎。

雙忠記　張巡、許遠事。

黃氏女寶卷　勸善信佛之唱本。

掛真兒　明季小曲。有「掛枝兒」、「打棗竿」。

賣良姜　俏語，諧音涼僵也。言不得上床溫暖安眠也。

此處不留人　陳後主留贈沈後云，留人不留人，不留人去也。此處不留人，會有留人處。見《平陳錄》、《大業拾遺記》。

曆本　一名百葉，見《宋史》「閻文應傳」，即曆書。後世名為黃曆，亦曰時憲書。

合穿袴　越諺作「佮穿褲子」，即狼狽為奸也。

棉花嘴　謂軟語也。

鏹子　讀若絳，以麪為糊曰漿（讀去聲）子。《韻海》作糨，或作糡。

流白漿　婦人患帶下也，故以暖宮丸治之。

遮羞錢　見《陶庵夢憶》及《揚州夢》。如納妾之先，由媒婆領一女來看，不中意，使之去，給銀一兩，名曰遮羞。或婦為人姦，破獲時，姦夫納金求免。亦曰「遮羞禮」。

水頭兒　起水頭兒，即起風波。

放小鴨兒　此俗語，待考。

孤老院　救濟孤老之所，有甲頭統之。

甲頭　《西湖志餘》有「甲妓」之目，此言妓院之主人。

不伏燒埋　元人「爭報恩兩世姻緣」曲，有「不服燒埋」之語。《紅樓》薛家給苦主燒埋銀子。

抖毛兒　謂振翼將飛也。

四節記　原書云，韓熙載夜宴（冬景）郵亭遇豔。《綴白裘》曲譜有「嫖院」一折，明沈采著。

義官　原書援例納白米三十石，以濟邊儲。「竹坡本」，喬大戶趁著新例，上三十兩銀子，納個義官，在本府援例，新授恩榮義官之職。《大明律・名例》內，有文武官職、舉人、監生、生員、冠帶官、義官、知印、承差、陰陽生、醫生。但有職役者，犯贓犯姦，並一應行止有虧，俱發為民。

酩子裡　元代多用此語，有作「腔子」解者。

少椒末兒　待考。疑為吃辛受辣。

小姐　宋宮掌茶酒宮人韓小姐，與親事孟貴私通，小姐之名初見《玉堂逢辰錄》中。元人概稱仕女為小姐，明清兩朝亦相沿而稱，實錯誤也。詳見《通俗編》。按原書西門之女皆稱為大姐，其婢女則呼為小姐，與今俗貴賤適相反。

小姐之姐為本字，其以為賤名者，乃「媎」字之省耳。

花栲栳兒 發賣絲絨綿線之招子。

響瓜兒 俚俗謂撚人膚體致起血瘤，曰「摘烏豆」；以掌擊人顱拍撻有聲，曰「打響瓜」。又被人罵，俗曰「吃醬瓜兒」，見秋胡劇。

圍脖兒 即以貂鼠皮為圍頸，禦寒之物。

黃金入櫃 即下葬也。《明一統志》，金櫃山在揚州府南七里，山多葬地。諺云，葬於此者，如黃金入櫃。故名。

重和 宋徽宗年號。

踢毽子 《景物略》云，京師謠，「楊柳兒死，踢毽子」。吳氏《字彙補》曰，拋足之戲具也，有裡外廉、拋槍、聳膝、突肚、佛頂珠、剪刀拋諸名色，見《事物紀原》。

鬧蛾兒 迎春之日，婦女剪綵為花蟲，插巾帽。又名「鬧嚷嚷」。

屯所 屯田也。原書謂「太祖舊例，為養兵省轉輸之力，立屯田。初納秋糧，自王安石變法，增納夏稅。濟州管內，除拋荒葦蕩港隘，共二萬七千頃屯地，每頃夏秋只徵收一兩八錢。不足五百兩，年終總傾銷，往東平府交納，轉行招商，以備軍糧馬草作用。」

透靈兒 謂性極精明。

生活所 宮中管理針線一切事務之地。（按內官十二監四司八局為二十四衙門，見《野獲編》。而無「生活所」之名。）

撾撓兒 遇事有所措手。

大寅丈 同寅前輩之稱。

大都閫 同寅武職之稱。

大鄉望 現任官稱鄉紳之謂。

躧狗尾巴 此言圖其後也。

藻暴性子　躁暴之性情也。今人有「草包性子」之語。

聯手　兩人有所勾結也。此言男女有曖昧行為。

膩抹兒　圬者用以粉刷牆壁之物。此言女子擦粉甚多。

演禽　術數之一。以星禽推知人吉凶。世傳有《演禽通纂》二卷。

不便處　即下體私處也。對人言如此。

頂上　此言泰山頂也，供碧霞元君。（《通俗編》考為泰山之女，非玉女也。）

山高水低　即設有不虞之意。喻人之或生或死。

墓生兒　即遺腹子也。或「末生兒」。按《尋親記》有句曰，「我是背生兒，逆天罪大。」亦作「暮生兒」。

傳影　畫家摹寫人之真容。應作「傳真」。《輟耕錄》載其法甚詳。

死水兒　俗謂寡婦如一窪死水，無所活動。此由「古井不波」而來，更喻財源已竭。

開缺　實缺官死於任，請開缺，另調他員補之。

售色　即婦女衒色求售也。兩字甚雋。

四馬兒　即「罵」字之拆字格，俏語也。

殺狗勸夫　《元曲選》載此劇文。

溜眼　溜眼波也。即梁武帝時，賣眼含笑之意，以目[52]傳情。

作創　作首創之人。即今語之發起人也。

張風流　此渾言其人。惟張敞有「風流京兆」之目。

李浪子　李邦彥時人目為「浪子宰相」。

寶應湖　即揚州府城外西北之湖，詳《揚州畫舫錄》。非寶應之湖也。

---

52 按：目原作自。

臨清馬頭　《程途一覽》云，「臨清水馬頭，南宮旱馬頭」；《通鑒》，史憲誠築馬頭；《晉書・地理志》有新興馬頭。

鹽商　《雍熙樂府》有「點絳唇」，嘲鹽商，形容盡致，可發一噱。

起毛心　見財而生歹心。

家奴　即家生奴也。後世謂童僕統為家奴。

院公　小說稱僕曰院公，亦曰院子。《輟耕錄》載金人院本有「院公狗兒」，今戲劇中則曰「家院」。

水皮子　即往來江湖之上，所謂「水面上作生涯」也。

頭伏　炎夏三伏最熱，伏者金氣伏藏之日。夏至後第三庚日為初伏，四庚為中伏，立秋後第一庚日為末伏。

染指甲　始詳自《癸辛雜識》。《花史》載李玉英秋日採鳳仙花染指甲，於月下調弦，或比之落花流水。

茉莉　翻譯名義頻婆此云相思果，末利此云鬘華。皆梵語也。

牙疼咒　凌初成《夜窗話舊》「江兒水」云，「曾被多人誤，今朝卻遇伊。趄臉的閑趁風流趣，村沙的硬攬溫柔會，負心的白賴著牙疼誓，一抹地無根無蒂。只為情緣，幾墮落為人一世」。（賈仲名《對玉梳》曲云：「看的昧心經，念的養家咒」。）此言發咒（見《朱子語錄》），全不由衷，毫不關於痛癢也，與「脫空經」同為俏語。

害碜　有不害羞之意。元曲有「不害磣」，猶不可惜也。（砢磣應作⿰忄羅磣，⿰酉羅慚也。）

乾霍亂　本病名，此借用為乾搗亂，即胡鬧也。

臥單　《梨園佳話》：俗稱伶與伶相偶者謂之

「同單」。單者，北人呼衾之謂。按即蒙於褥上之布。

關頭 綰髻俗云關頭。

家生哨兒 元曲恒見。一作家生哨，或家生俏，即家奴所生之子女而仍為奴者。

鱉棋 似圍棋而簡。

出港 與入港之意反。亦作出馬。《水滸》，僧人往姦所曰入鈸，出曰出鈸。

木邊之目田下之心 即相思二字也。與宋人詞「女邊著子，門內安心」為「好悶」相同。（《西廂記》有「女字邊干」，即奸也。）

五瘟使 見《西廂記》，即氤氳使者之誤。

門吊兒 即了鳥，一名鳥吊，為鎖門之鉤搭。

醉翁椅 椅以醉翁名，猶太師椅因秦檜而得名。

推車 俗名老漢推車，為行淫姿勢之一。

岱岳廟 祀泰山之神祇。

碧霞宮 張華《博物志》，太公為灌壇令，泰山女見夢文王，言其當道，所祀即此神也。詳《山東考古錄》。

廟祝 廟中事奉香火者。

洞賓戲白牡丹 宋方士顏洞賓以採戰邪術，昵妓女白牡丹，而以累純陽。見《紫桃軒雜綴》。

掇箱子 此為狎比頑童時之姿態，成為隱語。與《品花寶鑑》「看桶拾鐲」者不同。

青州 地名。漢治臨淄，金改名益都州，治益都。明建青州府。

合口 與人口角也。又作鬪口。

玷污 《西廂》：「玷污了小姐清白」，即玉有玷，面潔白者有染污也（亦作點污）。

清風山 《水滸傳》有清風寨。

嘍囉 應作僂儸。見《五代史》「劉銖傳」。今盜賊謂部下之名也。《宋史》，張思鈞狀小精幹，太祖目為樓羅。

絆馬索　以索暗橫於地，絆馬與人跌倒。本為軍事所用，後盜賊已用之。

壓寨夫人　《通俗編》云，小說中之壓寨夫人，即後唐莊宗攻梁軍於夾城，得符道昭妻侯氏，寵冠諸宮，謂之「夾寨夫人」，每從戎事。

毛病　徐咸《相馬書》，馬之善旋五，惡旋十四。所謂毛病，最為害者也。

溜骨髓　江湖武藝高者不近女色，犯者曰溜骨髓，因妨礙武工也。

高唐州　地名，後魏置，元升為州，明清皆屬東昌府。

雞兒趕彈　此言男女相追逐之狀態也。

洗換身上　即婦女每月行經，須浣裳也。見王建宮詞。

排磕　即排擠之意。

墮胎藥　《南史》「徐孝嗣傳」有墮胎藥。

月水　一名桃花癸水，亦曰月客，或曰紅潮，即婦女之月經。

天癸　見《內經》。古統謂男精女血。今專言月經。

掣肘　遇事阻撓也。

好事不出門　見《北窗瑣言》，又見《傳燈錄》。

私肚子　謂私孕也。多不肯舉，生者名私生子。

幹歹事　謂男女野合之事。

走水　謂走漏消息。

犬交戀　《石點頭》九十五回有狗連俚詞。

祆廟火　波斯火教，亦曰火祆，見《梁書》「蔡撙傳」。按大秦為景教，宋人多以穆護（即摩尼教）為火教。《墨莊漫錄》言，東京城北有祆廟，本出西域，蓋胡神也，與大秦穆護同入中國。俗以火神祠之。原書「祆廟火燒著皮肉，藍橋水淹過咽喉，緊按捺風聲滿南州，洗淨了終是染污（元曲作『畢罷了終是痕跡』）。成就了倒算風流，不怎麼呵人也道有」。此與元曲微有不同。

賭鱉氣 俗有「賭氣」、「彆氣」之語。

漏眼不藏絲 言無所遁逃也。或作肉眼不藏私。

罄身兒 言盡其一身，別無攜帶。

瞞上不瞞下 瞞應作謾，見《宣政雜錄》。按即魚鼓之製法，借喻蔡京、童貫等之欺蔽。

紀念兒 遺物以為紀念也。

上主兒 僕婢易主時，投入新主家之謂。

趙迎春 原書引諺云，妻兒趙迎春，各自尋投奔。趙為何如人，容考。

夾腦風 據原書語氣，似為吝嗇。

上蓋 此言衣服也。

增福神 財神也。

嬌客 謂女婿也，見《老學庵筆記》。秦會之有十客，吳益以愛婿為嬌客。

行財 領本經商。

黃毛團兒 謂胎毛未除，詈人為乳臭小兒。

調理 即調護修理也。《紅樓》鳳姐誇鴛鴦云，賈母會調理人，如琢玉成器。

邋遢 一作邋塌，不潔也。《札樸》作蝲蝰。

斜皮 詈淫婦之語。

鬬葉兒 葉子格戲，見《文獻通考》，詳《通俗編》。今俚俗紙牌為戲，號曰「馬吊」。李易安「打馬序」云，「長行葉子世無傳者」，葉子在宋時已無傳矣。

撞蠓子 應作朦，冒名充撞，朦人取巧也。今人游泳，忽地以頭撞入水中，曰「撞猛子」。

有楂兒 有曖昧之行也。

鸚哥兒 謂不說人話也。「竹坡本」作「鸚哥兒風」。

殺人不斬眼　見《五燈會元》，為曹翰語。斬作眨。

氣脈　即今言氣派也。

入馬　與人通姦之始，調戲入手曰入馬。

森羅殿　本《法句經》，「森羅萬象」。後世言閻羅王治事之所，曰森羅寶殿。

無間城　即無間地獄也。

樸刀　應作博刀。《湧幢小品》「十二刀」，兩刃者曰拍刀，起於隋闞陵。

頭陀　梵語稱僧也，其義為抖擻煩惱。今謂行腳乞食苦行僧，亦稱行者。

梁山　為今壽張治屬。其山不過周遭五十里。《水滸傳》乃云五百里，因宋代湖泊濫溢，並水計算耳。山崗上有宋江寨。梁山濼（音薄）作泊實誤。

棗強　地名，漢置。清屬冀州，其沿革詳《地名大辭典》。

貨郎兒　荷擔搖小鼓賣閨閣用物者。

香車　敬香者結伴同行，車插黃旗。

門神戶尉　詳《風俗通》及《荊楚歲時記》。神荼鬱壘也。《通俗編》云，門神左曰門丞，右曰戶尉，出於道書。後以李勣秦瓊實之。

行腳僧　即乞食頭陀。

龍華會　《荊楚歲時記》，「四月八日浴佛，作龍華會」。又見劉禹錫詩。

教師　教授武藝者。

走馬耍解　彭文憲公筆記，五月五日賜文武觀走驃騎於後苑，名曰走解（于介切）。《西河詩話》謂之賣解妓。其戲傳流甚久。《漢書》「截馬之術」，《鹽鐵論》「馬戲」，《三國志》「立騎馬戲」，《北史》「戲馬」，皆是也。《夢華錄》詳其戲，有「引馬開道」、「立馬」、「騙馬」、「跳馬」、「拖馬」、「趕馬」諸名，詳《通俗編》。

上舍　國子上舍，即在國子監讀書，故有舍人之稱。

衙內　唐末至宋初，藩鎮親衛之官，多以親子弟任之。世俗相沿，遂呼貴家子弟為衙內，猶後世之少爺也。

出花兒　小兒出痘也。俗云天花。

官香　夜行者或提燈籠，或燃股香。

竹籃打水　言勞而無功也。俗有「竹籃打水一場空」之語。

做夜作　作夜工也。此則言夜中交合疲困，如曾做夜作。

醜婦家中寶　見元曲秦簡夫「東堂老」。

打官鋪　此言無一定睡眠之處。

刁蹬　即言刁難。

嚴州　府名明置，在今浙江，治建德。宋為睦州。

八字八鑊　謂衙門也。

冷鋪　乞丐所棲之處。

牧馬所　管理官馬。

素珠　數珠，一百零八顆，即牟尼珠也。

晏公廟　原書，自清河至晏公廟七十里，廟在臨清廣濟閘（原書言，那時朝廷運河初開，臨清設二閘以節水利），祀平浪侯晏公敦，水神也。《李笠翁十種曲》之「比目魚傳奇」，盛傳晏公神異，為明太祖所封。

衏衏　原書誤作　衙，應作　衏，即行院也。馬莊父詞，「陌上叫聲，好是賣花行院」，謂是妓院。故妓之貴者稱曰行首，言居班行之首。李師師人稱為「李行首」。

趕趁　《東京夢華錄》載，有下等妓女，不呼自來，筵前歌唱，臨時以些小錢物贈之而去，謂之札客，亦謂之打酒座。《南宋市肆記》載，市樓有小鬟不呼自至，歌吟強聒，以求支分，謂之擦坐。原書，馮金寶手挈廝鑼酒樓趕趁，即打酒座也。與《武林舊事》所言趕趁人不同。

廝鑼兒　唱曲者所持之小鑼。唱時為樂器，唱罷即以斂錢。

下個房兒　即遊房也，亦曰行房。此臨時幽會。

坐地虎　地方之土棍也，一名地頭蛇。

鬧銀　銀之成色不足者。

狗男女　百回《水滸》，賤者對尊貴自稱曰男女，宋元人如此。猶後世自稱奴才。狗男女，詈人行為如狗也。

照面湯　言湯可照面，其稀薄可知。

水客　《拍案驚奇》卷二有云，若是這婦女無根蒂的，等有販水客人到，肯出價錢，就賣了去為娼。原書誤水為木。按水客以販賣人口為生，輒至南洋賣豬仔，兼帶信、匯款、販私。又名客頭。水客之名，至今仍存。

道路營生　即北道上猥妓，如豫省之馬班子，因流娼皆作過路生涯也。

扶頭　宿娼後，翌日友好置酒為之扶頭。元曲亦恒見之。

土番　番子已見前，此言土番子，為巡查街巷之邏卒，巡夜以詰奸宄者。

打底子　謂飲酒之前，恐空腹不耐，先進小食，謂之打底。

使氣白賴　一作死乞白賴，謂糾纏無已也。

淘氣　一為生氣解，一為頑皮解。

打油飛　遊手之徒，滿街覓食之謂。《兒女英雄傳》云：「那些散了的長隨，還有幾個沒找著飯主，滿處裡打遊飛的。」

阿兜眼　謂眼似歐兜也。歐兜尊者，古之高僧，其得道之場在會稽。《孟學齋日記》詳其事蹟。《紅樓夢》五十二回作「摳摟」。

溫淘　糝溲麪也。今兩京皆以溫麪為溫淘，見《正字通》。

二尾子　疑即二儀子，具陰陽二體，即《梵書》之二體人，又名二形人，俗言雌雄人。《碣石剩談》，嘉靖中，瑞州藍道婆如此，後世謂男有女性者曰二尾子。

毛片兒　相馬者視其毛。此詈其為畜類也。

刁厥　性情不平和也。

鋪床　新嫁者先一日延全福婦人為之鋪床。

坐帳　即《夢梁錄》所謂坐富貴。新郎新娘俱坐床邊，後新娘獨坐帳中。

撒帳　《夢梁錄》，凡娶婦男女對拜畢就床，男向右女向左坐，婦女以金錢彩果散擲。《戊辰雜抄》謂始於漢武帝取李夫人。

剝船　船之小者，往來向大船運送貨物。今曰駁船。

靖康　宋欽宗年號。

黑頭蟲　謂人也。人有「黔首」之目。

靈壁　本為靈壁鎮，宋改縣，屬鳳陽。虞姬墓在焉。

康王　宋高宗初封康王。

建康　宋南渡後，初都建康，即今南京。

補遺

關於武大諢號　有署名「不通」者，見告如此，照錄於下云：

靈犀君考武大郎諢號，穀樹皮一文，解釋博雅，令人佩服。唯此種俗語，應求之於當地鄉土語言，則較易得明確之說明。武大郎之所以號「三寸丁」者，「三寸丁」即棺材釘之別名，言其頭大身矮背僂也。穀樹皮乃胡粟皮之訛，言其又黑又麻也。至今山東人詈人黑麻者，謂其臉如胡粟皮。又山東小曲中有云，「簸籮箱的臉，胡粟皮的皮」，又云，「頭戴胡粟皮，臀坐簸籮箱」，皆形容黑而麻者。胡粟即紅高粱，山東讀粟音如許，故撰此小說者或誤粟作樹。又《金瓶梅》中云，他老公便是縣前買熱食的，西門慶猜是賣餶飿李三兒的娘子。「餶飿」二字讀如姑炸，即水餃子。又宋蕙蓮叫玳安盪兩個合汁來吃，合汁即是煮火燒也。

貴腳踏賤地　《通俗編》引《元曲選》武漢臣「玉壺春」，李壽卿「伍員吹簫」，馬致遠「青衫淚」等劇，並見此語。

會茶　朋友每月約會，聚飲聚食，醵資作樂。寒畯則互為賓主，名曰會茶。（後世往娼寮品茗名曰茶圍，恐即茶會所訛。故都妓館仍存茶室之名。《金瓶》，西門在鄭愛月家，桂姐聞之派婢來送茶。以余揣度，初由於文人每月會文，不學者慕風雅，互相酬酢，或會茶，或會飲，相與聚歡。久之以家中不便，移至青樓，仍美其名曰會茶。試觀《金瓶》第一回起，西門與應、謝輩定為會期，歡宴竟日。清朝中葉文人猶有蝴蝶會之舉，見《兩般秋雨盦隨筆》，即酒一壺肴兩碟耳。）

放官吏債　有一等人放債於官吏，以權子母。官吏營私賣法，亦經其手。此人於賄賂請託外，復藉其勢，放債商民責以重利，名曰放火債，放閣[53]王債，或曰放印子錢。從前晉人恒喜為

53 按：閻原作閣，當因形近而誤。

之。《容齋隨筆》：出本錢以規利人，俗謂放債，又名生放。

李嬌兒 《水滸傳》作李嬌嬌，《金瓶》作李嬌兒。《莊嶽委談》：元雜劇多用妓樂，名妓李嬌兒為溫柔旦，《金瓶》著者為明人，遂妄改雙文，因明代除薛素素外，雙文者少，著者囿於風尚，僭易其名。

摭溜子 應作鯽溜。宋祁《筆記》云，孫炎作反切語，本出於俚俗常言，故謂就為鯽溜。凡人不慧者即曰不鯽溜。唐盧仝詩云，「不鯽溜鈍漢」。

雙陸 略似圍棋，古博具也。傳自西竺。晏殊《類要》謂即涅槃經之波羅塞戲。《五雜組[54]》紀其源，洪容齋「雙陸序」詳其制，失傳已久，始自陳王也。遼興宗與太弟重元，因雙陸賭居民城邑，伶官羅衣輕指其局曰，雙陸休癡，和你都輸去也。帝悟，不復戲。

香茶 香茶沁口，費亦不多，世人但知其貴，不知每日所需不過指大一片，重止毫釐。裂成數塊，每於飯後及臨睡時，以少許潤舌，則滿吻皆香。多則味苦而反成藥氣矣。見《笠翁偶集》「聲容部」。

光棍 即棍徒也。《湧幢小品》謂蘇州人曰打手。或云「光棍」為「鰥」字轉音。

架兒 《湧幢小品》云，架空無事實也。

頭腦酒 《湧幢》卷十七，凡冬月客到，以肉及雜味置大碗中，注熱酒遞客，名曰頭腦酒，蓋以避風寒也。考舊制，自冬至後至立春，殿前將軍甲士，皆賜頭腦酒。景泰初年，以大官不充，罷之，而百官及民間用之不改。「暖日宜

54 按：組原作俎。

看胸背花，寒朝最愛頭腦酒」，為對。

陳經濟　《野獲編》中亦另有其人，姓名俱同。

王寀　宋人王韶子，字輔道，好學，工詞章。登第至校書郎，感心疾，好延道統，談丹砂神仙事。徽宗召之，約某日即內殿致天神，為林靈素所陷，術不驗。下大理獄棄市。其父韶於熙寧初上平戎策，因按邊諭降俞龍珂十二萬口內附。累破羌眾，拜樞密副使。又明萬曆時有王之寀，官刑部主事，首發張差梃擊案。天啟初復上復仇疏，言方從哲、崔文升等誤用紅丸之罪。累遷刑部侍郎。魏忠賢竊柄翻案，下獄論死。

放刁　應作放鵰，《朱子大全集》多見之，猶言使乖也。今俗用刁字，非。

六黃太尉　見《宣和遺事》。待考。

訕　應作赸，教坊中語。今猶言「赸臉兒」，即厚顏。見《西廂記》注。

六甲　《隋書‧經籍志》有《六甲貫胎書》。按《三餘貼》云，六甲乃上帝製物之日。

儒醫　此名宋時已有，見《夷堅志》。由儒而醫，自稱行道，以別於雜流。

卑職　此稱見元袁桷「上柏柱修遼金宋史事狀」，自稱如此。

白眉神　見《棗林雜俎》，謂即古之洪厓先生。《鍾馗傳》謂是盜蹠。

鹽引　元時天下鹽課歲以引計。

書帕　詳明徐樹丕《識小錄》。今之書帕本，即明所遺，明隆慶、萬曆間最盛。

拜匣　名見《思舊錄》。

撇扭　今人多作彆扭。元曲沈仕「清江引」，有「冤家再休情撇扭」句。

閃　《太和正音譜》，無名氏小令「喬捉蛇」，有「閃的我無情無緒無歸著」。

坊院　《南宋市肆記》，歌館平康諸坊，如清和坊、融和坊、太平坊，皆群花所聚之地，莫不靚妝迎門，爭妍賣笑，朝歌暮絃，搖盪心目。如賽觀音、吳憐兒、孟家嬋等，皆以色藝冠一時。

鈔關　《廣平治略》，宣德四年始設鈔關七所，為河南務、臨清、九江、滸墅、淮安、揚州、杭州也。臨清、杭州兼榷商稅，本色歸內庫備賞賜，折色歸太倉備邊儲。後改鈔折銀，備舡料。初用御史，其後停御史不遣，遣部主事司之。

以上小札皆信手箋於書眉，難解之處所不能免。亦有可以意會而無法解釋者，罣漏遺譏，唯有俟再版時改正。尚乞閱者賜教（寄示天津英租界孟買道義慶里五十八號　姚靈犀收）。至為感盼。編者附言。

《金瓶》集諺——《金瓶梅詞話》

牽著不走，打著倒退。（第一回）

著緊處卻是錐紥也不動。（第一回）

買金偏撞不著賣金的。（第一回）

一塊好羊肉落在狗口裡。（第一回）

三打不回頭，四打連身轉。（第一回）

三分似人，七分似鬼。（第一回）

花木瓜——空好看。（第一回）

且得冤家離眼前。（第一回）

表壯不如裡壯。（第二回）

籬牢犬不入。（第二回）

丟下塊磚兒，一個個也要著地。（第二回）

是親不是親，便要做喬家公。（第二回）

我不是風，他家自有親老公。（第三回）

孫武子教女兵——十捉八九著。（第三回）

便得一片橘皮吃，切莫忘了洞庭湖。（第三回）

遠親不如近鄰。（第三回）

當行厭當行。（第三回）

風流茶說合，酒是色媒人。（第三回）

一客不煩二主。（第三回）

家無主，屋倒豎。（第三回）

眼望旌節至，耳聽好消息。（第四回）

棺材出了，討輓歌郎錢。（第四回）

馬蹄刀水杓裡切菜——水泄不漏，半點兒不落地。（第四回）

幼嫁從親，再嫁由身。（第五回）

欲求生快活，須下死功夫。（第五回）

網巾圈——打靠後。（第五回）

一床錦被遮蓋。（第六回）

小花不結老花結。（第六回）

山核桃——差著一隔兒。（第七回）

求張良拜韓信。（第七回）

漏眼不藏絲。（第七回）

先說斷，後不亂。（第七回）

妻大兩，黃金日日長；妻大三，黃金積如山。（第七回）

鳳凰無寶處不落。（第七回）

搬著大引著小。（第七回）

黃貓兒黑尾。（第七回）

再來的紅娘——倒會成合事兒。（第八回）

賣糞團的撞見了敲板兒蠻子叫冤屈——麻飯胳膽的帳。（第八回）

騎著木驢兒嗑瓜子兒——瑣碎昏昏。（第八回）

離城四十里見蜜蜂兒搠屎，出門交癩象絆了一交——原來覷遠不覷近。（第八回）

匾擔大蛆蠎（不見字書。「竹坡本」作叮）口袋。（第八回）

幼嫁由爹娘，後嫁由自己。（第八回）

人無剛骨，安身不牢。（第八回）

從頭看到腳，風流往下跑；從腳看到頭，風流往上流。（第九回）

天有不測風雲，人有旦夕禍福。（第九回）

今早脫下鞋和襪，未審明朝穿不穿。（第九回）

捉姦見雙，捉賊見贓，殺人見傷。（第九回）

經目之事，猶恐未真；背後之言，豈得全信。

（第九回）
張公吃酒李公醉，桑樹上吃刀柳樹暴。（第九回）
人是苦蟲，不打不成。（第十回）
拾了本有，吊了本無。（第十一回）
船載的金銀，填不滿煙花寨。（第十二回）
路上說話，草裡有人。（第十二回）
家雞打的團團轉，野雞打的貼天飛。（第十二回）
我見砍頭的，沒見砍嘴的。（第十二回）
打三個躬，唱三個喏。（第十二回）
將的軍去，將的軍來。（第十三回）
吃不了包著走。（第十三回）
泥佛勸土佛。（第十三回）
養兒不在痾金溺銀，只要見景生情。（第十三回）
饒你奸似鬼，也吃洗腳水。（第十三回）
人家說著耳邊風，外人說著金字經。（第十四回）
不看僧面看佛面。（第十四回）
家有患難，鄰保相助。（第十四回）
手暗不透風。（第十四回）
三拳送不得四手。（第十四回）
渾身是鐵，打得多少釘兒。（第十四回）
求爹爹告奶奶。（第十四回）
兩腳踏住平川地。（第十四回）
得命思財，瘡好忘痛。（第十四回）
囤頭兒上不算計，圈底兒下卻算計。（第十四回）
快眉眼裡掃人。（第十六回）
船多不礙港，車多不礙路。（第十六回）
落得河水不洗船。（第十六回）
惹蝨子頭上撓。（第十六回）
沒絲也有寸交，交官兒也看喬了。（第十六回）
機兒不快梭兒快。（第十六回）
葷不葷素不素。（第十六回）
火裡火去，水裡水去。（第十六回）

不求同日生，只求同日死。（第十六回）

冤有頭，債有主。（第十七回）

打著羊駒驢戰。（第十七回）

雙三不搭兩么兒。（第十八回）

養蛤蟆得水蠱兒病。（第十八回）

先下米的先吃飯。（第十八回）

常信人調丟了瓢。（第十八回）

蒼蠅不攢那沒縫的彈。（第十九回）

作官不貧，賴債不富。（第十九回）

吃了橄欖灰兒——回過味來了。（第十九回）

砍了頭就是債樁。（第十九回）

吃著碗裡看著鍋裡。（第十九回）

雷聲大雨聲小。（第二十回）

賣蘿蔔的跟著鹽擔子走——好個閑嘈心的小肉兒。（第二十回）

雲端裡老鼠——天生的耗。（第二十回）

順情說好話，幹直惹人嫌。（第二十回）

前車倒了千千輛，後車倒了亦如然。（第二十回）

分明指與平川路，錯把忠言當惡言。（第二十回）

癡人畏婦，賢女畏夫。（第二十回）

過後知君子，才是好人。（第二十一回）

久慣鬼牢成。（第二十一回）

風老婆不下氣。（第二十一回）

羊角蔥靠南牆——越發老辣。（第二十一回）

老米醋，挨著坐。（第二十一回）

媒人婆上樓子——老娘好耐驚耐怕兒。（第二十一回）

漫地裡栽桑——人不上。（第二十三回）

城樓子上的雀兒——好耐驚耐怕的蟲蟻兒。（第二十四回）

促織不吃癩蛤蟆肉——都是一鍬土上人。（第二十四回）

老和尚不撞鐘——得不的一聲。（第二十五回）

東淨裡磚兒——又臭又硬。（第二十五回）

白刀子進去，紅刀子出來。（第二十五回）

一不做二不休。（第二十五回）

破著一命剮，便把皇帝打。（第二十五回）

穿青衣抱黑柱。（第二十五回）

左右的皮靴兒——沒番正。（第二十五回）

有心算無心，不備怎堤備。（第二十五回）

為驢扭棍，傷了紫荊樹。（第二十五回）

剪草不除根，萌芽依舊生；剪草若除根，萌芽再不生。（第二十五回）

物定主財，貨隨客便。（第二十六回）

咬人的狗兒——不露齒。（第二十六回）

牆有縫，壁有耳。（第二十六回）

眾生好度人難度。（第二十六回）

上樑不正下樑歪。（第二十六回）

做了泥鰍，怕污了眼睛。（第二十六回）

鬍子老兒吹燈——把人了了。（第二十六回）

做一日和尚撞一日鐘。（第二十六回）

一夜夫妻百夜恩。（第二十六回）

相隨百步也有徘徊意。（第二十六回）

眼淚留著洗腳後跟。（第二十六回）

大暑無過未申，大寒無過丑寅。（第二十七回）

三日不吃——眼前花。（第二十七回）

媒人婆迷了路——沒的說了。（第二十八回）

王媽媽賣了磨——推不的了。（第二十八回）

物見主不索取。（第二十八回）

凡人不可貌相，海水不可斗量。（第二十九回）

旋的不圓砍的圓。（第二十九回）

踩小板凳糊險道神——還差著一帽頭子哩。（第三十回）

失迷了家鄉——那裡尋犢兒去。（第三十回）

狗咬尿胞——虛喜歡。（第三十回）

借米下得鍋，討米下不得鍋。（第三十一回）

哄了一日是兩晌。（第三十一回）

夾道賣門神——看出來的好畫兒。（第三十一回）

當場者亂，隔壁心寬。（第三十一回）

頭醋不酸到底兒薄。（第三十一回）

走殺金剛坐殺佛。（《第三十一回）

不說這一聲，不當啞狗賣。（第三十二回）

硝子石望著南兒丁口心。（第三十二回）

門背後放花子——等不到晚了。（第三十二回）

不怕官，只怕管。（第三十二回）

不把將軍為神道。（第三十二回）

鬼酉上車兒——推醜。（第三十二回）

東瓜花兒——醜的沒時了。（第三十二回）

曹州兵備——管的事兒寬。（第三十二回）

屁股大，吊了心。（第三十三回）

南京沈萬三，北京枯樹灣——人的名兒，樹的影兒。（第三十三回）

身子小眼兒大。（第三十三回）

噙著骨禿露著肉。（第三十四回）

虼蚤臉兒——好大面皮兒。（第三十四回）

君子不吃無名之食。（第三十四回）

兒子花——看樣兒也沒有。（第三十四回）

東廟裡打齋，西寺裡修供。（第三十四回）

賣了兒子招女婿。（第三十四回）

三隻腿的金剛，兩個鯨角的象。（第三十五回）

只怕睜著眼的金剛，不怕閉著眼的佛。（第三十五回）

話頭兒包含著深意，題目兒暗蓄著留心。（第三十五回）

外頭擺浪子，家裡老婆啃家子。（第三十五回）

冷手撾不著熱饅頭。（第三十五回）

媒人婆拾馬糞——越發越曬。（第三十五回）
什麼話，檀木靶。（第三十五回）
雀兒只揀旺處飛。（第三十五回）
冷灶上著一把兒，熱灶上著一把兒。（第三十五回）
老兒不發很，婆兒沒布裙。（第三十五回）
施捏佛施燒香。（第三十六回）
急水裡怎得下槳。（第三十六回）
遠不一千，近在一磚。（第三十七回）
坐家的女兒偷皮匠——逢著的就上。（第三十七回）
一鍬撅了個銀娃娃，還要尋他娘母兒哩。（第三十七回）
鼻兒烏嘴兒黑。（第三十七回）
養兒人家熱騰騰的，養女兒人家冷清清的。（第三十七回）
三層大兩層小。（第三十七回）
情人眼裡出西施。（第三十七回）
寫字的拿逃軍——一身故事兒。（第三十七回）
賣鹽的作雕鑾匠——咸人兒。（第三十七回）
石佛寺裡長老——請著你就是不閑。（第三十七回）
良善被人欺，慈悲生患害。（第三十八回）
八十歲媽媽沒有牙——有那些唇說的。（第三十八回）
賈瞎子傳操——乾起了個五更。（第三十九回）
隔牆掠肝能——死心塌地。（第三十九回）
兜肚斷了帶子——沒得絆了。（第三十九回）
險道神撞見那壽星老兒——你也休說我的長，我也休嫌你那短。（第四十一回）
爭破臥單——沒的蓋。（第四十一回）
吹殺燈擠眼兒——後來的事看不見的勾當。（第

四十一回）

黨太尉吃匾食——照樣兒行事。（第四十一回）

隔牆掠鬼臉——可不把我唬殺。（第四十二回）

愛奴兒掇著獸頭城以裡掠——好個丟醜兒的孩兒。（第四十二回）

唐胖子吊在醋缸裡——把你撇酸了。（第四十二回）

王媽媽支錢一百文——不在於你。（第四十二回）

得不的風兒就是雨兒。（第四十三回）

甕裡走了鱉——左右是他家一窩子。（第四十三回）

破紗帽，債殼子。（第四十三回）

銅盆撞了鐵刷帚。（第四十三回）

惡人見了惡人磨，見了惡人沒奈何。（第四十三回）

漢子家臉上有狗毛。（第四十三回）

木杓火杖兒短，強如手撥刺。（第四十五回）

行記中人只護行記中人。（第四十六回）

燈草拐杖——拄不定。（第四十六回）

要飯吃休要惡了火頭。（第四十七回）

君子不羞當面，先斷過後商量。（第四十七回）

王府門首磕了頭——俺們不吃這井裡水了。（第四十九回）

虔婆勢喬作衙。（第五十一回）

知人知面不知心。（第五十一回）

綿裡針肉裡刺。（第五十一回）

宰相肚裡好行船。（第五十一回）

大人不責小人過，那個小人沒罪過。（第五十一回）

路見不平，也有向燈向火。（第五十一回）

當面鑼對面鼓。（第五十一回）

關著門兒家裡坐，禍從天上來。（第五十一回）

院中人家娃娃，做臉兒快。（第五十一回）

好酒好肉——王里長吃的去。（第五十一回）

拔了蘿蔔地皮寬。（第五十一回）

賣瓜子兒開箱子打嚏噴——瑣碎一大堆。（第五十一回）

有錢買了稱心貨。（第五十一回）

清的只是清的，渾的只是渾。（第五十二回）

新酒放在兩下哩，清自清渾自渾。（第五十二回）

經還沒念，就先打和尚。（第五十二回）

敢笑和尚沒丈母。（第五十二回）

簷頭雨滴從高下——一點也不差。（第五十三回）

君子一言，快馬一鞭。（第五十三回）

天驚地驚人驚鬼驚貓驚狗驚。（第五十三回）

關大王賣豆腐——鬼兒也沒的上門了。（第五十七回）

三個黃梅四個夏至。（第五十七回）

狗吃熱屎——原道是個香甜的。（第五十七回）

生血吊在牙兒內——怎生改得。（第五十七回）

五男二女，七子團圓。（第五十七回）

得了些顏色兒，就開起染房來了。（第五十八回）

奴才不可逞，小孩兒不宜哄。（第五十八回）

醃子甚麼紫荊樹驢扭棍，單管外合裡差。（第五十八回）

饒你有錢拜北斗，誰人買得不無常。（第五十八回）

偏染的白兒——不上色。（第五十八回）

吃人家碗半，被人家使喚。（第五十八回）

日頭常晌午，如何也有個錯了的時節兒。（第五十八回）

先生迷了路，在家也是閑。（第五十九回）

花枝葉下猶藏刺，人心怎保不懷毒。（第五十九回）

齊腰拴著根線兒——只怕肏過界兒去了。（第六十一回）

臘鴨子煮到鍋裡——身子兒爛了，嘴頭兒還硬。（第六十一回）

鹽也是這般鹹，醋也是這般酸。（第六十一回）

禿子包網巾——饒這一抿子兒。（第六十一回）

指桑樹，罵槐樹。（第六十二回）

一壁打鼓，一壁磨旗。（第六十二回）

一在三在，一亡三亡。（第六十二回）

寧可折本，休要饑損。（第六十二回）

打談的吊眼淚——替古人擔憂。（第六十三回）

砍一枝損百枝。（第六十四回）

豆芽菜兒——有甚捆兒。（第六十五回）

要的般般有，才是買賣。（第六十六回）

閒時不燒香，忙時抱佛腿。（第六十七回）

小爐匠跟著行香的走——瑣碎一浪湯。（第六十八回）

出籠兒的鵪鶉——也是個快鬪的。（第六十九回）

乖不過唱的，賊不過銀匠，能不過架兒。（第六十九回）

龍鬥虎傷，苦了小張。（第六十九回）

千差萬差，來人不差。（第六十九回）

乳兒老鴉笑話豬兒足——原來燈檯不照自。（第六十九回）

事情許一不許二。（第六十九回）

明修棧道，暗渡陳倉。（第六十九回）

真人不露相，露相不是真人。（第六十九回）

若要人不知，除非己莫為。（第六十九回）

學到老不會到老。（第七十回）

早晨不作官，晚夕不唱喏。（第七十一回）

老娘成年拿雁，教你弄鬼兒去了。（第七十二回）

雪裡的死屍——自然消他出來。（第七十二回）

天不著風兒晴不的，人不著謊兒成不的。（第七十二回）

逢人且說三分話，未可全拋一片心。（第七十二回）

屬米倉的——上半夜搖鈴，下半夜丫頭似的聽好梆聲。（第七十二回）

醜媳婦怕見公婆。（第七十二回）

打面面口袋——這回才到過醮來了。（第七十二回）

豬八戒走在冷鋪中坐著——你怎的醜的沒對兒。（第七十三回）

沒了王屠，連毛吃豬。（第七十三回）

好人不長壽，禍害一千年。（第七十三回）

漢子臉上有狗毛，老婆臉上有鳳毛。（第七十三回）

東溝犁西溝霸。（第七十三回）

佯慈悲，假孝順。（第七十三回）

劉湛兒鬼兒——不出村。（第七十三回）

一個氣不憤，一個好不生。（第七十四回）

雀兒不在窩兒裡——我不醋了。（第七十五回）

婆婆口絮，媳婦耳頑。（第七十五回）

雞兒不撒尿，各自有去處。（第七十五回）

三尸神暴跳，五臟氣沖天。（第七十五回）

賈媽媽——與我離門離戶。（第七十五回）

此處不留人，也有留人處。（第七十五回）

㕭遍街搗遍巷。（第七十五回）

風不搖樹不動。（第七十五回）

當家三年狗也嫌。（第七十五回）

廝打沒好手，廝罵沒好口。（第七十五回）

心頭一點無名火，些兒觸著便生煙。（第七十五回）

一雞死一雞鳴，新來雞兒打鳴不好聽。（第七十

六回）

既在簷底下，怎敢不低頭。（第七十六回）

甜言美語三冬暖，惡語傷人六月寒。（第七十六回）

人受一口氣，佛受一爐香。（第七十六回）

有勢休要使盡，有話休要說盡。（第七十六回）

人人有面，樹樹有皮。（第七十六回）

牡丹雖好，還要綠葉扶持。（第七十六回）

賤裡買來賤裡貨，容易得來容易捨。（第七十六回）

人善得人欺，馬善得人騎。（第七十六回）

飯來張口，水來溫手。（第七十六回）

三窩兩塊，大婦小妾，一個碗內兩張匙，不是湯著就抹著。（第七十六回）

母狗不掉尾，公狗不上身。（第七十六回）

兵馬司倒了牆——賊走了。（第七十六回）

怪門神，白臉子。（第七十六回）

撒根基的貨。（第七十六回）

醜冤家，怪物勞。（第七十六回）

豬八戒坐在冷鋪裡。（第七十六回）

女又十撇。（第七十六回）

鴉胡石、影子布兒、朵朵雲兒、了口噁心。（第七十六回）

畫虎畫龍難畫骨，知人知面不知心。（第七十六回）

宮外有株松，宮內有口鐘。鐘的聲兒，松的影兒。（第七十八回）

要好不能夠，要歹登時就。（第七十八回）

閻王賣豆腐，人硬貨也硬。（第七十八回）

驢糞球兒面前光，卻不知裡面受恓惶。（第七十八回）

要打看娘面。（第七十八回）

千朵桃花一樹生。（第七十八回）

打狗也看主人面。（第七十九回）

三行鼻涕兩行眼淚的哭。（第七十九回）

冤殺旁人笑殺賊。（第七十九回）

藥醫不死病，佛渡有緣人。（第七十九回）

養兒靠兒，無兒靠婿。（第七十九回）

沒舅不生，沒舅不長。（第七十九回）

狐狸打不成，倒惹一屁股臊。（第七十九回）

灑土也眯了後人眼睛兒。（第八十回）

千里長棚沒個不散的筵席。（第八十回）

揚州雖好，不是久戀之家。（第八十回）

人惡禮不惡。（第八十回）

娶淫婦，養海青，食水不到想海東。（第八十回）

人面咫尺，心隔千里。（第八十一回）

寧可賣了悔，休要霉了賣。（第八十一回）

胳膊兒往外撇。（第八十一回）

割股也不知，撚香也不知。（第八十一回）

天也不著餓老鴉兒吃草。（第八十一回）

打了送上門的風月兒，白丟了。（第八十二回）

木邊之目，田下之心。（第八十二回）

塌了天還有四個大漢扶著。（第八十二回）

好事不出門，惡事傳千里。（第八十五回）

男兒沒性，寸鐵無鋼，女人無性，爛如麻糖。（第八十五回）

何仙姑，人人說他有丈夫。（第八十五回）

是非來入耳，不聽自然無。（第八十五回）

點根香怕出煙兒，放把火倒也罷了。（第八十五回）

心高遮著了太陽。（第八十五回）

好男不吃分時飯，好女不穿嫁時衣。（第八十五回）

醃韭——已是不入畦了。（第八十六回）

增福神著棍打。（第八十六回）

不圖打漁，只圖混水。（第八十六回）

王十九，自吃酒。（第八十六回）

來是是非人，去是是非者。（第八十六回）

蛇鑽窟洞蛇知道。（第八十六回）

出頭椽兒先朽爛。（第八十六回）

打人休打臉，罵人休揭短。（第八十六回）

前不著村，後不著店。（第八十六回）

兔兒沿山跑，還來歸舊窩。（第八十七回）

仇人見仇人，分外眼睛明。（第八十七回）

冷鍋中豆兒爆。（第八十七回）

生有地兒，死有處。（《第八十八回）

媒人嘴——一尺水，十丈波的。（第八十八回）

一頭放火，一頭放水。（第九十回）

不著家神，弄不得家鬼。（第九十回）

打牆板兒翻上下，掃米卻作管倉人。（第九十回）

臘月裡蘿蔔——動了心。（第九十一回）

世間海水知深淺，惟有人心難忖量。（第九十一回）

無事不登三寶殿。（第九十一回）

從頭看到底，風流實無比，從頭看到腳，風流往下索。（第九十一回）

醜是家中寶，可喜惹煩惱。（第九十一回）

親不親故鄉人，美不美鄉中水。（第九十二回）

咽喉深似海，日月快如梭。（第九十三回）

剜去眼前瘡，安上心頭肉。（第九十四回）

有了原物在，省得兩家賴。（第九十五回）

家無營活計，不怕斗量金。（第九十六回）

路見不平，向燈向火。（第九十六回）

不見棺材不下淚。（第九十八回）

黑頭蟲兒不可救，救之就要吃人肉。（第九十九回）

補遺

提傀儡兒上場——還少一口氣呢。

兩隻腳還趕不上一張嘴。

婆兒燒香，當不的老子念佛。

老鼠尾巴生瘡——有膿也不多。

馬回子拜節——來到就是這等性急。

鄉裡媽媽拜千佛——磕頭磕夠了。

毬子心腸——滾上滾下。

老媽睡著吃臘肉——是恁一絲一絲的。

泰山遊到嶺（油到領）。

屬麪觔的——倒且是有霸道。

火到豬頭爛，錢到公事辦。

十指咬著一樣疼。

其中如「硝子石望著南兒丁口心」，「女又十撇」、「鴉胡石影子布兒朵朵雲兒了口噁心」，即「望江南巴山虎漢東山斜紋布」之一類也，然尚未得確解，容俟考證。如蒙閱者見教，幸甚幸甚。靈犀附白。

此書方言俗諺，索解甚難。賞奇析疑，殊饒與趣。先此拋磚引玉，初非貴櫝輕珠也。俟有增補訂正時，再將《金瓶梅》之批評，前人記述，西門慶、潘金蓮之紀事年表，書中人名表，書中時代宋明事故對照表，暨《金瓶寫春記》，《詞話》本刪文補遺等，一併付刊，以成完璧。

《金瓶》詞曲

第一回

丈夫只手把吳鉤……〈調寄眼兒媚〉。

柔軟立身之本……〈西江月〉。

想當初姻緣錯配……〈山坡羊〉。

萬里彤雲密佈……〈臨江仙〉（嗟應作歎）。

第二回

黑鬒鬒（應作黰）賽鴉翎的髮兒……

頭上戴著黑油油頭髮鬏髻……

開言欺賈陸……

第四回

交頸鴛鴦戲水，並頭鸞鳳穿花……此詞見《國色天香》張於湖記，僅末句不同。

這瓢是瓢……（〈詠瓢雙關調〉待查）。

動人心紅白肉色……〈沉醉東風詞〉見《雍熙樂府》卷十七，《相思士女》四之一。

第五回

油煎肺腑……

第六回

綠楊嫋嫋垂絲碧……〈菩薩蠻〉（中缺十字）。

烏雲生四野……

冠兒不戴懶梳妝……〈兩頭南〉（應作蠻），見《樂府》[1]十六「番馬舞西風」。

第七回

長挑身材……〈贊玉樓〉。

第八回

淩波羅襪……〈山坡羊〉（占鬼卦），見《樂府》卷廿「思情」四之一。

喬才心邪……〈山坡羊〉，見《樂府》二十「思情」四之一。

將奴這知心話……〈寄生草〉，見《樂府》十九「相思」四之一。

當初奴愛你風流……〈綿搭絮〉。

誰想你另有了（《樂府》有女字）裙釵……〈前腔〉。

奴家又不曾愛你錢財……〈前腔〉。

心中猶豫……〈前腔〉。上四曲見《樂府》十五「思情」。

密雲迷晚岫……

班首輕狂……

第九回

眉似初春柳葉……此詞見於《水滸》

無形無影……

---

[1] 按：此處《樂府》即《雍熙樂府》。下同。

第十回

香焚寶鼎……

紗帳輕飄蘭麝……〈西江月〉

第十一回

羅衣疊雪……

陷人坑土窖暗開掘（《樂府》作「掘開」）……〈水仙子〉，《樂府》十七嘲子弟。

琉璃鍾琥珀濃……李長吉詩。

舉止從容……〈駐雲飛〉。

第十二回

黃昏想白日思……〈落梅風〉。

這細茶的嫩芽……〈朝天子〉，見《樂府》十七嘲妓名茶。

人人動嘴……〈嘲白食〉。

但見一個不顧綱常貴賤……

第十三回

但見燈光影裡……（一二一字）。

內府衢花綾裱……前闋〈西江月〉，末二句似〈臨江仙〉。

第十四回

為官清正

第十五回

山石穿雙龍戲水……

這家子打和……〈朝天子‧詠架兒〉。

在家中也閑……〈朝天子‧詠踢圓〉。

第十六回[2]

原是番兵出產（疑是塞字）……〈臨江仙〉。

第十七回

紗帳香飄蘭麝……〈西江月・品簫〉。

第十八回

自幼乖滑伶俐……〈西江月〉（謂陳經濟）。

我愛他身體輕盈……〈踏莎行〉（詠蚊，雙關）。

第十九回

正面丈五高……花園。

我見他斜戴花枝……〈折桂令〉，見《樂府》十七。

第廿回

淡畫眉兒斜插梳……似〈鷓鴣天〉。

虔婆你不良……〈滿庭芳・罵虔婆〉。

官人聽知……〈滿庭芳・虔婆答〉。

喜得功名完遂……

第廿一回

佳期重會……〈南石榴花〉。

初如柳絮……詠雪。

寒風布野……〈絳都春・冬景〉。

第廿六回

四肢冰冷……謂惠蓮死。

2　按：回原作固。

第廿七回

赤帝當權耀太虛……

向晚來雨過南軒……〈梁州序〉。

柳蔭中……〈前腔〉。

清宵思爽然……〈前腔〉。

四面雕欄石甃。

第廿九回

能通風鑒……相家吳神仙。

第三十回

華池蕩漾波紋亂……詠浴。

盆栽綠草……

人皆畏夏日……

第三十一回

法正天心順……笑樂院本開場。

歎浮生有如一夢裡……

雖不是八位中紫綬臣……「抱粧盒」雜劇。

想人生最苦是別離……〈普天樂〉。

第三十二回

馬蹄金鑄就虎頭牌……〈水仙子〉、〈八聲甘州〉、韓湘子升仙記

第三十三回

初相交在桃園兒裡，結義相交下來……〈山坡羊・果子花兒名〉。

我聽見金雀兒花眼高哨……又，冤家你不來白悶我一月……〈山坡羊・銀錢〉。

姐姐你在開元兒家，我和你燃香說誓……又。

第三十五回

殘紅水上飄……〈玉芙蓉〉。

新荷池內翻……又。

東籬菊綻開……又。

漫空柳絮飛……又（此李日華「四時閨詞」）。

可人心二八嬌娃……〈折桂令〉，《樂府》十七「題情」。

第三十六回

花邊柳邊……〈朝元歌〉。

十載青燈黃卷……

恩德浩無邊……

弱質始笄年……

香囊記

紅入仙桃……〈錦堂月〉。

難報母氏劬勞……

第三十七回

淹淹潤潤……謂韓道國之婦。

威風迷翠榻……雲雨。

第三十八回

悶把幃屏來靠……〈二犯江兒水〉（四段）。《樂府》十五「題情」。

第三十九回

青松鬱鬱……道觀。

位按五方……醮壇。

一靈真性投肚內……〈耍孩兒〉。

第四十一回

翡翠窗紗鴛鴦碧瓦……〈鬥鵪鶉〉，《樂府》十三「玳筵夙會」〈紫花兒序〉，〈金蕉葉〉，〈調笑令〉，〈小桃紅〉，〈三鬼台〉，〈禿廝兒〉，〈聖藥王〉，〈尾聲〉。

美冤家一心愛折後庭花……

第四十二回

鳳城佳節賞元宵……〈雙調新水令〉，《樂府》十一燈詞〈川撥棹〉，〈第七兄〉，〈梅花酒〉，〈喜江南〉。

一丈五高花樁……煙火《西廂記》

第四十三回

繁花滿月開……〈金索掛梧桐〉：〈罵玉郎〉，〈東甌令〉，〈感皇恩〉，〈針線箱〉，〈採茶歌〉，〈解三酲〉，〈烏夜啼〉，〈尾聲〉。

屏開孔雀……筵席。

花月滿春城……〈畫眉序・燈詞〉，見《樂府》。

王月英月夜留鞋記

第四十四回

俏冤家生的出類拔萃……〈十段錦・廿八半截兒〉：〈金字經〉，〈駐雲飛〉，〈江兒水〉，〈畫眉序〉，〈紅繡鞋〉，〈耍孩兒〉，〈鎖南枝〉，〈桂枝香〉，〈尾聲〉。

第四十五回

心中牽掛……〈柳搖金〉。

常懷憂悶……文。

第四十六回

帝裡元宵風光好，勝仙島蓬萊……〈元宵景〉。

雪月風花共剪裁……〈醉花陰〉，《樂府》卷一「思懷」：〈喜鶯遷〉，〈出隊子〉，〈四門子〉，〈刮地風〉，〈水仙子〉，〈尾聲〉。

戶戶鳴鐘擊鼓……

東風料峭……〈好事近〉。

東野翠煙……〈千秋歲〉，〈越恁好〉，〈紅繡鞋〉，〈尾聲〉。

子時那這淒涼……〈一江風〉（十二時子卯午酉）。

第四十九回

別後杳無書……〈漁家傲〉，〈皂羅袍〉。

中秋將至……〈下山虎〉。

東風柳絮飄……〈玉芙蓉〉。

風吹蕉葉翻……文。

黃花遍地開……文。

梨花散亂飛……文。

第五十回

煙花寨委實的難過……〈山坡羊‧詠妓〉。

進房來四下觀看……文。

第五十二回

思量你好辜負……〈伊州三台令〉，〈黃鶯兒〉，〈集賢賓〉，〈雙聲疊韻〉，〈簇御林〉，〈琥珀貓兒〉，〈尾聲〉。

新綠池邊……〈花藥欄〉，〈貨郎兒〉，〈醉太平〉，〈煞尾〉。

我見他戴花枝……〈折桂令〉，見《樂府》。

第五十三回

紅馥馥的臉襯霞……〈錦橙梅〉。

鱗鴻無便……〈降黃龍衮〉。

第五十四回

翠柏森森……遊園。

據著掩老母情（作親）……〈水仙子〉，《樂府》卷一「榮歸」。

記得初相守……〈荼蘼香〉。

風雨替花愁……〈青杏兒〉。

門外紅塵滾滾飛……〈小梁州〉。

第五十五回

堂開綠野……〈太師府〉。

小園昨夜放江梅……〈新水令〉。

野徑疏籬……〈駐馬聽〉。

我則見碧陰陰西施鎖翠……〈雁兒落帶得勝令〉。

試裂齊紈……〈滿江紅〉。

畫出耕圖……

寫出丹青……

四野雲垂……

第五十六回

書寄應哥前……〈黃鶯兒〉。

第五十七回

當年行徑是窠兒……

尼姑生來頭皮光……見《山歌》。

第五十八回

暑漸消大火即漸西……〈集賢賓〉，見《樂

府》十四「慶七夕」。

韓湘子度陳半街升仙雜劇。

第五十九回

銀河耿耿玉漏遲遲……

叫一聲青天……〈山坡羊〉，瓶兒哭子。

進房來四下靜，由不的我悄歎……又。

想嬌兒想的我無顛無倒……又。

第六十回

一個姐兒十六七……〈清江引〉。

轉過雕欄正見他……又。

一個急急腳腳的老小……〈急口令〉。

牆上一片破瓦……又。

秋香亭

半萬賊兵

第六十一回

一向來不曾和冤家會面……四不應，〈山坡羊〉。

意中人兩下裡懸心掛意……

初相會可意人年少青春……〈鎖南枝〉。

初相會可意嬌月貌花容……又。

紫陌紅徑……〈折腰一枝花〉，〈東甌令〉，〈滿園春〉，〈東甌令〉，〈梧桐樹〉，〈東甌令〉，〈浣溪沙〉，〈東甌令〉，〈尾聲〉。

懨懨病轉濃（《樂府》作漸）……〈羅江怨〉，四夢八空，《樂府》十五「相思」。面如金紙體似銀條……瓶兒病。

第六十二回

頭戴雲霞五嶽觀……

黃羅抹額……

非干虎嘯豈是龍吟……

第六十三回

玉環記（韋皋玉簫事）。

第六十四回

劉智遠《紅袍記》。

雪擁藍關

第六十五回

和衣開綺陌……出殯。

官居八輔臣……〈南呂・一枝花〉。

洛陽花梁園月……〈普天樂〉。

第六十六回

星冠攢玉葉……道士。

第六十七回

寒夜無茶……〈駐馬聽〉。

四野彤霞……文。

第六十八回

一見嬌羞……

問爾丫鬟……

夢入高唐……

春暖芙蓉……

第七十回

享富貴受皇恩……〈端正好〉，〈滾繡球〉，〈倘秀才〉，〈滾繡球〉，〈尾聲〉。

第七十一回

水晶宮鮫綃帳……〈正宮・端正好〉，〈滾

繡球〉，〈倘秀才〉，〈呆骨朵〉，〈倘秀才〉，〈滾繡球〉，〈脫布衫〉，〈醉太平〉，〈一煞〉，〈尾聲〉（按即「訪趙普」）。

皇風清穆……早朝。

第七十二回

翠簾深（《樂府》有一「護」字）小房櫳……〈新水令〉，《樂府》十一「冬景」。〈喬牌兒〉，〈甜水令〉，〈折桂令〉，〈水仙子〉，〈雁兒落得勝令〉，〈沽美酒〉，〈太平令〉，〈川撥棹〉，〈收江南〉。

第七十三回

憶吹簫玉人何處也……〈集賢賓〉，《樂府》十四「秋懷」〈逍遙樂〉，〈醋葫蘆〉，〈後庭花〉，〈青歌兒〉。

彤雲密佈……〈玉交枝〉（鬧五更）〈金字經〉，〈玉交枝〉，〈後庭花〉，〈柳葉兒〉，〈尾聲〉。

第七十四回

第一來為壓驚，第二來因謝親……〈宜春令〉，〈五供養〉，〈玉降鶯〉，〈解三醒〉[3]，〈尾聲〉。

人生夢一場……〈楚江秋〉。

玉驄驕馬出皇都……〈新水令〉。

黃氏到了那森羅寶殿……〈山坡羊〉。

黃氏在張家托化轉男身……〈皂羅袍〉。

更深靜悄把被兒薰了……

勤兒推磨……

3 按：醒當作酲。前已有「解三酲」曲牌名。

疏狂或薄情無奈……
花街柳市……
雙忠記
正月十五鬧元宵……〈掛真兒〉。

第七十五回

花容月豔……〈山坡羊〉
槐除庭院
炎蒸天氣
梅花相問
鶯鶯鬧臥房……〈山坡羊〉。

第七十六回

裴晉公還帶記
四節記
韓熙（載）夜宴郵亭

第七十七回

漠漠嚴寒匝地，這雪兒下得正好……
想多嬌情性兒標……〈青衲襖〉。
多嬌一去無消耗……〈罵玉郎〉。
千般丰韻嬌……〈大迓鼓〉。
呀，好教我無緒無聊……〈感皇恩〉。
潘郎貌沈郎腰……〈東甌令〉。
相思病怎生逃……〈採茶歌〉。
誰想今朝……〈賺〉。
想當初偎紅倚翠……〈烏夜啼〉。
悶懨懨睡不著……〈節節高〉。
你看他體態輕盈……〈鵪鶉兒〉。
青雲有路終須到……〈尾聲〉。
錦繡花燈半空挑……〈燈詞〉。

第七十八回

儀容嬌媚……林太太。

錦屏前迷魂陣擺……戰林太太。

第七十九回

花面金剛玉體魔王……

賢妻休悲……〈駐馬聽〉。

多謝兒夫……

第八十回

恨杜鵑聲透珠簾……金蓮私婿。

二載相逢一朝配偶……私春梅。

殺狗勸夫

第八十一回

十字街熒煌燈火……夜景。

第八十二回

將奴這銀絲帕並香囊寄與他……〈寄生草〉。

紫竹白紗甚逍遙……〈水仙子〉（團扇）。

入門來將奴摟抱在懷……〈六娘子〉，《樂府》二十「約會」四之一。

兩意相投情掛牽……

當歸半夏紫紅石……〈水仙子‧藥名〉。

假認做女婿（《樂府》作哥哥）親厚（《樂府》下句為「往和來妹妹追游」）……〈紅繡鞋〉，《樂府》十七。

情興兩和諧……

我嘴搵著他油鬏髻……〈醉扶歸〉。

第八十三回

動不動將人罵……〈寄生草〉。

央及春梅（《樂府》作梅香）好姐姐……

〈河西六娘子〉，《樂府》二十「約會」四之一。

一個不顧夫主名分……來旺蒸[4]雪娥。

我與馬坊中推取草……〈雁兒落〉。

將奴這桃花面只因你憔悴損……〈寄生草〉。

赤緊的（《樂府》無[5]）因說（《樂府》作些）閒話……〈四換頭〉，《樂府》二十「題情」四之一。

會雲雨風般疎透……〈紅繡鞋〉。

第八十四回

廟居岱岳山鎮乾坤……岱廟。

頭綰九龍飛鳳髻……道裝。

八面嵯峨四圍險峻……清風山。

第八十五回

牛漆蟹爪甘遂……〈西江月〉（墮胎藥）。

祆廟火燒（《樂府》有著字）皮肉……〈紅繡鞋〉，見《樂府》十七。

我為你躭驚受怕……

第八十六回

荊山玉損……（月娘）。

起初時……責婿。

你身軀兒小膽兒大……詠鼠雙關。

第八十八回

打坐參禪……（化齋僧）。

第八十九回

燒紙罷……〈山坡羊〉，〈步步嬌〉，哭墳

4 按：蒸當作烝。

5 按：無字後當漏一「的」字。

二則。

山門高聳……永福寺。

一個青旋旋光頭新剃……僧。

燒紙罷……〈山坡羊〉，春梅哭金蓮二則。

寶髻巍峨……春梅粧束。

第九十回

我做教師世罕有……武教師。

孤雁啣蘆……首飾。

第九十一回

告爹行停嗔息怒……〈山坡羊〉，打玉簪兒。

第九十三回

九臘深冬雪漫天……〈粉蝶兒〉。

不覺撞昏鐘……〈耍孩兒・十煞〉，乞兒歎。

日影將沉……晚景。

山門高聳……宴公廟。

雕簷映日……酒樓。

淚雙垂垂雙淚……〈普天樂〉，見《樂府》「思情」四之一。

一個玉臂忙搖……愛姐。

第九十四回

緋羅繳壁……守備府。

前身想著少欠他相思債……〈四塊金〉。

第九十六回

垣牆欹損……西門慶家荒涼。

冤家為你幾時休……〈懶畫眉〉，四則。

第九十七回

盆栽綠柳……端午。

第九十九回

繡旗飄號帶……周守備討賊。

第一百回

定國安邦美丈夫……〈鷓鴣天〉。

十字街熒煌燈火……晚景。

補遺

人皆畏夏日……〈一封書〉，夏宴，見《樂府》十六。

Do身體03　PG1061

瓶外卮言

——《金瓶梅》研究

作　　者／姚靈犀
編　　者／蔡登山
責任編輯／陳佳怡
圖文排版／楊家齊
封面設計／秦禎翊

出版策劃／獨立作家
發 行 人／宋政坤
法律顧問／毛國樑　律師
製作發行／秀威資訊科技股份有限公司
地址：114 台北市內湖區瑞光路76巷65號1樓
電話：+886-2-2796-3638　傳真：+886-2-2796-1377
服務信箱：service@showwe.com.tw
展售門市／國家書店【松江門市】
地址：104 台北市中山區松江路209號1樓
電話：+886-2-2518-0207　傳真：+886-2-2518-0778
網路訂購／秀威網路書店：https://store.showwe.tw
國家網路書店：https://www.govbooks.com.tw

出版日期／2013年9月　BOD一版　**定價**／370元

|獨立|作家|
Independent Author

寫自己的故事，唱自己的歌

瓶外卮言：《金瓶梅》研究 / 姚靈犀原著 -- 一版. --
臺北市：獨立作家, 2013.09
面； 公分
BOD版
ISBN 978-986-89761-7-7(平裝)

1. 金瓶梅 2. 研究考訂

857.48 102015456

國家圖書館出版品預行編目

讀者回函卡

感謝您購買本書，為提升服務品質，請填妥以下資料，將讀者回函卡直接寄回或傳真本公司，收到您的寶貴意見後，我們會收藏記錄及檢討，謝謝！如您需要了解本公司最新出版書目、購書優惠或企劃活動，歡迎您上網查詢或下載相關資料：http:// www.showwe.com.tw

您購買的書名：________________________________

出生日期：________年________月________日

學歷：□高中（含）以下　□大專　□研究所（含）以上

職業：□製造業　□金融業　□資訊業　□軍警　□傳播業　□自由業

□服務業　□公務員　□教職　□學生　□家管　□其它____

購書地點：□網路書店　□實體書店　□書展　□郵購　□贈閱　□其他

您從何得知本書的消息？

□網路書店　□實體書店　□網路搜尋　□電子報　□書訊　□雜誌

□傳播媒體　□親友推薦　□網站推薦　□部落格　□其他________

您對本書的評價：（請填代號　1.非常滿意　2.滿意　3.尚可　4.再改進）

封面設計____　版面編排____　內容____　文／譯筆____　價格____

讀完書後您覺得：

□很有收穫　□有收穫　□收穫不多　□沒收穫

對我們的建議：________________________________

____

____

____

請貼
郵票

11466
台北市內湖區瑞光路 76 巷 65 號 1 樓
獨立作家讀者服務部 收

（請沿線對折寄回，謝謝！）

姓　　名：＿＿＿＿＿＿＿＿＿＿　年齡：＿＿＿＿　性別：□女　□男

郵遞區號：□□□□□

地　　址：＿＿＿＿＿＿＿＿＿＿＿＿＿＿＿＿＿＿＿＿

聯絡電話：(日) ＿＿＿＿＿＿＿＿＿＿ (夜) ＿＿＿＿＿＿＿＿＿＿

E-mail：＿＿＿＿＿＿＿＿＿＿＿＿＿＿＿＿＿＿＿＿